Qianxun – Culture

—图书·影视—

# 今天也很喜欢你

罗曼茶茶 著
LUO MAN CHA CHA
WORKS

江苏凤凰文艺出版社
JIANGSU PHOENIX LITERATURE AND
ART PUBLISHING, LTD

**图书在版编目（CIP）数据**

今天也很喜欢你 / 罗曼茶茶著. -- 南京：江苏凤凰文艺出版社，2019.3

ISBN 978-7-5594-3242-1

Ⅰ. ①今… Ⅱ. ①罗… Ⅲ. ①长篇小说－中国－当代 Ⅳ. ①I247.5

中国版本图书馆CIP数据核字(2019)第026985号

书　　名　今天也很喜欢你

---

作　　者　罗曼茶茶
责任编辑　丁小卉
责任监制　刘　巍　江伟明
出版发行　江苏凤凰文艺出版社
出版社地址　南京市中央路165号，邮编：210009
出版社网址　http://www.jswenyi.com
印　　刷　长沙鸿发印务实业有限公司
开　　本　880mm × 1230mm　1/32
字　　数　218千字
印　　张　9
版　　次　2019年3月第1版　2019年3月第1次印刷
书　　号　ISBN 978-7-5594-3242-1
定　　价　38.80元

---

（江苏凤凰文艺版图书凡印刷、装订错误可随时向承印厂申请调换）

# 目/录 Contents

## “学习”夫妇篇

目／录 Contents

## “奇袭”夫妇篇

# “学习”夫妇篇

# Chapter 01 葬礼再遇前男友

林溪从美容院出来的时候，有种把全世界踩在脚下的错觉，绿油油的连衣裙，半个后背露在外面，踩着小羊皮高跟鞋，身高顿时拔高了几厘米。

“爸爸，爸爸，这个老阿姨裹得好像一个露肉的粽子。”路过的一女两男，用极其飘忽的眼神快速扫了林溪一眼，然后露出一副“看你不正常，但我就是不说，给你一个眼神自己体会”的表情。

林溪只是稍稍低下头，没完全弯下腰，和眼前这个眼神和成年人几乎一模一样的八九岁的小姑娘对视。

之所以说是八九岁，是因为她一直相信，这个年纪的儿童都有着超乎寻常的刻薄，六岁太小不懂事，十岁接受了几年学校教育，不敢这么嚣张。

“小妹妹，记住以后说别人坏话的时候，一定要在别人背后说，不然很容易被人教训。”

两个身份不明的男子，顿时脸拉得老长。

包里的手机忽然响了起来，对面是粗声粗气的男声：“姑娘，我在前进路口这边，找不到你啊！”

“师傅，此刻我刚搞了造型，换了身新衣服，不太适合走到马路边招车，麻烦您开到马路对面，然后右拐五百米，谢谢。”

林溪很客气地挂了电话，看到一辆小白车出现在拐角的时候，转头对三个还在原地怒目瞪她的人说：“对了，不是阿姨，要叫姐姐。”等她开门坐上车的时候，后面传来一阵咬牙切齿的嘀咕声。她装作没听见，把窗户关上。

“姑娘穿得这么好看，是去聚会吧？”师傅八卦地从后视镜瞄她。

林溪光点头不说话，并不是故作高冷，而是她怕说出来，司机要么赶她下车，要么让她滚。

等到眼前出现一片漆黑，夹着远远近近的唢呐声时，她已经感觉到，车内产生了诡异的氛围，要是眼神能杀人，司机估计会立马替天行道。

林溪下了车，司机师傅几乎是硬忍住骂脏话的冲动，立马掉头，开得飞起。她吐口气，从大包里拿出黑色的风衣，系紧勒住，戴上夸张到几乎能包住大半张脸的黑色荷叶帽，藏住表情，融入那片声嘶力竭的悲鸣之中。

在家属的位置，她看到一个熟悉的身影，可以用失魂落魄来形容，叫她的时候，肿起来的两只金鱼眼泡，差点吓得她假睫毛飞掉。

眼前这货，叫秦咪咪，是她从小一直纠缠至今的大龄女闺密。她俩在一起就一句话，这是为广大人民除了害。

“死了一只狗，用得着哭这么伤心吗？”林溪不以为然，看了一眼台子上面挂着的黑白狗照。

“你知道这狗是谁的吗？”

“不就是我们小学二年级体育老师的吗？只要冒汗，体味能熏死人的那个。”

“这是他岳父的狗。”

“他老婆以前在小卖部卖臭豆腐，难道现在卖臭豆腐的都这么有钱了？我刚看到门口停了好几辆豪车。”

“要你多读书多看报你偏不听，所以对这些身边可利用的资源一点都不了解。他在我们毕业之前就踹了老板娘，跟一个大老板的千金好上了。我觉得，他教体育真是屈才了，应该教社会，不然咱们就应该坐在外面那几辆车里了。”

“难怪小学毕业那会儿，在大操场上，胡校长当众点名夸奖刘老师是最有前途的老师。当时，我还以为刘老师得了什么大奖，虽然什么也没听清，但记得很感人。”

“我这眼泪要干了。”秦咪咪随便翻了一下口袋，摸出来一瓶眼药水。

“我就说你戏什么时候这么好了。”

“要不要来点？”

“谁要跟你一样给狗敬孝？我是有尊严的。”

“听说他岳父承包了海郡小区所有的软装工程，下半年我们的业绩……”她不咸不淡地说了一句。

话还没说完，旁边人砰地跪下了：“那个，眼药水给我来点，早说我就不化这么隆重的妆了。”

“给。”秦咪咪吸吸鼻子，咂吧了一下嘴，“你今天的香水太过了，三米开外都闻见了，这 Prada 的包一年也没见你背几次，你已经方寸大乱了。”

她眯起眼睛，从林溪的深 V 领口看进去：“你这黑色外套下的风骚，青天白日之下已经无所遁形。你的初恋男友徐柯，跟你大学时期最憎恨的女人在一起这件事，请问这位弃妇你心里有何感想？”

“秦咪咪小姐，这已经是你这个月第五次问我这件事了，我再回答你一次，这应该可以列为，今年最让人吃惊的事情，第二名。”

“第一名是什么？”

“就是丁柔那货居然会有男朋友！”

“你完全抓错重点了好吗？此时此刻你根本没有作为一个弃妇的自觉，我特想问你一个问题。”

“恨，特别恨。”

“哦？”

“对天发誓，我和他交往的四年里，吵架期间数十次想把他掐死或者从十三楼推下去时，我都没有这么恨过他。我们系有将近一百号女生，有三个叫丁柔的，在如此小概率的情况下，他偏偏选了一个我极想掐死的人，真是可恶。”

林溪还是不能忘记自己当初听到这件事，在家里跳脚了半个小时的情景：“这是我们小学老师岳父的狗，跟那个绵绵柔有什么关系？”

“听说是她远房表姑妈的侄子的女儿的小舅子。”

“这么曲折诡异的关系，凭她的德行，肯定有诈。”

“林女士，你今天极其刻薄，而且做作，这么大张旗鼓地装模作样，显示出你极强的表现欲和每况愈下的自信心，我觉得，这跟你即将步入三十岁有相当大的关系。”

秦咪咪这货，简直比她还缺德，比她还戏多。这话是徐柯说的，林溪至今觉得，这是他总结得最对的一句话。

“如果你再这么讨厌，时不时提起我即将三十岁这件事，那我也会一个不小心告诉江辰，你半夜三点起床用他的剃须刀刮腿毛的事。”

“啧啧，你就不好奇五年不见，徐柯变啥样了？”

说不好奇绝对是假的，大部分人在看到很久没见的前任之前，心情都会很复杂，一方面希望这厮离开自己以后越惨越好，可又带着丁点希望，千万别长残了，证明曾经的自己有多眼瞎。

“我希望他别变得太丑。”

“我来了快五个小时了，腿都跪麻了，重要人物还没出现。”秦咪咪叹息着敲自己柔弱的身子。

“你居然来了这么久，就为了看戏？！”林溪在认识她之前，是不相信有人能无聊到这种程度的。

“为了给自己无趣的生活增加点乐趣，总是要付出点代价的。”

“她这套路你还不知道，每次大小聚会，一定要最后一个到，在一排排的注目礼中，昂首挺胸地走过去，这样才能显得她很重要，现在可好，连死掉的狗的风头都要抢。”

说话间，外面响起一阵嘈杂声，有两人进来，女的穿黑裙子，男的穿朴素灰色外套，他转过来的瞬间，林溪明显感觉自己倒吸了一口冷气……

徐柯转身的时候，林溪把吸进去的那口气吐了出来，好在这厮底子不错，除了黑了一点，穿得老气了点，几乎和六年前一模一样。

有些人就是这样，在脑海里渐渐淡去，甚至努力回想也记不起是什么样子，但是再看到的时候，还是一眼就能认出来，那是一种直觉，无关相貌。

丁柔确实时髦了一点，但就长相来说，林溪还是觉得自己高她一头。像是狗狗撒尿占地，一种动物护食般的本能，促使丁柔攀上徐柯的臂膀，这时，林溪眉毛的神经不自觉地抽了抽。

“哎呀，好激动。”秦咪咪兴奋得直哆嗦。

“能把你憋着屎一样的表情收起来吗？”

“就为了这一幕，我一直没去上厕所。”

徐柯微微一愣，显然没想到会和林溪在这种场合相遇，那么多年知识分子的修养，还是让他抛出来很老土的一句："林溪，好久不见。"

实话说，林溪差点笑尿，他竟还装什么翩翩少年。

"嗯，是挺久没见了，还新人换旧人了，这新人也挺眼熟的，叫什么来着？"

"林溪！"丁柔气得低叫了一声，但估计是想起自己现在也是留过洋、有身份的人了，立马恢复了二五八万的样子，"真没想到，你还是这么幼稚，想想都快三十岁的人了，应该也拎得清一点，毕竟大家都长大了。"

丁柔这张脸，有种让人特别想骂脏话的神奇魔力，林溪差点把自己脚上八千块的小羊皮扔在她脸上。

这场上没人拎得清，除了徐柯，他清楚地知道林溪这种变了色的脸，就是大难的前兆。

"时间不早了，我们还是先走吧。"

大抵是觉得自己占了便宜，丁柔显出难得的宽容大度："既然在这儿碰见了，不如晚上组织同学聚会吧，我跟徐柯刚回国，有些地方都不太熟悉了。"

你这只怕去的不是国外而是上了天吧，这么不食人间烟火。

"好好好，我来安排，我知道几个场子特别好玩。"秦咪咪是典型的看热闹不嫌事大，这种狗血点极低的相遇，明显不能满足她的兴奋点，在要死要活之前，她是不会放过林溪和徐柯的，顺便再拖个丁柔。

林溪肯定不会给她这个机会，毕竟喝大了啥事都有可能发生。

"这么临时的聚会，没有几个人会来。"

秦咪咪挑挑眉毛，浑身都是戏："走着瞧。"

前后没有超过十秒，林溪的手机就开始不停地振动，是"没事叨叨群"——

我去，真的假的，徐柯、丁柔，林溪三方会面，这下有好戏看了。

我要请假，十分钟后下班。

楼上你不是结婚纪念日吗?

这种千年大戏错过就太遗憾了，让我老公一边玩去。

哈哈哈哈，绝对准时到，我负责灌酒。（一个留着中分社会人的头像跳了出来。）

小 B 你不是在外地?

刚刚买好了票，已经踏上回程。（附上潇洒甩头哥的动图。）

林溪的小蘑菇头像此刻特像待宰羔羊：你们这些人……

啊，忘了林溪还在这群里，尴尬。

没事，就她那点破事谁不知道。

说得也是。

林溪：你们把快乐建立在我的痛苦之上……（附上一把血淋淋的刀）还是不是好朋友？！

群里安静了一秒钟，哼，她们终于认识到自己的错误了吗?鄙视她们丑恶的灵魂。

我们不是朋友，只是同学，同学的交情可以看戏。

没错啊!

我们的作用就是在你的伤口上，再撒一把盐巴。

群主快把林溪踢了，看到这个小蘑菇头像就觉得 low，拉低群里总体颜值。

我也一直想说。

林溪飞快地把字打出去：你们确定这不是公报私仇，怕我妨碍你们八卦?

秦咪咪默默点头：哈哈，啊哈，就是这样。

然后林溪就收到了“你已经被移出群聊”的消息。

“我去！”她差点没把手机扔了。

要论这唯恐天下不乱的本事，秦咪咪居第二，绝对没人能争第一。不到半个小时，在饭点前，就已经聚齐了一拨人。

出去的时候，林溪可是吓得不轻，一身行头穿身上了，都架不住人家开了辆高配的大奔。

秦咪咪这货是个见钱眼开的主，本着塑料姐妹花的原则，还给林溪留了点面子，没怎么搭理二人，现在身体彻底像是没了骨头，一下软了："可以啊，你们不是回国没多久吗，刚买的，还是从国外开回来的？"

徐柯还没说话，丁柔倒先开口了，那绝对是女主人的架势："回来之后没车也不方便，我就让徐柯买了一辆，本来也就是代步的。"

代步？呵呵，你怎么不开个火车代步？还可以从这里一直开到喜马拉雅去。

"你们要是没开车，我们可以一起走。"丁柔很宽容大度地邀请。

"好啊，好啊！"

林溪拉住秦咪咪："你答应得也太快了吧。"

"我告诉你啊，从这里到君威酒店，又是这个点，打车费要过百，你自己看着办。"秦咪咪总是能在关键时候给她一击。

"而且又不是别人，你跟着徐柯的时候，什么时候享受过这种待遇？凭什么丁柔就讨个现成便宜？你心理平衡吗？"

这话着实让林溪一愣，直到上车坐在了后座上，她还一直恍恍惚惚的，好多年不想的事一下想起来了。

她和徐柯是大学同学，那时徐柯是系里的名人，人长得还算人模狗样，还是学习好的里面长得人模狗样的，就更加珍稀了。

林溪的脾气风风火火，徐柯是熟来尿，没少被林溪欺负和挤对。孩子气的时候，完全无下限还特别执着。她特别记仇的是，有一次，去一个人生地不熟的地方旅游，某人执着地不靠任何方法，自己摸索，本来一个小时不到的路程，两人走了整整三个小时。

这个是在他们相处了不到两个月时林溪得出来的结论，理论上是林溪追的徐柯，但是这事后来一直争论不休，在无数次失败的嘴战之后，最后徐柯就被洗脑了，承认可能真是他追的林溪。

徐柯能赚钱、前途无量这事，林溪一点都不意外，上学时就能看出来，她总是调侃自己用青春投资了一只潜力股。以后要带她坐大奔，还要全世界到处跑，这是她的口头禅。

徐柯总回道："那你必须待在我身边，等到那个时候。"

"那必须的，你当我傻啊！"

现在好像真成了傻帽，林溪忍不住吐了口气，新汽车里的牛皮清香味，让她一阵恶心。

如果早知道当天会发生那件事，她宁愿当场打开车门跳下去，被周围来往的车辆碾死。

一打开门她就吐了，而且是井喷。好死不死，徐柯学了什么狗屎礼仪，过来帮她们开门，结果就变成了一场灾难。事后秦咪咪乜斜着眼说："林溪你绝对是故意的，那就是赤裸裸的报复。"

也不知怎么的，林溪就像怀孕了一样，吐得根本停不下来，徐柯倒没怎么介意，低下身子看她的情况。

丁柔就跟碰了火星的火药，一下就爆了，刚刚的礼仪全都忘了，跟个更年期的泼妇一样，对着林溪就骂："林溪你就是故意的，这衣服是我给他买的，你知道多贵吗？你就是见不得别人好，难怪被人甩！"

林溪晕头晕脑的，都忘了回嘴，不过她还是纳闷：我怎么见不得你好了，还有这衣服是你买的，老娘怎么知道？

"绵绵柔，大家都是同学，说话有必要这么毒吗？你花的还不是徐柯的钱，心里没点数吗？”秦咪咪白了她一眼，难得仗义一回。

林溪抽出纸巾，擦了擦嘴：“老娘就是晕车，这辈子没坐过好车。徐柯你衣服多少钱，到时我赔你。”

“不用了。”

她看都没看他一眼，麻溜地从车上下来，一路小跑进酒店。

# Chapter 02 喝酒还是喝人

打开水龙头，林溪擦干净嘴巴，脸上的妆已经花了不少：“今天的妆可花了老娘不少银子，得，这一下全毁了。”

她脱了弄脏的黑外套，用湿纸巾擦了擦，本来就是没什么的事情，偏要强行煽情，弄得突然伤感了。

林溪从包里掏出口红、粉底，重新补了补妆。

“有钱了，了不起啊，当年在家里洗完澡，趿着个凉拖鞋，走得地上到处都是水，在家不穿外裤那家伙不是你啊，装什么大尾巴狼！”林溪骂骂咧咧，嘴巴又恢复血红的时候，看着镜子里涂得像妖魔鬼怪的脸，愣了一下，觉得自己有点傻，快三十岁的人了，怎么还这么较真，傻帽。

她出去的时候，徐柯站在外面等她。他的外套也脱了，穿着里面白色的衬衫，不得不说，他的身材还是很不错的，个头正好，身材挺得就像随时在站军姿：“怎么样？”

“没怀。”

徐柯有点无语地皱皱眉：“你能正经点吗？”

“就算有了也不是你的，你激动个什么劲？都过那么多年了，还能让你当接盘侠，那必须也得是个哪吒。”

“你说话干吗这么大攻击性？我只是好意。”他想了一会儿，说，“而且咱们是和平分手，又不是我甩的你。”

“呵呵，听你那新欢的意思，咱们的分手在她那里有很大的想象余地，大概我也能估计出来，你要出国，我就是你前进路上的绊脚石，然后我各种无理取闹，你对我忍无可忍，最后大家不欢而散。”

“当时什么情况，你自己还不知道。”徐柯说。

“我知道啊，但是我估摸着你也没说我什么好话。得咧，两个最恨我的人凑一起，难怪能够情深义重，这目标就是一致的，我就是你们前进道路上，必须除去的一害啊！”

“你能不能了解一下事实再下论断？”他的表情严肃起来。

“就丁柔那货，她撅个屁股我就知道要拉什么屎。还有你，我跟你在一块好歹也有四年，身上几根毛我都知道。说真的徐柯，在你买那些颜色很诡异、难看得要命的毛巾的时候，我都没觉得你眼光这么差。全国十几亿人口，国内的看不上，国外人也挺多的，你偏找她，你是在报复我，还是在自我残害？”

“等一下。”徐柯被她的嘴炮一下整得很蒙，“你以前明明说那些毛巾好看的。”

“骗你的。”

“那晚上的那些……”

“也是骗你的。”林溪说完像兔子一样跑出去。

“你别走，给我说清楚，林溪！”徐柯急忙去追她。

秦咪咪发给她包间号码，她进去的时候，沙发上齐刷刷坐了一排，整得跟包公审案似的，看到后面尾随而来的徐柯，众人更是露出了意味深长的目光。

丁柔坐在上位，徐柯进来直接就被拉了胳膊，从林溪的角度看，那姿势就像扯了条狗。周围的手机摄像头闪烁如聚光灯，林溪想抓起桌上的筷子，直接把这些看热闹的老同学戳瞎。

“徐柯，现在成大设计师了，我们这么多人，就你老本行做得最好。”

徐柯笑笑，要不是这么多人看着，丁柔估计脸都要笑烂了：“徐柯上学那会儿就是我们系里的才子，我也是他的迷妹呢。”

“哟哟，恩爱这就秀上了，你们在国外怎么就遇上了，最主要的是怎么就好上了呢？”

“这事说来话长。”徐柯说道，他心里哪有不明白的，在座的都是居心不良。上学那会儿，这些人个个都是唯恐天下不乱的主。

丁柔本来还没有什么机会宣誓主权，这不有人打开了话题，她恨不得把一肚子话统统倒出来：“其实也没什么啦，可能这就是上天注定的缘分吧，”

“噗！”林溪正在喝水，一下没绷住，直接喷了出来，腹诽道：装什么清纯，说得这么清新脱俗，不就是晚上喝多了吗？

众人顿时嗅到了好戏的味道，丁柔一下撑不住了：“林溪你有什么意见？”

“没有，就是有点恶心，可能是晕车后遗症。”

“你这吃醋吃得也太明显了。”秦咪咪在旁边说着悄悄话，掏起手机对着她，“来哭一个，我照一张。”

“照你个头！”

“来来来，咱先吃饭，饿着呢。”有人终于出来说了一句人话，终结这微微尴尬的气氛。

这群人哪是这么善良的人，等到酒上桌的时候，她才知道，这场同学聚会的高潮，刚刚开始。丁柔一口气憋到现在，一副要整死她的节奏。

“林溪，来，我敬你，咱都不是小孩子了，以前的事我也不计较了，希望你也能成熟点。”

这货怎么来来去去都是这句词,成熟就这么让她引以为傲?

众目睽睽之下，林溪只能拿起桌上的那杯酒，在一片起哄声中灌了下去。

“来，再敬你一杯，敬这么多同学还能再聚。”

“再来，敬大家以后前途无量。”

“再来。”

第三杯的时候，徐柯拦住了：“只是聚会喝酒，不用喝这么猛。”

其他人看这架势悄悄地讨论起来了——

林溪不能喝酒，毕业的时候，好像喝了两瓶啤酒就醉了，这新欢是要把旧爱往死里整啊!

太凶残了，我都看不下去了，赶紧拍个照片，发到朋友圈，压压惊。

我这拍得有点不清楚，等会儿发两张给我。

没问题。

观众只顾看戏，只有秦咪咪一个人淡定地吃菜，想着：让你们这群人折腾去，好菜我一个人吃，林溪等会儿发作了，把这桌子菜都给掀翻了，可就没得吃了。

林溪知道丁柔要作什么妖，她推了一把徐柯，直接推到了一边。

“绵绵柔，既然你这么想喝，咱们换一个地方，C3 酒吧。”

徐柯想说什么，突然下面有个不明物体拉住自己的衣角，秦咪咪嘴里含了片菜叶：“你管不了。”意思就是：你该干吗干吗去。

“行啊，喝酒我就没怕过谁。”丁柔的神色狠起来。

林溪眼角一挑，嘴角露出一个迷人的笑容。

徐柯隐隐约约有种不祥的预感，一群人风风火火地往C3赶，酒吧离酒店不远，步行几百米就到了。

"你不是跟林溪一个鼻孔出气吗？有些人天生酒量就大，丁柔就是这种。况且，林溪不会喝酒，置这种气根本没意义。"徐柯不理解为什么秦咪咪连拦都不拦。

秦咪咪一直目视前方，眼神飘忽，像是压根没听到他的话："徐柯，你跟林溪有很长时间没见了吧？"

"嗯。"

她忽然转过头来，狡黠一笑："你怎么知道，她还是原来的那个林溪？"

直到进了酒吧，徐柯才明白秦咪咪的话，在他的印象里，林溪几乎没进过这种地方，她讨厌吵闹的地方，酒量很小，那个时候，他们的生活几乎只有彼此。

林溪脱掉了黑色的外套，露出里面的长裙，引起周围一片口哨声。她轻轻笑着的时候，徐柯的呼吸微微急促起来，他从不曾想象，她会散发出这么成熟自信的气质，让人迷惑。

丁柔觉得自己简直就是被耍了，对面六个酒杯里盛满了酒，一个酒瓶放在中间："规则很简单，转到谁，谁就喝。"

即便觉得林溪有扮猪吃老虎的嫌疑，但是她在M国期间，也很少有人是她的对手。

吃瓜群众觉得这票价太值，开始是两种酒混喝，然后是三种酒混喝，两人喝酒的概率几乎是一半一半。各是二十杯下去，两人手速一次比一次快，疯狂地把酒往嘴巴里灌。

丁柔已经摇摇晃晃，眼神迷离了，想要抓住眼前的一个小酒杯，却抓错了方向。

"在这儿。"林溪笑盈盈地看着她，拿起杯子给她递过去。

“少管闲事。”丁柔用肩膀撞了她一下。

“这得多少啊，这两人也太猛了吧。”旁边围观的老同学们都看呆了。

“我要是刚刚加入，现在应该早就崩了。”

“林溪这几年是吃激素了吧，从一个弱鸡一下变成了‘战斗鸡’。”这种气场全开，夜店女王的既视感，和当年那个整天跟在徐柯后面哼哼唧唧的姑娘是同一个人吗？

“算了，别再喝了。”徐柯去拉丁柔，丁柔明显就已经不行了，而林溪那边还是脸色红润，连脸色都没变。

“我不管，我一定要赢你！”丁柔气急败坏，带着撒酒疯的语气喊出来。

“行啊，你想来，我奉陪。”林溪眉毛一挑，“上大菜。”

不一会儿，一瓶底部冒着寒气、粗身细颈的玩意儿上桌，这瓶洋酒一上来，在场懂行的人都知道，这酒极烈无比，是这里的镇店之宝，不要说喝一瓶了，能撑过两杯就不错了。

林溪给两边的酒杯倒满，自己手里拿了一杯走到丁柔身边，看她变成了斑驳色的妆容，嘴角轻轻挑起：“我告诉你，不要说你，就是每年酒赛第一名的酒场皇后都输给我过，你以为你踩的是个好欺负的烂冬瓜，其实是颗炸弹！”她话音一落，抬手就把手里的酒喝得一干二净，把丁柔的往前推推，“到你了，老同学……”

比赛到了高潮，旁边的人都围过来观战，原本的十几人变成了一大群人。午夜场开始，酒池音乐震耳欲聋，一群牛鬼蛇神在疯狂舞动。

丁柔到第二杯的时候就已经撑不住了，徐柯也不知道是被谁灌了几杯。林溪喝酒很少醉，但是那天晚上，也不知道是不是情绪作用，她一直不停地喝酒，同时被多人灌酒。

不知道到了几点，来的那群同学几乎瘫的瘫、疯的疯。林溪是从厕所出来之后失去的意识，那突然响起的音乐，让她眼前一黑，好像连脑神经都给震断了。

不管多能喝，这宿醉的感觉都是一模一样的，她一觉醒来，觉得肯定是谁趁着自己睡着了把自己脑袋开瓢做了个手术。房间里面窗帘拉着，屋里一片昏暗，她努力睁开眼，周围的布置很陌生，酒店？也是，昨天没一个人还像人，能活着爬到酒店已经不错了。

旁边被子里面鼓出来一块，林溪伸手拍了拍："秦咪咪，别装死了。"喉咙发出来的沙哑嗓音，听起来都不像是自己的，"几点了到底，我手机哪儿去了？"

"呜。"被子里的人动了一下，嘴巴里呜噜呜噜的，"现在什么时候了？"

突然响起的雄性声音，让林溪顿时清醒了一大半，不是吧，她被人"捡尸"了？！

"我去！"她身上裙子已经没了，就裹着浴袍，没想到居然临到三十岁还晚节不保，此时她恨不得抽自己两个嘴巴，来换取昨日的清白。

"拜托，拜托，你什么都没看见，我也什么都不知道。"

她念咒一样嘀咕着从床上滑下去，忽然胳膊被拉住了，那人问道："你干什么……"

床上的人话还没说完，就像是忽然被电着了，一个鲤鱼打挺地从床上跳起来："林溪！"

苍天啊，如果说酒后乱性是一种错，那对象是前男友就是犯罪。

"我一定是在做梦，没错，噩梦。"林溪碎碎念着从床上下去。

"你怎么在这儿？这到底是怎么回事？我应该没……"

徐柯也显得很惊慌，一连抛出三个问题。

“你问我，我怎么知道，我才是受害者好不好？！”林溪气不打一处来，好像吃亏的是他一样，两人隔了一张床的距离，林溪看他没穿衣服，吼道，“你能先把衣服穿上吗？！”

徐柯反应过来，立马开始手脚麻利地套衣服，把被子掀开准备套裤子时，他抬头看了看林溪：“我要穿外裤。”

“你还怕我偷看啊？！”林溪白了他一眼，转身背过去，嘀嘀咕咕一句，“你哪里我没看过，这么装模作样，肯定是跟绵绵柔学的。”说着抬手拍了拍宿醉后生疼的脑袋。

“我们先冷静下来，昨天都喝得不省人事了，应该不会做什么。”徐柯穿好衣服，总算把理智找回来了。

“好，我现在去厕所冷静一下。”林溪抱着疼得要裂开的脑袋，迅速闪到厕所里，主要是她突然很想上厕所了，她失踪的绿裙子躺在浴缸上，她捏起了一角，差点呕出来，“哇，好臭。”

昨天晚上到底发生了什么事，怎么她会跟徐柯在一间房间？她坐在马桶上，忽然一些零星的片段在脑海里浮现。

她记得自己在厕所门口晕了，然后好像是某一个熟人把自己扛了出去，一群人在门口打车打不到，秦咪咪在大路上撒泼，对了，然后是小 B 看到附近有个酒店……

“我们这儿就剩三间了。”服务员看到一堆像烂泥一样的人，露出恨不得除之而后快的神情。

“来，来一瓶。”

“你疯了，什么来一瓶，给我来一打。”

“哈哈哈。”

几人坐电梯晃到房间门口：“看，我这里有个好东西，大床房。”小 B 拿着房卡，笑得跟个傻子似的。

“那我们不能拆散人家。”

门嘀的一声打开了，徐柯和林溪就被扔了进去：“男女朋友应该一间，别……别谢我们。”

“对，不能拆散！”林溪就记得自己吼了一句。

我去，林溪拍了脑袋，敢情喝大了之后，所有人都只记得她跟徐柯是一对，压根忘了分手这一茬。

那衣服是怎么回事……她又努力回忆。

“徐柯，你起来，要洗澡才能睡觉。”林溪戳戳躺在床上已经呈大字形躺着的徐柯，“你怎么老是这么懒，不管你了。”

她自己晃去厕所，一进门就吐了：“啊！好脏。”然后脱了衣服站在镜子前面，愣了半秒，“哎，我刚刚是不是洗过澡了？哎呀，肯定洗了，衣服都脱了。”说着就裹了浴巾出去，见徐柯脱了衬衫趴在床上，她一个熊扑过去，“你这么快就洗好澡了？”

“你说什么，不是你洗的吗？”

“啊？”

徐柯翻过身搂住她：“睡觉，我好困，不要乱动了。”

“我也好困……”

林溪差点跳起来：没有，没有，我没有晚节不保！

她正回忆的时候，外面传来的砸门声，吓得她差点摔倒。

“徐柯，徐柯！”这个酒店的隔音真心不怎么样，丁柔那尖嗓子让她的头更加剧烈地抽痛起来。明明有门铃，丁柔就不怕把手给砸断了。厕所的门被敲了两下，徐柯的声音低低的：“躲一下。”

她贴着厕所门听到脚步往房间门口移动过去了。

她索性回身把盖子合上，坐在马桶上。这酒店厕所门是镀膜玻璃做的，所以她能在里面看猴戏一样看他们，但是他们看不到自己。

丁柔一进来就跟兔子一样上蹿下跳：“我早上醒来发现房间就我一个人，他们都走了，我去楼下问前台，敲了好几个房间的门才找到你，你怎么电话也不接？”

“可能是没电了，我没听到。没什么事我们就先走吧。”徐柯想赶紧把她弄走。

“我问你，你昨天看到林溪是不是还对她有什么想法？”

“你莫名其妙说这个干什么？”

“我昨天都喝成那样了，你都不帮我一下，就让她欺负我。”

“是你自己以为她酒量不行，硬要跟她喝的。”

“你还在帮她说话！”

“别闹了，我现在真要走了，今天公司还有事。”他说着就拽她走，林溪以为没什么好戏看了，把盖子一打开，谁知道这东西这么智能，哗啦啦突然就开始冲水。

丁柔再也挪不动脚了。

徐柯的反应没她快，她撒丫子就冲进了厕所，林溪撅着屁股在弄马桶，转头露出了一个尴尬又不失礼貌的微笑：“嗨，好巧。”

“啊！”丁柔这海豚音飙得，差点把她的耳朵给震聋了，“林溪你这个不害臊的女人，勾引我男朋友！”说着就要伸手揪她，她也不能尿啊，至少要揪回去，否则脸被挠花了怎么办？

“别打了。”徐柯冲过来拦，一只手拽一个想要把她们分开，三个人就在厕所里玩起了老鹰捉小鸡。丁柔因为太激动，双手乱挥，不小心就给了徐柯脸上一拳。虽然女人的力道不如男人，但是徐柯还是蒙了一秒。

丁柔心疼地看了他一眼，转头用好像杀了她爹娘一样的眼神瞪着林溪：“都怪你！”

林溪一脑袋问号：你自己失手打错了人，怎么又怪我了？

随后丁柔开始梨花带雨地哭号，林溪本来就头疼，给她这么一喊，更加难受，火直接就烧掉了理智。林溪从淋浴间里拽出花洒，打开冷水，对着她就一顿猛喷，对面从哭号变成了惊叫。

林溪伸手把水关了，一把将花洒扔在地上：“号什么号！

吵死了！”

“你这个小三，你还骂我！”丁柔又要动手。

“我小三，你全家都小三，要按辈分算的话，你还要叫我一声姐姐呢。我就说一句，你爱信不信，昨晚我跟徐柯什么都没发生，要睡几年前就睡够了，现在只有两种结果：一、你继续闹，除非你俩合起伙来打我，否则你是打不过我的；二、你俩赶紧滚，我现在头很痛，很可能控制不了自己的情绪，直接出去拿个瓶啊罐的砸你头上，到时候变成暴力事件就不好了。”

“你！”丁柔又要冲上去。

“走吧。”徐柯皱皱眉头，看了一眼回身又坐在马桶上、吊儿郎当的林溪，连拖带拽地把丁柔弄走了。

丁柔叫叫嚷嚷的，门被关上之后还能听到，林溪捶捶手脚，捏捏肩背，刚刚甩东西的力道太大了，好像把筋拉着了。

丁柔也是运气不好，平时找找碴也就算了，偏在她心情不好又头痛的情况下叽叽歪歪，以至于她连带着徐柯一起给骂了，反正他们两个现在是相好的，打断骨头还连着筋，骂谁都一样。

她伸手把门关上，直接就在卫生间里脱衣服洗澡，然后把裙子洗净吹干，拿着吹风机的时候，除了头钝钝地痛，心里还有些后怕，要是昨晚真跟徐柯隔了这么多年还发生点什么，那就真的出大事了。

打开厕所门出去，在电视旁边的矮柜上发现已经被揉烂的干瘪的包。

“我的名牌包啊！”林溪哭丧着走过去，心疼地一把抱住，平时拿着都是小心翼翼的，昨晚喝醉了也不知道是怎么糟践它的。

旁边桌子上放了一个盒子，“头痛片”三个字一下跳到她眼睛里，她往门口的方向看看，刚刚在吹衣服的时候，好像门外面有什么动静。摸摸那个硬质的壳子，她忽然叹了口气，原来他还记得。

记忆的闸门打开——

“早让你别喝那么多酒，你又不会喝。”徐柯看着沙发上缩成一团的林溪。

“你就会马后炮，我要疼死，就放煤气跟你同归于尽。”

“要不要这么毒？”徐柯穿着灰色的棉质睡衣，坐在柔软的棕色沙发上，这个沙发很宽，一米多，是林溪从旧货市场淘回来的。一开始徐柯不高兴，本来就是二手的，棕色让它看起来又旧又脏，但每次吵架，林溪都喊他滚出卧室，所以他躺这个沙发的时间比林溪还多。

他躺下来侧身抱着她，像抱着一只蜷缩的小猫：“我给你去买点药吧。”

“什么药？”

“止痛药。”

“又不是来‘大姨妈’。”

“这世界上不是只有一种痛，也不是只有一种止痛药。”

“要么亲嘴吧。”林溪提议。

“为什么？”

“转移一下我的注意力。”

“我发现你时时刻刻都很下流，就想占我便宜。”

“我追你那么长时间，总要算点利息。”

“我去买药了……”

桌上的电话突然响起来，让她飘远的思绪一下收了回来。手机充着电自动开了机，伴着振动的声音，像个随时要爆炸的定时炸弹，林溪哆哆嗦嗦地捏着手机，那边秦咪咪飙着高音:“林溪，周正找你，你死定了！”

# Chapter 03 天上掉下个未婚夫

一瞬间，林溪脑子里什么都没有了，周围都是千篇一律的酒店摆设，她甚至连脑袋疼都顾不上了，冲到大街上的时候，周围人都是一副看疯子的眼神。

在路边招了车，林溪想死的心都有了，里面坐着的司机师傅不就是昨天那个吗？司机犹疑地看着她，大概是在思考要不要再助纣为虐，眼前这女人就是既不尊重死者，又无法无天之辈，但他又怕她这祸害在大马路上惹是生非，自己遭殃就算了，可毁坏路边的花花草草就不好了。

没办法了，她眼睛一闭，直接开门上车，报了地址之后，司机往后视镜瞟了瞟，就开始劝人向善……

“小姑娘，听我一句劝，年轻人应该善良一点。”

——我哪儿不善良了？

“人要多思考，多读书，书籍使人进步。”

——你这是说我没文化？

“最主要的啊，是要学会爱惜自己，尤其是女孩子。”

——我去！这是说我生活复杂吗？

这司机唐僧转世的吧！林溪看到一辆电动车从他们车旁边潇洒超过。

“司机师傅，我男朋友要跟我分手，我现在要赶去见他，您要是开得比旁边那个婴儿车还慢，很有可能我就要孤独终老了。虽然我挺可恶的，但是您看在我还不算太老，还有改造空间的分上，您就帮帮忙吧。”

“真的？”司机显然是在质疑林溪的人品。

“那您就相信人之初性本善吧。”

大概对方被她的怨气吓到了，车子颠簸两下，突然如箭般冲了出去。

其实，林溪没撒谎，只不过那句话要倒过来说，如果她现在不去见他，那她就真的会被甩了。没错，周正就是她男朋友，而且是即将和她步入婚姻殿堂的男人。

林溪脱了高跟鞋，狂奔上楼，急促的心跳和脑门上跳动的神经几乎在一个频率上。她冲进屋子，撞开房门，边走边脱衣服，打开衣橱，里面分了两个部分，一边花红柳绿小野猫，一边包臀裹腹假正经。

“最素的那条呢？”她翻了半天，干脆穿了白 T、短裤，又把桌上的雪花霜抠了一块，随意抹在脸和身上，门铃突然响起来，“我去！这么快。”

奔到客厅的同时，她把脸上最后一块霜抹匀：“嘿，周正。”她倚在门边，慢条斯理地打招呼。

门口站着一个身高普通、穿着灰色外套、戴着眼镜、皮肤有些黑的男人，看到她的时候，脸上呈现着温和的神色。周正不够帅，看上去却让人觉得舒服，这是林溪第一次见他的印象，也长期保持了。

林溪从来没想过，有一天自己居然会去相亲，并且在还没见识过几个人的时候，就处了起来，迅速到达谈婚论嫁的高度。在竞争激烈、犹如特价打折超市的相亲市场，这简直跟中大奖没两样。

周正手里提着白色的塑料袋：“知道你肯定没吃早饭，我带了一份过来。”

林溪侧侧身，让他进来。周正轻车熟路地走到厨房拿碗给她盛粥。

“听咪咪说，昨天你们同学聚会喝多了，打了几个电话你都没接，我差点要满世界去找你了。”他温润地笑起来。

周正一直不是一个特别有趣的人，但是林溪都会捧场。

“昨天手机没电了。下次不喝了，头疼。”林溪有些心虚地应答，“你今天上午不是有课吗？”

“嗯，不过是十点的，你喝醉了，怕你不舒服，过来看看。”

林溪接着他递过来的白粥，小口喝起来，在这个时候喝粥，确实能缓解口干舌燥。

她抬头看见周正正在看她，说道：“我今天没化妆，不好看，你别看了。”她有些不好意思。

他伸出右手过来捉住她的手：“我喜欢你这么干净的样子，虽然不精致，但很真实。”

“嗯。”林溪舀了一勺粥递给他，“吃不吃？”

“嗯。”周正一口含住。

林溪看着他，心底泛起了俗称内疚的情绪，为自己早上的那些情绪波动，过去的就过去了，这才是自己的生活。

送走周正后，她关上门，转过身的时候，差点没给吓死，秦咪咪正鬼头鬼脑地站在她的身后。

“你在家不出声，装鬼呢？”

“刚刚太惊心动魄，林溪你现场演了个‘007’，我都没敢出来，怕溅我一身血。”

“你今天上班的吧？”

“我请假了。”

“你休息半天就为了在家看我笑话？祝你好人一生平安。”

“要是放在古代，你一个跟前男友开房的女人，早该被浸猪笼了。”

“都说了没开房，小 B 她们喝糊涂了，才把我们弄一间。”林溪把桌上的碗收拾到厨房去，“我还没说，你是人吗？自己跑回来了，把我一个人丢在那儿。”

“我跑到路上招到车，以为你们都上车了，实在喝太多了。”

林溪翻了一个大白眼：“说实话。”

“好吧。”秦咪咪摊摊手，“昨天江辰跟他的新女友过三个月纪念日，发朋友圈嘚瑟，我跟他们吵了一晚上，就把你给忘了。”

林溪抬起头的时候，正好看到秦咪咪的目光落在一对红色的情侣杯上，刚要伸手阻止，对方比她手更快，杯子从台面上滚到了池子里，声音清脆响亮。

“这已经是你砸坏他们的第几套情侣用品了？你和江辰不太愉悦地分手后，两人却还是挤在一间房里，看着彼此的新欢旧爱来来往往。就算当时这房是你们一起买的，如此诡异的关系加上我这个第三方的租客，我能看过眼，我的一身正气也实在是看不过眼。”林溪觉得作为这个屋子里唯一的一个正常人，有义务站出来说句公道话。

“你确定？”秦咪咪斜睨了她一眼，“好吧，我打算把你的房租调回原价。”

“我觉得，你代表的是新时代女性不屈不挠的精神，是永惩渣男的正义行径，作为你的好友，我将永远站在你这边。”林溪立马改口。

“啧啧，我就喜欢你这没皮没脸的样子。”秦咪咪跟个色欲熏心的老头一样，在她下巴上挠了一下，“不过，你到底什么时候跟周正住一起，结束这样的活寡生活？”

“等结婚吧。”

“佩服佩服，你这男人不愧是历史学教授，自己研究自己就行了，按他那年纪也差不多可以入土了。”

“他才三十五岁，你别把他说得跟个老头一样。”

“你说的是生理，我说的是心理。三十五岁未婚男青年，纯洁历史学教授，这几词就可以概括他的一生了，死了直接就可以写到墓志铭上去，还不够无聊？”

“人家就是保守一点，这证明他是个心地善良的老实人。”

“就周正那石化脑袋，你昨天要真跟徐柯睡了，他的所有反应我都能想象出来。”秦咪咪往外走了几步，开始情景演练。

“他很冷静地站起来，依然抑制不住自己微微颤抖的双手，朝门的方向走过去，在开门的一刹那，他回头，轻轻地说一句‘我对你很失望’，然后砰地把门关上。”

“老实沉稳的男人适合过日子，以后也会顾家，我妈说的。”林溪去包里找药片。

“什么时候老实变成一个褒义词了？从各方面下不了手，才会夸奖一个女孩清秀，老实如是。你现在这种听妈妈话的语气，特像小时候，小伙伴喊你出去玩，你说，我要回家问一下我妈。”

“你说这么多，不就是谴责周正保守，不赞同婚前同居吗？每个人都有自己的个性，你也不能强求所有人都是复制粘贴出来的。”

秦咪咪瞪大了眼睛，像看怪物一样盯着林溪：“你拿错剧本了吧，这种通情达理泛着点矫情的话是你的台词吗？难道女人三十真是一个坎，身体衰败，连心理也衰败了？”她越说越可怕，“还好，我才二十八岁。”

“你也好不了多少，找个好人就嫁了吧，整天作什么？”

“行，那我问你，你有多久没开荤了？”秦咪咪看她僵住，说道，“不用说了，已经很长很长了，我看你赶紧把周正那古董放回博物馆去，徐柯回来就是你的大好时机。”

“他回来就回来，关我什么事？”林溪可不打算把刚刚那个风波跟秦咪咪分享，因为那样秦咪咪一定会没完没了地八卦至少一周时间，“我已经有未婚夫了，以后周正就是你好朋友的老公，挑唆朋友进行劈腿行为，举头三尺有神明，以后喝凉水都塞牙。”

“不跟你说了，我头疼，再去补个觉，吃晚饭叫我。”林溪赶紧逃离阵地。

这一觉醒，她打开房门，一股子香味瞬间让她胃口大开，估摸着能吃一头牛的量：“今晚吃什么？”她顺着香味摸出去。

“火锅。”秦咪咪正站在大桌前，把一堆菜塞到一个没洗干净还留着上一次“余料痕迹”的电磁炉里。

“江辰最讨厌别人在他屋里吃火锅。”

“我知道，为了我昨天跟他们聊了五个小时取得的胜利，打算吃个火锅庆祝一下。”

“冤冤相报何时了，你是我房东，江辰也是，神仙打架，凡人遭殃，我还是出去吃吧。”林溪小媳妇似的说着就要走。

“坐下。”秦咪咪一只手把她按在凳子上，“我今天买了上好的牛肉，你确定不吃？”

林溪看着锅里咕噜咕噜翻滚的肉片，咽了咽口水，撸起袖子：“不管了，吃！”

“你们在干什么？！”江辰在门口歇斯底里一声吼的时候，林溪正在把碗里的一大坨肉塞在嘴里，差点没呛死。

秦咪咪瞅都没瞅他一眼，接着放菜：“不是跟小蜜旅游过纪念日去了吗？这么快就回来了？”

“秦咪咪，你昨天居然留了几百条留言说我是渣男，加上看热闹的，信息都差点塞爆了，出去的心情全给你破坏了。今天居然还在家里吃火锅，你这个疯女人，你就是故意的！”

啪的一声，秦咪咪猛地站起来，那速度跟窜天猴有得一拼：“怎么着，哪条法律规定不准在自己的房子里吃火锅了？再说了，我留言，你不想看，可以把我拉黑啊！自己吵不过我就撒泼，活该！”

“秦咪咪你就是个泼妇，怎么那么见不得我好？我找到个体贴贤惠的女朋友，你看不过眼了？”

“我呸，就那小蜜长得跟豆芽菜似的，麻烦你们下次办事的时候别衣冠不整地跑出来，这屋还有别人在呢，辣眼睛。”

“你还有脸说，你上次带一男人直接睡沙发上了，这个客厅是公共区域，不是你自个儿的。”

“哟，那麻烦你晒干了的裤子也别随便乱放，我一个不小心不顺眼，可能就给扔垃圾桶了。”

“我说那条裤子哪儿去了，原来是你扔了，你懂不懂尊重别人隐私啊？”

“那裤子还是我给你买的呢，我想扔就扔。还有你现在裤子上的皮带也是我买的，给我取了，扔给狗也不给你。”

“谁稀罕！”江辰恨得牙痒痒，伸手就开始解裤子。

林溪看着这针尖对麦芒，赶紧站起来：“好好说话，成不？”

“滚！”两个同时响起的高音，差点把她弹飞了，他们两个每次吵到最后，就开始算东西，脱衣服，扔碗盆。为了避免被波及，林溪拿了外套和钱包，直接溜出门了。

她吃的只是半饱状态，但是味蕾被完全调动起来了，此刻她最想吃的就是重口味串串。骑了小绵羊就杀到“点点”去，这点点是他们大学 C 大门口的店，整个晴川市没有一家比它更正宗、性价比更高，当地懂行的，都知道这家店。

“老板，来个番茄大料，汤多加点辣椒。”

“好咧。”

林溪去挑菜，转头问老板：“老板，萝卜圆怎么没了？”

“这个最热销，卖得快。”

“我知道啊，谁知道这么快。”林溪嘀嘀咕咕，看到右边坐着的人，桌上的盒子里放着十几串，“一个人吃得完吗？”

“先生，商量一下，给我几串行不？”

一颗脑袋漠然地转过来：“不行。”

“徐柯！”林溪像是菜里见到蟑螂一样，“你怎么在这儿？！”

“吃东西。”徐柯明显不太客气，估计是早上那事还让他耿耿于怀。

“你都这身价了，还来吃串串，够接地气的啊！”

“你管我！”

“嘁！”

“姑娘，锅底好了，放哪桌？”

“就这儿。”林溪拍拍徐柯的桌。

徐柯撇撇嘴。

“你就别摆脸子了，我跟你道歉，早上不应该连你一起骂的。”林溪很自觉地从他盒子里拿起一串萝卜圆往嘴巴里塞，咬下一个，“你一开始让我躲厕所里，我还不高兴呢。怎么样，丁柔没把你怎么着吧？”

“我跟她解释过了，她虽然还在生气，但应该没事了。不过……”徐柯说着看了她一眼，顿了一会儿说，“昨晚我真的记不清了，要是有什么事情你可以告诉我。”

“啊？”林溪郁闷，“你在说什么？”

徐柯扭了扭脸，最后憋出了一句：“我是说，如果昨晚我们真发生什么事了，你可以告诉我，我也会跟丁柔坦白，撒谎隐瞒让我不舒服。”

林溪蒙着听了半天，最后才反应过来，扑哧笑出来：“你以为我是为了不破坏你的感情，就算有事也要装没事，自我残害的玛丽苏女主角吗？真没有，我自个儿的情况我还不知道？再说了，要真那啥了，我男朋友也饶不过我。”

徐柯的脸一下黑了，他拿着筷子的手微微一顿：“男朋友？你交男友了？”

“多稀罕啊，不是男朋友还是女朋友啊？”林溪晃晃脑袋，瞥了他一眼，“是不是以为我一直不交男朋友还在等你啊？”

“哪有，毕竟也过去这么多年了，也正常。”徐柯像是在自说自话，并不看她。

“他怎么样，应该不错吧？”

“是啊，反正比你好。”林溪就喜欢逗他，“他是大学老师，为人正派，沉稳老实还特别体贴，最重要的是没那么多莺莺燕燕，让我很有安全感。”

“挤对谁呢？”徐柯手下一沉，“说几遍，我跟那些女生真没事，你就一直没完没了地怀疑。还有丁柔，也是我去了国外才遇上的。”

锅子里咕噜咕噜冒着泡，安静了一会儿，林溪抬手笑笑：“现在说这个也没什么意思，就当吸取个教训，以后别烂好人似的总帮助人。像我这种前女友就是红灯加警备级别的，我就是被掉下来的天花板砸了，你也千万别来救我。我有朋友，也有男朋友，最后究责怎么也轮不到你头上。”

“有必要说得这么绝吗？我以为我们至少还能做朋友。”

“你听过一句话没，前男友是这个世界上最好的约会对象，进可攻，退可撩。”

“喀喀。”徐柯被嘴里的一口辣子呛得咳起来。

“别激动，我只是说说而已。”

“林溪，你就不知道什么叫害臊。”

“嘿嘿。”林溪把碗筷一放，“差不多了，我吃好了。”

“我也好了。”徐柯手一挥，“老板结账。”

“应该是请我的吧。”

“唉！”徐柯叹一口气，“真服了你。”

“你都是个大设计师了，跟我个小老百姓计较什么？”

“你现在不做建筑了？”

“我吃不了那苦，就转行做软装销售了。”林溪拍拍肚子站起来，“谢谢你的晚餐，我走啦。”

“你怎么来的？”

“喏。”林溪指指不远处火红的小绵羊，“我骑这个来的，我住得离这儿不远。”她话还没说完，徐柯突然拉了她一把，护到身侧，她刚想控诉他耍流氓，他伸出右手准确地挥了一下，一个球体飞了出去。

一个穿着篮球衣的高个男生一只手接了球过来道歉：“不好意思，差点砸到你们。”

林溪看看几个青涩的高个男孩：“你们都是C大的学生？”

“是啊！”

“我们也是，不过毕业好几年了。”

“原来是师兄师姐啊！”刚刚过来道歉的男生看一眼徐柯，“师兄刚刚看你身手不错，要是有时间的话能帮我们一个忙吗？”

“什么？”

“是这样的，我们今晚有个校内友谊赛，但是临时有个人闹肚子去不了了，我们刚刚就是急匆匆去找别人的，反正师兄是C大的，也不算拉外援。”

徐柯一时没说话，不过林溪看得出来，他刚刚看到篮球的时候，眼睛里面流露出的是一种怀念，于是开口帮他答了一句：“他答应了。”

“我还没说。”徐柯看着她。

“你每次故作思考的时候都会搓手指的。”林溪一眼戳穿。

徐柯低头看自己的右手，释然地笑了一声：“好吧。”

徐柯在学校的时候，不仅学习好，篮球打得也相当棒。一般会打篮球的男生，基本没有几个女生会拒绝，大学第一次篮球校赛，就因为徐柯最后几秒的一个三分球才力挽狂澜打败邻校的，林溪也是那个时候对他倾心，看着球场上潇洒的身姿，她当时心里就在想，这个男人一定会是我的。

走在熟悉又有些陌生的校园，林溪感觉好像很多记忆都从两旁斑驳的树影里如鬼魅般爬了出来。旁边走着的徐柯比她要高一些，树影落在他的身上，和记忆里的很像，但又不全是他，总有些物是人非的感觉。

林溪坐在看台上，学校里的男女生来了好些人，个个洋溢着青春气息，很像当年的她。

徐柯撩起白衬衫的袖子到小臂处，发窝里面闪着汗珠，亮晶晶的像是珍珠，周围的女生大声喊着加油，偶尔夹杂着意中人的名字。

林溪以为自己够大了，不会被这种情绪所感染，然而在哨声响起的同时，徐柯一个远投，球落进框里的一刹那，她还是激动得像个迷恋明星的少女一样叫了起来。

几个小伙也觉得自己撞了大运：“师兄你太厉害了，今天要不是你我们赢不了，你以前是校队的吧？”

徐柯擦擦脑门上的汗：“嗯，不过好长时间没练了。”

“太厉害了，师兄留个号码吧，以后指点指点我们。”

徐柯笑笑：“行。”随即报了一串数字。

几个人恭敬地记下，大概是觉得气氛较好，八卦了一句：“那个跟你一起的学姐是你女朋友吧？”

徐柯愣了一下，没回答。

“师兄真厉害，能找到这么漂亮的女朋友，我们在这儿上几年学了，也没找到女朋友。”

“有机会的。”徐柯拍拍他们的肩膀，他也闹不明白干吗不直接否认，林溪是他女朋友没错，不过，只是曾经是。

“你这老胳膊老腿还不错嘛。”林溪调笑他。

“我的实力，要是当年可以单手虐他们。”

“啧啧，说你胖，你还喘上了。”林溪看看表，“我要回去了。”

徐柯理理衣服，看她有些着急的样子，故作漫不经心地问：“怎么，怕男朋友查岗？”

“不是。”林溪低头看了一眼手机，“我跟咪咪还有他前男友住一块，出来之前，两人吵得正凶。”

“什么？”

“这事说来话长，他们俩本来准备结婚，买了房子，闹得不欢而散之后，都挤在这个共有财产里，咪咪租给我一间。”

“我以为你和你男朋友住在一起。”

“你以为谁都跟你一样，未婚同居。”

“你能好好说话吗？”

“好、好。”

“昨天看你一身行头，还以为你去傍大款了。”

“还不是因为丁柔就知道攀比，我看你把她养得也挺好的，浑身珠光宝气。”

“她家里条件本身就不错，也不是完全靠我。”

“也是，不然哪能出国留学呢？她喜欢嘚瑟那臭毛病，大学的时候就看出来了。挺好的，门当户对又都是海归，你妈肯定高兴死了。”

林溪说这话倒不是气话，而是随口一说。她跟徐柯好的时候，他妈就嫌她没文化、不求上进，她就纳闷了，两人都是一个大学的，谁还能比谁的境界更高点？其实说白了，就是两家不在一个档次上，林溪小门小户，徐柯家不能算暴发户，但也是个挺富裕的家庭，为这事，两人没少较劲。

林溪一个人走着走着，发现徐柯落到了后面，她回身看他。

“当时，你要是跟我一起走，现在也是海归了。”他快走了两步跟上来。

“我要有那闲钱出国留学，早在晴川买房了。”

“又不用你出钱，我可以负责两个人的费用。”

“当时那也不是你的钱，是你妈妈的钱，我还是过我小老百姓的生活，否则拿人手短，吃人嘴短，免得受闲气。”

徐柯不再说话了，说到这里，两人都感觉有些不快。

终于回到串串店门口，林溪吐了口气，可以分道扬镳了。她激动地跨上小绵羊，打算挥挥手留给徐柯一个潇洒的背影。

徐柯也准备往路边的方向走去开车，刚转身就被一声吼叫吓了一跳。

“我去，我电瓶呢！”

林溪忍不住骂街了，这小绵羊还是新的呢，她没骑过几次，哼，哪个天杀的？

她抓耳挠腮正在犹豫到底是打车还是步行回去，旁边响起汽车喇叭声，一辆大奔停在路边。

车窗打开，徐柯朝她头一歪：“上车，我送你回去。”

林溪想着打车也要钱，算了，不蹭白不蹭。

徐柯看到林溪坐在副驾驶上，脸黑得跟包公一样。

“至于吗？不就是一个电瓶吗，你现在的样子像要去杀人。”

“大哥，你是在外面待久了，不了解国内行情吧，电瓶偷了，我这车就算完了，被我抓到一定要揍得他娘都不认识他，气死我了，我今天就不应该出来。”她气呼呼地朝后靠了靠。

“能要多少钱，我买一辆给你就是了。”徐柯脱口说道，突然觉得有点不对，尴尬地咳了一声。

林溪撇撇嘴：“你钱是多到没地儿花了，还给前女友买礼物？知道你只是安慰一下我，心意我领了，前面小区我就到了，你把我放门口就行。”

等到车完全停下的时候，林溪解了安全带：“谢了。”推门出去之前，她忽然回过身来，“还有那个头痛药。”

徐柯愣了一下，看林溪的位置上有个小包，喊了一声，可她已经走好远了，怎么跑这么快？他连忙解开安全带下车，追过去。

“林溪！”

她回头的时候，正看到徐柯急吼吼地跑过来：“你包。”

“我差点忘了。”林溪连忙接过来，否则又是一笔损失，“对了，那个手臂上的文身可以洗掉的，一个大建筑师身上有这个，总觉得有点非主流。”她抬抬手，指指自己的右手臂，刚刚徐柯打篮球的时候，她就看到了，文的是半个心形。

徐柯收收手，没说话，过了一会儿抬起头来：“你的洗了？”声音闷闷的。

“当然了。”林溪笑笑，“情人没了，还留着这东西干吗？”

“你总是喜欢先放手。”徐柯说，“要不是……”他刚要说什么，电话突然响了，他接起电话，又恢复了常态，“小柔。”

林溪觉得不应该再站在这里，耸耸肩膀，朝里面指指，示意自己要进去了。

小区门口的路灯坏了，前面一段是黑的，林溪走在黑暗里，一股说不出的情绪涌上心头，她已经过青春期很久了，她把心里产生的那一点点波动，归咎于今天故地重游，又是和旧人一起。

走进屋子，桌上的火锅已经收拾干净了，屋里一片安静，这种寂静让林溪有种不安感。

她走过去敲了敲秦咪咪的门：“大咪。”门没锁，她打开了，见秦咪咪低着脑袋背对着她坐在床上，问道，“怎么了？”

“没事。”

她看到秦咪咪迅速起身想要出房间，凭着这么多年的了解，她知道这状态诡异，挡在前面，低头一看：“你手怎么了？”秦咪咪的右手上在流血，脸上看不出什么表情，就像失了魂魄。

“我去拿创可贴，你等一下。”

她走到客厅，在电视柜里翻找，一个人影站在后面，吓了她一大跳：“江辰，你吓死我了，突然站我后面干什么？！”

他看起来有些疲惫，从口袋里拿出创可贴还有纱布和药水，东西齐全：“她手伤了，你拿这个吧。”

林溪唰地站起来：“你打她了？”

“我没打她，江蜜中途回来了，看我们在吵，伸手推了她一把，她撞倒了杯子，把手划破了。”

“我不明白，你们为什么还住在一起，这么彼此伤害有什么意思？”林溪也有些火气，总觉得是他们两个人合伙欺负了秦咪咪一个人。

“我也不明白。”江辰就回了这一句，转身进了房间。

林溪一面给秦咪咪包扎，一面瞄她的神情，她不说话的样子特别像一个受伤的小狗，收起了平常的锋芒，看起来特别伤心。

“难过？”

“怎么可能，婊子配狗天长地久，气死我了，下次一定要那小蜜好看。”秦咪咪说起来就开始喋喋不休，缩缩手，“你轻点。”

“那你生气是因为一打二没打赢，还是江辰没站在你这边？”

秦咪咪一时语塞，脸垮下来：“你是来拆我台的是不是？”

“不是，这个药水呢，是江辰给我的，他也没那么丧尽天良吧？”

“他给的？”秦咪咪眉头一皱，“赶紧给我洗了，我怕有毒。”

“他有的是机会毒死你，还要等到今天，说不定想和平共处做个朋友。”

“开什么玩笑，朋友？男女分手了怎么做朋友，你跟徐柯能做朋友吗？”

“你嘴巴能再损一点吗？疼死你。”林溪下手按了一下，疼得她嗷嗷叫起来，“我小绵羊被偷了，暂时坐公交车吧。”

“不是新买的吗？你个败家娘们,不然咱合资买个车吧？”

“我也在考虑，但是这儿离我们上班的地方也没多远，用不着车，算了，再想想。”

“你不就是舍不得钱吗？不谈有多好，你也是咱 MC 宁开分店的店面经理,工作也几年了,除了你穿来穿去的那几个名牌，钱都留给家里了，就不能花点在自己身上？”

“我有两个弟弟，都要娶老婆，我得帮他们准备老婆本。”

“林江、林河，一个十三岁，一个也才十八岁，有必要准备这么早吗？”

“你以为钱能从天上掉下来吗？积少成多。”

“林溪你就跟田里的老牛差不多，找个有钱的多好，遭这份罪，要是跟了徐柯，马上就可以享福了，看看绵绵柔现在多风光。”

“周正也挺好的，老历史告诉我们，吃着碗里的，看着锅里的，没好下场。”

“周正在正常人里是挺好的，关键你是正常人吗？”

“你骂我是不是？”林溪又想敲死她。

“你扪心自问吧，你在周正面前是不是特别装蒜，以前的你简直光芒万丈好吗？就算你现在突然母性爆棚，想低调做贤妻了，那也不代表要找个跟自己完全不是一个星球的来压抑自己的天性吧。”

“我什么天性啊，女流氓吗？我现在二十九岁了，不是十九岁，天天还跟二五八万似的，人家会说我有毛病，你别整天长肉，脑子也该长长了。”

“怎么着，说到你痛处，你开始人身攻击了是吧？你跟他从内在到外在，‘三观’完全不同，就算结婚了有什么意思？就图个安稳？还有那个丁柔，我告诉你，她和徐柯也长不了，同样不是一类人。”

“你说来说去，不就说我跟徐柯最合适吗？”

“没错，你们就不尝试一下复合？比起新人，还是旧人知根知底比较好。”

“要复合这么多年都神游去了？我就不能跟你对话，简直影响我的‘三观’。我洗澡去了，不然等会儿你又要跟我抢。”

“你跑什么，你真的就一点点感觉都没有了，一点点都没有？”她最后一个调子特意拉长。

林溪跑到厕所，关上门，吐了口气，脱下衣服，微微侧过身子，左腹部下露出一个红色半心形状的文身，看来要早点去洗掉了。

“在干吗？”林溪出来的时候，周正正好打电话来。

“刚刚洗完澡准备休息。”林溪坐在床上拿着毛巾擦头发，一会儿没声音，她看了看界面，明明还在通话，“还在听吗？”

“嗯，刚刚我妈打电话来，他们想把婚礼订到下下个月十号，我想先问问你的意见。”

“这么快，不是说今年不宜结婚，明年定日子吗？”

“我太爷那边不行了，要是今年不办，按习俗守丧，就要再等三年，他们就着急了。”

“今天太晚了，明天我打电话告诉我爸妈。”

“是不是太急了？”

“也就是提前半年，没什么关系，就是我这婚假得想想办法，我那上司很难搞。”

“嗯。”那边轻咳一声，“你想清楚要做周太太了？”

“怎么了？那我问你想清楚要做我林溪的老公了吗？现在后悔还来得及。”林溪听着那边忽然不说话了，“你不是真后悔了吧，怎么不说话？”

“我吓吓你。”那边周正轻笑一声。

林溪吐了口气：“不好笑，我得赶快嫁给你，再迟孩子都生不出了。”

“就算你不想生孩子，我也不会逼你，婚姻不应该是一种束缚。”

“你今天怎么了，说话这么奇怪？”

“可能我也有人家说的婚前焦虑症，林溪你这么漂亮又能干，要是再早几年我想你肯定看不上我，有时候我都觉得自己幸运。”

“无事献殷勤非奸即盗,是不是干什么坏事了？从实招来。”

那边轻笑了一阵：“没什么，你早点休息。”

这就打发自己了？林溪看着黑了的界面，忽然想起刚刚秦咪咪说的话，自己在周正面前是不是太装蒜了？在睡着之前她终于想通了，谈恋爱就是弹性适应的过程，周正说不定还能把她往好的方向带，得出这个结论之后，她终于安心睡过去了。

第二天，林溪差点睡过头，秦咪咪在外面扯着嗓门一直喊到呛口水，门差点被砸坏，她说从来没见睡得这么死的人，有过的，都已经死了。

林溪晕头晕脑的，没反应过来这是骂她的话，两人已经挤着公交车出发去公司了。到了半路，两人又发现今天是要去总部开会的日子，你死我活地又骂了一阵，打车飞奔而去。

MC 公司晴川的总部，坐落在全市最繁华的中心地带，办公楼一天的停车费就让林溪望而却步，停车场就像是名车展览一样。曾经她看到过一句话，他们就是繁华世间的一粒尘埃，空间中如是，物质亦如是。

刷牌进门，蹿到电梯口，秦咪咪开始理头发，转头看到林溪就不动了，目光像蚊子的口针叮住了皮：“林溪，你今天眼睛化的什么鸟屎妆，要吓死谁？”

林溪赶忙掏出手机，打开摄像机，两个眼睛跟熊一样，涂的时候，底色用深了，又因为哈欠连天，被眼泪蹭糊了，她赶忙拿出湿巾擦着。

“你这边还有。”秦咪咪伸手帮她整理。

电梯叮的一声，忽然开了。里面站着一个高个子的女人，身着职业套装,头发一丝不苟,看起来像个处在战斗状态的母鸡，浑身散发着正在慢慢腐朽的气息，充满了寻求生机的欲望。

“督导。”林溪和秦咪咪同时向她点头，那姿态跟一个工厂里做出来的一样。

女人什么反应都没有，只是眨了一下眼，她们可以把这个认为是轻微的回应。

空气里飘散着一股刺鼻的香水味，这是秦咪咪劣质香水的味道，流了汗味道就发酵得很怪异。林溪告诉她，她被骗了，这是瓶假货，她为了证明自己没被骗，所以坚持不懈地使用，以身证明。

旁边站着的高个“母鸡”叫作马丽莲，即便跟传说中的那个相差甚远，但是，在林溪偷看了她的身份证之后，只能被迫接受这个事实。

电梯一直往上升，她们没有一句话的交流，马丽莲不时地微微皱眉，因为空气里的香水味。很显然，她们两个在这个顶头上司面前，跟这劣质香水一样不讨喜。

林溪屏着气，一直在等待马丽莲说话，等着那例行公事般尖酸刻薄的数落。

到了三十六楼，叮的一声响，玛丽莲的高跟鞋后跟嗒嗒在地上跺了两下，麻雀眼往一边斜：“林经理，平日上班也穿得这么随便，打扮敷衍吗？你出去代表的是公司，不是你个人，公事私事要分清楚。”脚下又是嗒的一声，示意说话完毕，随后她抬脚就走了出去。

“啧啧，这马娘娘说话那劲儿，你就是个要被赐死的妃子啊！”秦咪咪摇头晃脑。

“她针对我也不是一天两天了，今天开总部会，不定给我们穿什么小鞋呢。”

“哎！”秦咪咪打住她的话，“是你，不是我啊！这好事不耐磨，坏事记千年，谁叫你当年那么缺德，这马娘娘要记你万万年了。”

“这都多久了，而且也不能全怪我。”

“你作多少孽，自己心里没点数吗？不过，本仙掐指一算，林妃这一劫你能渡。”

“怎么说？”

“马娘娘今天换香水了，宽跟换成了尖跟，扣子往下拉了两颗，我赌她有了新欢。”

林溪嘴角一挑：“老实说吧。”

秦咪咪往她的身侧靠了靠：“我刚刚看到她后脖子上有红印。”

两人心知肚明，会心一笑：“有救了。”女人谈恋爱的时候，往往就会变得比以往善良得多。

里面坐着一群牛鬼蛇神，长条桌，其中四五个都是晴川本地的店面经理。

“杀气重，主子小心。”秦咪咪提醒一句，转身就去另外一个大会议室开会。那边是销售人员训练会，用她的话来说，在古代，林溪是他们主子，他们就是跟在后面的太监，要是主子失了势，他们也得跟着遭殃。

设计师部的洋人设计师 Cary 坐在马娘娘旁边，林溪挑了离他们远一点的位置，反正就是出来新品搞活动之类的事情，她什么都不关心，反正春夏秋冬都有新品，再频繁一点也就跟上二十四节气了。

这些设计师整天天马行空，胡思乱想，根本不考虑他们这些销售的感受，老词新用不是最让人不能忍的，让人忍无可忍的是，根本没有落脚点可夸。

林溪最佩服的就是广告和宣传部胡说八道的本事，造型诡异就说奇思妙想，站在了时代的前沿；保守就说以人为本；把以前的东西拿出来改一改，就说，天道总是有轮回，复古才是主流。

PPT 放完，领导开始批评下属，下属批评别的下属，同时暗地里骂领导，然后又讨论新的东西要怎么卖出去，接着领导再批评下属……这个流程，就跟吃饭一定要去 K 房，洗浴要有服务一样，现代人什么都喜欢一条龙。

蚊子的嗡嗡声在空间里慢慢绕着，消失的时候，她知道重头戏到了。

马娘娘昂着脑袋，下派任务的时候，她的脖子都会自动伸长三厘米，头扬起来，眼睛呈四十五度斜视，像个怀了孕的老乌鸦。

“林溪，提醒你一下，你们店又拖了后腿，秋季出了新品，再涨……”马娘娘嘴巴一张一合，伸出离她有些距离的五个尖爪子，就像直接拍到了她的脸上，直接把她打蒙了。

“督导，宁开的地理位置偏远，而且现在这个季节，这个数字……”

马娘娘没说话，坐在她旁边，两只眼睛占了半张脸的陈淑芬坐不住了。

他进公司的时候，两只眼睛还跟虾米似的，现在变成这样，还死活不承认整容，说自己是长开了。

“林溪，你的意思是说，督导给了你一个位置不好又小的店面，还强人所难地给你这么重的任务？你这是说督导不公平呢，还是说我们几个占了便宜呢？”他翘着绿色的尖指甲，跟他那长脸就像一个妈生出来的。

“这些话都是你自己意淫出来的，我可还没说什么呢。”林溪撂挑子。

“你！你粗俗。”他指着林溪的样子，就像指着一坨屎，好像他不拉屎一样。

林溪瞥了他一眼：“我粗不粗不知道，不过我估计你挺细的。”

众人都扑哧笑出来，除了马娘娘护犊子硬绷着，还有老外一脸迷茫，没有听懂。

陈淑芬的脸一下变成和他指甲一样的颜色，拍了桌子就要愤然离席。

“行了，当这里是什么地方，自己家后院吗？我的决定不会改变，有意见，直接给我收拾东西走人！”马娘娘一拍桌子，桌上的文件应声跳起给她助威。

在马娘娘说过这通狠话之后，林溪开始犯难了，秦咪咪还不知道会怎么数落她，两人还得合计着，怎么跟她们店里一老一小还有两个半老徐娘带回这个坏消息……

# 夹缝中求生存

没错，此时站在店门口，从远处看，互相紧紧靠着的两高两低，一个前台、三个销售人员、一个保洁阿姨就是她全部的员工。

大风刮过，路上扬起蒙蒙的灰尘，瞬间在路牙子上积了一层灰。马路边，一个垃圾袋从地上腾空而起。

左边“黄桥烧饼”四个大字挂得很高，本来可能是黄色或者红色的，但现在已经完全变成黑色了，右边是一个“胖子”杂货小卖部。

东边夹杂着一片鸡鸭鱼鹅的叫卖声，后边永远有一辆重力推车，来来往往，随时随地报复社会一样碾压地面。

人来人往，鱼龙混杂，而鼎鼎大名的MC，夹心饼似的卡在了中间，一个装修略有档次的店面，在这一大片风格朴素的建筑中，显得特别不合时宜，让人生气的是，这两边的生意都比他们好。

所以，林溪宁愿临时绕远路也不买他们家的东西，为达到报复那两家的目的，一个人的力量是渺小的，所以她发动店里所有的员工，足足有五个人，都不去买他们家的烧饼还有杂货。

这个店面选址要归功于公司的创始人，这个创始人也是大有来头，既没花一分钱，又没花一分力，仅靠着有个目光长远、选男人的眼光又毒又辣的妹妹，自己摇身一变就成了皇亲国戚，简简单单地入了干股。

为了显示自己目光远大，胸怀天下，所以他选了一块风水宝地，传说中依山傍水，未来十年大有发展，还说找有名的风水大师来测算过，林溪估摸着，那江湖骗子现在应该早就跑路了。

小员工犯错就要处死，但他是大老板，不能承认自己犯的错呀，所以呢，人家是这么说的，大公司也不能高高在上，得亲民，拉拢人心。

想要拉拢人心，你可以降低价格、搞个活动、做些促销什么的，绝对一呼百应。你要是里面随便一张椅子、一张沙发，就抵人家一栋小楼房，接哪门子的地气？她觉得自己没被周遭人民群众当成地主给惩治了，存活至今已经算是运气了。

更神奇的是，这每年亏损的老店，上面竟然还一直留着，就为了证明自己当年没看走眼，这份倔强也是用钱堆出来的，没钱还真是不能任性。

林溪所在的店面，在公司里已经算得上是镇店之宝。镇店之宝嘛，总得有传人，是不是？所以，那马娘娘就公报私仇地把她派遣到这里来了。

于是她顶着一个店面经理的名头，干着老板的活，拿着伙计的工资，而她的伙计呢？同样拿着伙计的工资。

每次她去总部开完会，他们都以这样的阵势候在店门口。

林溪觉得她不像是去开会的，而像是作为一个和平大使，去敌国谈判。具体内容为，自己又让了多少地，又出卖了多少尊严，又要做多少违背常理的事情。

刘姐是他们中年纪最大的，今年四十二岁，本来像他们这样走在时代尖端的大公司，是不应该招上了年纪的人的，但是在这个地方能招到一个愿意来这里的有志青年，基本希望渺茫。

几个人进入店里团团围坐，林溪细看这几个人的面容，叹了口气。

刘姐忍不住语重心长地问一句："经理，这次指标是多少？"林溪伸出五根指头，几个人一声哀号，通通倒在沙发上。

"姐，现在这是要逼死我吗？"叫姐的这货，名叫小丫，年方十八，学历基本上算是无。因为她大部分时间都没有学习，而是在谈对象和正在去谈对象的路上。

林溪招她进来，完全是因为她长得还算有姿色，毕竟店里也需要一个门面，年轻就是资本啊！

"是啊，林经理，你就再去说说吧，我们这边儿年底的任务都完不成了，怎么还增加指标呢？"

"对啊，对啊！"大家附和。

"经理，我们这个店本来位置就不好，隔壁卖烧饼的，还老是抢我们的生意，现在可怎么办？"刘姐本来就属于那种悲天悯人型的，基本上没有正能量。

"大家不要灰心，公司这次的产品活动会有三天，我们到市中心的广场拉点客户，这两天大家多做点工作，把手上的电话打一打，平时积累的资源用一用，这个时候养兵千日，终须一死啊！"林溪不想让她再多说话，动摇军心，立马终结了话题。

"我来分配一下工作，大咪就跟我去活动现场，其他人待在店里联系客户，上门的也不能丢失。"说着她抬手拍了两个响亮的巴掌，"动起来，动起来。"

几个人愣得像是丢了灵魂，他们是承受不了一点压力的，这一点林溪很清楚。

带了些需要的资料，两人挂了工牌就乘车而去，连饭都没来得及吃，就去占场子。

别以为这种新产品的宣传活动就有秩有序，每个桌子上放的姓名牌都是可移动、可调节的。这可以理解为，如果你带了一大票的客户来，这里的桌子都可以让给你，一字排开给你伸腿。

“陈淑芬肯定要选最前面的大桌子，我们甭跟他抢，选左侧第一张就可以。”林溪在车后座跟秦咪咪密谋，“最重要的是那边靠近水和零食。”

“也是，反正我们是重在参与。”秦咪咪嘀咕，“不过，也得像个样子，要是太过分，马娘娘杀鸡儆猴炒了你，那我怎么办？以后还怎么迟到早退？”她发出了来自灵魂深处的拷问。

“你就是我的裙带关系，没了我，你以为你还能留着？殉葬是基本的。”

秦咪咪焦虑了：“那你可得好好干啊，我不能失去这个工作啊，虽然钱不多，但蚊子再小也是肉，而且我也没把握能够找到跟这个一样，每天没人管的工作。”

“大咪……”林溪转过头认真地看着她，那表情跟看前世情人似的，“我一直觉得，这么多年我的事业停滞不前，并且每况愈下，你有很大的功劳。”

“过奖，过奖。”她没脸没皮，“近朱者赤，近墨者黑，话说回来，我也认为你应该跟一些上进的有为青年交往，这样我也能跟着沾沾光。”

“我是你用来攀高枝的人肉工具吗？”

“要是可以，我也想，只不过你这个工具老了点。”

“你信不信我撕烂你的嘴。”林溪伸过爪子，秦咪咪把头摇得跟拨浪鼓似的躲避着。

“你等会儿留着去撕陈淑芬吧，最好挠他个九九八十一爪，还能练出个盖世神功。”

林溪她们提前半个小时到了场地，不得不佩服这些人的工作效率，牌子、桌椅全部齐全了。中午正点才过去一会儿，马丽莲居然换了一整套衣服，顺便还做了个头，早上还充其量是个假正经的小姐，此时就是个实实在在的女流氓了。

“这前胸和后背也露太多了。”林溪看不过眼。

“平时人少没展示的机会，现在不是人多吗？”秦咪咪帮她解释。

两人八卦着，坐在了商量好的位置上。

白色椅子上坐着的，都是客户部事先邀请的公司 VIP 用户，逢请必来，逢来必有事故，几张老脸林溪都很熟。

前方右侧三十度方向坐的是李太，旁边是她的秃头老公。听说以前李总的头发像大树树叶一样茂密，自从娶了他老婆，自己身上的毛一天比一天少，她老婆的倒是一天茂盛似一天。

西南边靠着垃圾桶坐着的是万年的单身贵族陈先生，最近因为过了六十岁，刚刚降为单身狗。他人不错，就是不爱洗头，亮闪闪的油发贴在脑袋两侧，特像他脚边拴着的皮肉松弛的沙皮。

正中间的那个不得了了，是公司的大 VIP 刘总，一个人坐两座，身躯斜躺着，典型的人傻钱多，极好忽悠，是陈淑芬的大客户，养活了他很久。

他每年不是送人就是给公司添购，属于来了又来，然后再来的客户。吃东西能理解，这隔三岔五买家具是个什么鬼？他要么是崇拜公司的桌椅板凳，要么是看上陈淑芬了，林溪比较倾向于后者。

“这刘总来了，陈淑芬应该保持他狗腿的本分啊，怎么不动弹，让他助手去了？”秦咪咪正在嘬手上的脆脆冰。

“你哪儿拿的冰棍？”林溪问。

“那边小冰箱里的，童年的味道。”

林溪啧啧摇头：“这公司越来越抠了，以前都准备进口零食的，现在脆脆冰就打发了。”

“不是抠了，是对我们抠了，好的都在客户那儿摆着。”

“体育老师老丈人那边你联系了吗？我可是给那条死去的阿拉斯加贡献了一千块的份子钱。”

“我联系过了,他说自己是白手起家的商人,喜欢朴素作风，我们公司的产品跟他的理念不符。”

“给狗举办的葬礼比人还好，哪来的生活朴素，秦咪咪你现在姿色退步了。”

“胡说，我是那种出卖色相的人吗？”

“我倒希望你低俗，这样你就能有点作用了。”

“你找不到客户拿我撒气干啥,我现在就去给你逮个大的，在小三、小四、小张等人中杀出一条血路，给你抢个客户来。”

“你等会儿。”林溪拦住她，“没看到陈淑芬到现在都跟个慈禧似的不动弹吗，刘总也不接待，我估计要来个大的。眼睛瞪大点，等会儿他一现身，我们就上去抢。”

“马娘娘偏心都偏到马来西亚去了，每次总部邀约的 VIP 客户，第一手资料都先给陈淑芬。”

两个人眼睛一直盯着，陈淑芬的助理上前贼兮兮地絮叨几句，陈淑芬尖指甲敲了两下，随后像个花蝴蝶飘飘然去了刘总那边。

“得，歇菜，估计那肥牛不来了。”

“你怎么知道？”

“我了解这货就像狗狗了解大粪，这厮永远只会站在钱那边。”林溪左右瞅瞅，看看有没有能够借机下手的地方。

他们几个店长各自为营，搞得跟要打仗似的，把客户围成一团，连根针都插不进去。他们都是没脸没皮，抢了就抢了，难道比饿肚子还严重？

“得得得。”林溪的眼睛亮起来，拍猪肉一样拍秦咪咪的胳膊，“我看到林总了，有机会了，有机会了！”

秦咪咪闻声看去，林总还在马路那头呢，车窗户开了半截，在等红灯，露出锃光瓦亮的脑门：“你这眼睛钛合金的吧，这距离你都看得到？”

“我不是看到的，我是闻到的，钱的味道……”

然后秦咪咪就看到了神奇的一幕，林总的高配宝马发出响亮的声音，一溜烟地穿过红绿灯，然后一个披头散发、赤着脚的女子在后面追赶。

林溪这货真是想钱想疯了，赤脚追宝马，就冲这二百五的精神也得发个朋友圈啊！

林溪也不知道哪里来的劲，反正在自己体力不支之前顺利到达了林总的小区，“至闲山庄”这几个字让林溪全身兴奋，好像里面住着的都是肥肉滚滚的大肥羊，在绿草青山之间嗷嗷直叫。这个林总是她的潜在客户，老是说忙，小区她也来过几次，但每次蹲守都铩羽而归。

这里的保安势利得很，林溪赶忙把鞋穿上，然后理理头发，让自己看上去尽量不像是进去炸小区的。

“干什么的？”大抵是看到林溪没开车，保安看她鼻子不是鼻子，眼不是眼的。

“哦，那个……我是记者，想要对这个小区的地理环境做个实地调查，就刊登在……”林溪随便扯了一句，“本市最有影响力的报纸，晴川大报。”

本来保安兄弟只是有些不爽，现在直接满脸嫌弃：“当我白痴啊，怎么会有这种报纸！赶紧给我走，像你们这些想要傍大款的拜金女人我见多了，还跑这儿来丢人现眼，快走！”

林溪被他一顿数落，被当成了送上门的拜金女：“这位兄弟，你不让进就不让进，骂人干什么？”她捂捂胸口，一脸受伤的表情，“其实，我是这里面一个徐姓业主的前妻，以前我和他共度风雨，现在他发达了就搂着个小的把我赶出来，我连家门都进不了了。”

为了让说服力更强，林溪捂住脸假装抽泣，肩膀跟着抖起来，过了一会儿没动静，再过一会儿还是没动静，她一抬头，只见保安兄弟一脸“看你作什么妖”的表情。

“你要说来发小广告的，我还能考虑考虑，你说的要是真的，放你进去，我工作就不保了，走！”保安哥直接上手要推她，她怕自己动起手来吃亏，连忙逃到一边的小树林里。

“不让我进，以为我就没法子了？我可是蹲点过好几次的女人，踩着那边的小土丘，我可以翻墙进去，气死你。”

唯一不方便的就是她穿着裙子，她一把拉住裙子往上卷了几圈，留一点遮住臀部，扒住围墙，往上攀爬。

“你，什么人？！”后面好像有人叫，她惊慌了，要是摔下去可能会成烂泥，往上爬又会走光，她干脆维持动作不动，想着也许那人能够把她当成一个雕塑……

“林溪！”听到自己名字的时候，她只得怯怯地转过脑袋，看到徐柯站在车前，两手叉腰欣赏她十分羞耻的姿势。他穿了一件衬衫，领口处扣子解了两颗。

“哎，你怎么在这儿？”林溪有些尴尬，“我没事，只是想到高的地方看看风景。”

“你原来有这种看风景的习惯啊，好吧，那我走了。”

“徐柯，徐柯，看在咱俩睡了四年的分上，帮我一下。”她连忙叫他。

徐柯差点被气死，咬牙切齿地说：“林溪，你就不知道什么叫羞耻吗，要不要再叫大声一点，我怕前面保安听不见咱俩睡了的事。”

“你要是愿意，我就吼两嗓子。”

“少废话。”徐柯走过去，站在墙下面，双手呈环抱状，“跳下来。”

林溪看看左右：“你不是要杀我灭口吧，这么高，我残疾了怎么办？”

“我能接住，快点。”

没办法，林溪干脆眼睛一闭就往下面跳。

“喂，你怎么不看看……”徐柯的话还没有说完，就被林溪砸倒了，发出一声惨叫。

“啊，好疼。”林溪拍拍底下的人肉垫子，起身起到一半，忽然起不来了。

“你快点下去。”徐柯好像一瞬间被掏空了力气。

“我也想啊，可是好像缠住了。”

“什么缠住了？”

“头发缠你皮带上了。”

“你快起来。”

“你别动，我头发。”

“这是小区门口，等会儿被别人看到了我还要不要做人？”

“我管呢，反正这里我也住不起，没人认识我。”

“我住这里啊！”

“真的？！”林溪突然兴奋起来，刚刚还苦恼进不去，激动之下头一仰，又因为疼痛条件反射地再次砸到他身上。

徐柯又惨叫一声，林溪连忙退开点距离：“你别乱动啊！”

“不动怎么解开？”

“你别动。”

徐柯嘴里呜呜的，像小狗呜咽，脸都红了，旁边忽然一个很冷静的声音不合时宜地响起来：“徐先生？”

他抬头看见保安兄弟的脸色变幻莫测，显然对方脑中演了一部大戏。

徐柯简直想在这儿挖个坑把自己埋了，刚刚那句话也不知道保安有没有听到。

“好了。”林溪终于解开，甩甩脑袋从徐柯的身上爬起来，徐柯也连忙站起来。

保安兄弟想起刚刚林溪说的前夫也是姓徐，心里这么一合计就对上了，每天徐柯带着进进出出的女人原来是小三啊！他心里的弯弯绕绕，徐柯不知道，丁柔要是知道自己就这么躺枪了，绝对会找林溪拼命。

林溪坐在徐柯的车上，在保安毕恭毕敬的目光里，潇潇洒洒地进去了。林溪拍拍靠背的真皮座椅，用力靠了靠：“这坐车大摇大摆地进来，就是比爬墙好，爽！”

“幸亏你遇到的是我，不然你现在应该在警察局了。”

林溪不理会他的抱怨，两只眼珠子直往外瞪，她来了几次都只在门口晃，进来这里面还是头一次，一条林荫小道通到最里面，两侧都是自然风景，忽远忽近有流水声传来，高低错落的独栋别墅慢慢出现在眼前。

“挺富贵啊！”林溪问他，“这就是你跟丁柔爱的小窝，才回国就这么大手笔？这个楼盘的房子可不便宜，又是这个地段，租一个月多少钱？”

“不是租的，买的。”

徐柯淡淡的一句话，林溪差点被口水呛到：“疯了吧，你买房的速度可以媲美上菜市场买菜了，你不是刚刚从国外回来吗？”

徐柯没有立马回答，手上方向盘转了一个角度，沉沉地道：“我出国之前就买了，本来要做新房用的。”

林溪一愣，显然没想到这事会跟自己扯上关系，尴尬地咳了一声作为掩饰：“这么大的事，我怎么不知道。”她假笑两声，转头看窗户外面，“你把我送到前面 128 栋就行了，你去忙你的吧，等会儿谈完事，我自己出去。”

“你费这么大劲，就是为了进来发广告拉客户？”

“不做一个勤勤恳恳的老牛，怎么收获？”

林溪下去的时候，徐柯看她走得别别扭扭，问道：“你腿怎么了？”

林溪摇摇脑袋，来不及回答，兴冲冲地往 128 栋赶，理理发型，吸了口气，淑女般按下门铃。

开门的是菲律宾女佣，她不会中文，英文也带着浓浓的乡土气息。在进行了一系列鸡同鸭讲之后，林溪果断放弃，开始了肢体语言。

她把前额的头发全都捞上去，拍了拍脑门，然后把肚子挺起来，做大胖子状。

“OK，OK。”对方终于点头，知道她是来找人的，回身进了屋子。

林溪吐了口气，这年头，太艰难了。

走到半路，她就听到了声音，林总直接打开门出来了，身边还跟着一个西装革履、头发梳得油亮的秘书样的年轻人。

早知道林总要出来，她就不用费这么大劲了：“林总，您好。”

看着门前站着个陌生女人，林总的脸上露出戒备的神色。

“我是 MC 宁开店的经理，之前跟您电话联系过的。”林溪赶忙从包里掏出来一张名片。

“哦。”林总眼睛斜了一下，没接她的名片，“我现在没有时间，有什么事情，电话联系吧。”

“林总，请等一下。”林溪连忙过去拦在面前，“知道您忙，就给我几分钟时间，之前邀约了您好几次，足以看出我们 MC 的诚意，要不您看这样行不行，您定个时间，我去您公司详谈？”

“我每天都有很多事情要忙，像这种小事我没时间。”林总甩甩光亮的脑袋，准备进入车子。

旁边的助理过来拦住林溪："林总说了没时间。"说着，头微微侧了侧，眼睛一斜，"谁有空理你这个卖家具的？"

林溪也有点火气："讲讲道理，都是做生意的，有需求就会有市场，工作还分什么三六九等？你别挡着我，林总再听我说两句。"她又过去，林总头也不回地准备开车门。

"你这人，好赖话都听不明白。"小助理也是年轻小伙子，血气方刚，右手抓住林溪肩膀，林溪感觉自己被人提起来了，来回搡了两下，随即就被一股大力推了出去。

她原以为要仰天摔个结实，可后面忽然有个托力，她被揽住了腰部。嗅到一股熟悉的味道，她一仰头，只见徐柯正目视前方，眼睛眯着，嘴巴紧紧抿着。每次他一摆出这样的表情，林溪就知道，他是真的生气了。

她想去阻拦他闹事，谁知他一把把她拨开，像个小马达一样开口："一个男人伸手打女人，我不知道什么时候这个小区业主的水准这么低了。"

林总本来不想掺和这个麻烦事，但这句话夹枪带棒连他也捎上了，他自然不服气，转过身，挺着肚子："你说这话什么意思？这里可不是你英雄救美的地方,以后要提醒保安留意了，怎么什么人都能放进来。"

"我也要找物业聊聊，连背景素质都不调查一下就出售房屋，难免让一些土财主、低素质的混进来，有碍观瞻，对周围住户的身心都会产生极其不利的影响。"

"你是在骂我？你知道我是谁吗？就你浪费我的这几分钟时间，我上百万的损失，是不是你来负责？！"

"我不知道你是谁，但是我以有你这样的邻居为耻。也许你能赚钱，但是做人很差劲，连基本的信用和尊重都没有，也不知道什么人会跟你做生意！"

看着林总像是一个充了气、涨紫了的茄子，林溪连忙扯了一下徐柯的胳膊，他发起火来，嘴巴毒得能把人噎死：“林总不好意思，这是我朋友，我们改天再约。”

徐柯被她扯得冒火：“干什么，你还要跟他再约？你刚就被人当小鸡一样拎着扔出去了。”

“做人留一线，日后好相见，这个圈子很小的，只要他随便出去说两句，我的客源都会被赶跑的。”林溪走得一瘸一拐。

“你腿是不是折了？”徐柯看她走得奇奇怪怪。

“不是。”林溪坐在副驾驶上把高跟鞋脱了，脚底板好几处都磨破了皮，她刚刚是被兴奋冲昏了头脑，现在一放松下来，便开始觉得疼了。

徐柯想象不到，要走多少路才能把脚走成这个样子。

“你光脚走过来的？”

他只是一句玩笑话，林溪竟然真的点点头：“我太兴奋了，以为能有个大肥羊客户，高跟鞋不方便跑。”

“你脑子是不是被门挤了，不会打个车啊？”

“一是兴奋忘了，二是这边离我们做活动的地方不太远，走走就到了。”

徐柯默默地吐口气：“要是换作以前，遇上这事，你肯定立马辞职走人了。”

“那是年轻时候不懂事，现在找一份工作多难，有人跟我说过，人干一行就要爱一行，不然上班就像上刑，每天都想死。”

“谁跟你说的？”徐柯看了她一眼。

林溪脱了鞋，正弯腰对着自己的脚吹气，没回他。

“肯定是你男朋友说的吧？”他自己就肯定了。

“嗯？你说周正啊，他比我积极向上多了。”

徐柯想了半天，捏捏方向盘：“他知道你工作辛苦吗？”

“人生在世活得都不容易，他也很辛苦的，别看是在学校里，但老师之间斗得堪比《甄嬛传》。对了，你不是有事要去做吗？”

“我只是回来拿一份文件。”徐柯想了一会儿，“那个，如果你需要，我可以帮你……”

声音有些小，林溪只顾着看自己的脚没注意。

忽然包里的手机响起来，接通后，电话里秦咪咪兴奋地大叫道：“来了来了，那个陈淑芬的大客户来了。”

“真的？我马上到。”林溪作势又要跳车，徐柯一把拉住她，从右到左拉过安全带给她系上，过分近的距离，她甚至能闻到他衣服上洗衣粉的味道，“我送你去。”

“这个，太麻烦你了吧？”

徐柯吐了口气，一副了然于胸的表情：“你不就等我说这句话吗？”

刚刚那话，林溪其实听到了，徐柯在设计院，这方面的人脉自然很多，如果她开口，他肯定不会拒绝，只是这个人情欠下来，以后他们必然会有更多接触。

至今他们阴错阳差见了几次，彼此也都没主动留下个联系方式。两人表面无事人一样，其实心里还有着嫌隙，也都明白，那就像夏日里飞虫绕来飞去的油纸灯，戳破了就不行。

林溪记下了那客户的姓名，开始查资料。

手机百度是人类了解别人的重要工具，但凡你有那么点名气，家底都能给你掀出来，至于掀出来多少，取决于你到底有多少利用价值。

徐柯打开车窗，眼睛往右边瞟，左手架在窗户上，微微抬了抬眼睛，看到大幅广告标语，MC？

这个公司他曾经听说过，大老板也是一个传奇，据说祖上是包公头出身，无权无势，硬是拉了一群志同道合的小伙伴从基础搞起，从装潢到家具，最后硬是搞成了一个连锁上市公司，挤掉了当年陈、王两家的老字号。

“这公司不小，你怎么畏畏缩缩的？”徐柯的言下之意是，你的小家子气就像没靠山的。

林溪无从辩解，她在这里就是孤家寡人，爹不亲，娘不爱：“今天谢了，以后报答。”

“什么时候？”

林溪抬起头，徐柯左胳膊还架在车窗上，一脸“看你还怎么演”的表情。

这周围来来往往都是林溪公司的人，一不小心，明天茶水间里就会流传各个林溪被包养的版本，以及如何嫌贫爱富抛弃糟糠男友的丑闻。徐柯自是知道他不便久留，也知道他问的这问题必定没下文，却还要继续追问，就是想逗她，心眼坏。

林溪抬抬眉毛：“有机会的。”她一下车就跑开了，同时把包举起来挡住自己的脸，速度之迅猛，让他猝不及防。

徐柯心里一震，这是自愈能力过强，还是没心没肺过头了？他不自觉地抬手摸摸脸，对着车左边的反光镜照了一下，忽而郁闷起来，自己没这么丢人吧……

秦咪咪的一手资料和林溪百度搜到的别无二致，两人心照不宣，她给了一个眼神，林溪就直接杀去厕所了。

这个时候，林溪就特别佩服自己这种客户虐她千百遍，她待客户如初恋的态度，当年要是用这一半的心在男人身上，也不至于漂泊半生。

好在遇到个周正，在万千大龄女青年过独木桥的壮烈声势中，她是没摔死的那个，她感觉幸运。

男厕所里出来的是一个小个子、戴着黑框眼镜的男人，跟林溪想的差不多。一般理工科的男人似乎都是这个形象，就像是说好了长这样的就必须学理工科。

“您好，是夏先生吗？”

“嗯，你是？”

“我是 MC 宁开店的店面经理林溪，知道您是第一次参加我们的活动，我来给您介绍一下我们的新产品。”

“这个……”姓夏的似乎不解，刚刚不是有人介绍过吗？

林溪微微一笑，将手上的产品资料转身扔进了旁边的垃圾桶。

“你这是？”他问。

“那些陈词滥调我相信这里的人员都跟您说过一遍了，说辞基本和宣传单上如出一辙，所以丢在垃圾桶里正合适。”

“你怎么这么说你们公司的产品？”夏先生从疑惑到渐渐有些兴趣了。

“您也看到了，我们公司的销售人员比今天来的客户还多，每个人手里的货都是一样的，服务的客户却是各不相同。这就好比参加一个厨师比赛，食材一样，烹调的滋味多种多样，这就取决于厨师的专业态度还有想象力。”

“你的意思是说，你的专业度比他们都强？”

“强不强不是个人说了算，就像川菜和粤菜你也不能说哪个更好，最主要的是要合拍。这就跟找对象一样，这年头找个有钱、有能力的不难，最难得的是合适二字。

“我知道您这次的项目是在江浦的蓝湾小区，那里交通便利，价位和整体小区定位主打经济适用性，目标人群也是都市金领或者是白领。恰巧，我就是想象着在那里面能有一扇窗户又买不起的那群人中的一个。

“我每天最开心的时间，就是睡觉的时候，因为躺在床上可以做梦，幻想着哪天自己的家里是什么样，还有哪张沙发在我死之前必须买。我们需要的不是有了钱之后的奢侈，而是一种实实在在的归属感，那种看一眼，就知道这就是我家的感觉。”

夏先生眼睛转了一下，嘴角露出微笑来：“林小姐，你口才很不错，我差点就要被你说动了，不过……”他一说不过，林溪的心就提了起来，“你们公司刚刚已经有人给我介绍了，毕竟先来后到，我还是先听听他的比较好。”

“那个……”

林溪还想再说两句，夏先生点点头就从她身边走了，她不由得泄气，不过走了两步他又忽然回头：“要是别人没有先来的话，我还真想多听一下你的意见。”

这句是夸奖，但林溪只高兴了半秒，要是说点好话就能填饱肚子，她可以二十四小时不停地说话，自我催眠，直到缺氧断气。

足足三天，林溪再也没有好运气，比起第一天的假运气，没人搭理更加让她绝望，她所在这块地随处可见零食袋子，散发着腐烂的气味。

“马娘娘的脸都快要掉到地上了。”秦咪咪用宣传单挡住脸，不敢和她对视，“你再不想办法，我准备回去收拾东西了。”

“你有什么东西，除了每天去店里吃客人零食，偷喝饮料，几乎没带任何东西去。”

“你这说得，那店里的废纸盒还能卖不少钱呢，我干了也有几年，攒下了不少，就为了走之后能有一笔抚恤金。”

“我没心情跟你贫嘴，让我静静。”林溪脑袋抵在桌子上，口袋里手机响着，她都没有力气去接，过了半天，她才勉强接起来。

“喂？”

“你嗓子怎么了？我是你妈啊！”

林溪清清嗓子：“妈，我只是嗓子不好，不是失智了，忘不了你。”

“你知道我找你什么事吗？”

“我怎么知道？是你打过来的。”

“你心里就没点数吗？”

“妈，你到底是来质问我的，还是来骂我的？要是来骂我的，我就静静地听你说，我不说话了。”

“你怎么越来越会顶嘴了，特别像你爸，他最近老是背着我絮絮叨叨的，我觉得他是在骂我。”

“那你应该去问他，我是无辜的。”

“跟你说话，你扯到哪儿去了，周正他妈决定要提前结婚的事，你怎么没跟我说？提前就提前吧，为什么从一个五星级酒店换到一个三星级酒店，说什么现在订没有位子了，只能订那儿去，他家就是不想花钱，怎么不换到重庆鸡公煲去呢？那儿二十四小时都不需要预约！我就这么一个闺女，怎么能这么随便就嫁出去？”

“临时确实是订不到，人家说的也是实话。”

“你就会胳膊肘往外拐！周正他妈小气就算了，我就说了两句，她还哭了，你说她哭给谁看？”

“我去，哭了！”林溪忽然来精神了，“妈你能别老欺负老实人吗？上次订婚就逼得人家在饭桌上放声大哭，要不这样行不行，我直接跟周正说不跟他结了，让他滚回去过他的单身狗生活，怎么样？”

“那怎么行，你都这岁数了，而且走到这一步容易吗？撇开他爸妈来说，我还是很喜欢这孩子的。”

“我有点累。”

“你也觉得累吧，遇上这种亲家真气死我了。”

“我说你，我先挂了。”林溪脑袋一歪，身体彻底没力气了。

秦咪咪凑过来：“怎么着，你妈又教你做人了？”

“我妈又把周正他妈说哭了。”

“啧啧，要不我说我就服阿姨呢，头能顶天，脚能踩地，你一个拖两个拖油瓶弟弟并且穷的女子还把人家压得抬不起头来，我都不看不过眼。”

“你等会儿帮我看着摊子，我去找周正聊聊。”

“你妈负责给个巴掌，你再去给颗糖，绝配。话说这两天周正怎么没来找你，一般不都假惺惺地来送个早餐的吗？”

“他学校最近要评级考核，比较忙。”林溪打了一个电话没打通，就直接打车去了 T 大。

她极少去周正的学校，刚开始处的时候，路过时还会去看看什么的，现在索性放养了，秦咪咪说要是周正胃口大了，都是她给养的。

话这么说，她这边手里的绳可没松，周正的课程她都知道得一清二楚。她是掐着下课的点去的，毕竟她可不想被一群青葱少年围观，这种时候的家伙总是青春义气，而且强硬无比。

她脆弱的小心脏根本禁不起一点点的指手画脚，师母什么的简直不能忍，这样的词总让她想起拿着鸡毛掸子、老成持重的模样，想想都是即将入土的感觉。

林溪掏出手机，把周正发给她的课表拿出来看了看，连续问了几个人。她挑的都是一个人走的，据统计说，一个人走路的通常要比成群结队的人热心。

她顺利到达目的地，看到很多学生陆续走出来，估计里面没剩什么人的时候，她才摸墙进去，她都不知道自己干吗要这样。大教室里只有零星的几个人，分开而坐，埋头写作业。

周正站在讲台上，旁边站着个乖巧的姑娘，长发披肩，一色水洗的绿色裙子，一只手挽住要落下来的头发，时不时点头，只要不是特别丑的女人做这姿势看起来都会尤其娟秀。

两人像是在讨论什么作业问题，都极其专心，林溪也不打断，干脆坐在第一排，等他们讨论好了，再叫周正。

周正脸上没带笑，但神色舒缓，这种老师一看就是不会让学生挂科的那种，每次林溪就会感叹自己上学的时候怎么就没遇到几个心地慈善的。

小的时候，想要找班上学习最好的，因为想找个长期免费抄作业的；再大一点想要找个零花钱多的，这样就能吃点好的；再大一点又想找个又帅又有钱的，但是惦记狗屎的苍蝇又特别多。

老师在她的人生中是很不讨好的角色，几乎年少所有的不愉快记忆都跟这类人有关，转来转去，没想到她找了个老师当男朋友，真是冤冤相报何时了。

她正在思考前世今生的时候……

“林溪？”周正轻轻叫她，她抬起头来看到两张脸，恍惚间，她觉得这两张脸好像，就像是一个模子里刻出来的，一模一样。

“周老师？”女生有些疑惑地看了看他，又转头看林溪。

周正微笑起来，右手指一指：“这是我女朋友。”

“哦，原来是师母啊！”女孩看起来不像外表那般文静，很洒脱的样子，“那周老师，我先走了。”

“等一下。”周正叫住她，“这堂课的课件都在这个本子上，你先拿回去做笔记。”

“谢谢周老师。”

“不过，这是你的备课笔记，我拿走了不太好吧。”女生灵活地摇摇脑袋，像是来回摆动的陶瓷娃娃。

“我不怕你拿走，就怕你再挂科，麻烦我。”周正把笔记放在她手上。

女孩吐吐舌头，转过头轻盈地跑向外面。

林溪忽而愣住了，这个场景怎么好像似曾相识呢……

# Chapter 05 谈恋爱？我是大神

“你饿了吧，等会儿带你去吃好吃的，想吃什么？”周正一边低头收拾资料，一边问她。

林溪走过去，不经意地从桌子上拿起最上面的作业本：冯小圆。钢笔字，字迹很是娟秀，像女孩子的字。

“就刚刚那姑娘吧，现在很少人用钢笔写字了，而且还能写这么好看。”

“因为字写得好，所有每次都能多得几分，正好避过挂科，我说她运气好。”

“也挺会做人啊，我都想挖她去我那儿上班呢，说不定还能帮我提高业绩。”

周正本来低着头，忽然抬起头：“我怎么觉得你说话是绵中带刺？”嘴边带着笑意。

“我还说某人瓜田李下呢。”林溪抛出一句话，周正忽然伸出右手，握住她的手小声说：“你第一次吃我醋，我还挺高兴的。”

两人正觉得不对，教室里还在的几个同学都笑盈盈地看着他俩，意思是：别管我们，你们继续。

两人收拾东西加快了速度出门，林溪其实有些不好意思，在教书育人的地方跟老师打情骂俏，这是只有在梦里才会出现的事情，她总觉得这事儿有点罪恶感。

她拉了他出去，又是在校园，不禁有种早恋的感觉。不过周正说，他们在上学那会儿没法有交集，他上高中，林溪上初中；他上初中，林溪上小学；他上小学的时候，她估摸着应该还在西天转着经，想想要投哪儿去。

走了一会儿，林溪觉得自己应该说事了：“我妈是不是又跟阿姨吵架了，你替我跟阿姨道个歉。你这人也奇怪，要是我妈不说你也不告诉我，那这事儿就白白受委屈了。”

“都是一家人，多一事不如少一事，何况阿姨也是为了你着想。”周正说得妥妥帖帖。

“读过书的人果然会说话。我妈她就那脾气，没什么坏心，也就说道说道，我们只要决定好了三星，她不会真的阻拦的。”

“我知道，不过就是委屈你了，我想尽最大的努力给你一个好的婚礼的。”

“五星降三星就不好了？就是一个形式而已，我不在意这些。”

周正笑着轻轻捏捏她的手，另一只握着书的手在书上摩挲了一会儿：“要不要去看电影？”

他这话问得突如其来。

“什么时候？我下午还要上班啊！”

周正没回答，直接从书里把夹着的电影票拿出来：“票在这儿，要不要去？”

林溪看是这周末的，点点头：“你都买了，我还能拒绝吗？”

“我先带你去吃点东西，等会儿送你回公司。”

两人吃完饭，周正开车送她，等到他走了，她立马折身打车返回学校，顺便在门口买了两杯加双倍珍珠的珍珠奶茶，晃悠着进入T大校园。冯小圆正坐在一个花坛边，一只手拿着面包，笔记搁在腿上，心满意足地晃着腿。

“给你的。”林溪从旁边突然把手里的奶茶递过去，她像个兔子一样吓得跳了一下。

看她一副惊慌失措的模样，林溪嘻嘻笑道：“怎么，大白天做什么亏心事了，这么害怕？”

“没有啊，你怎么在这里，周老师呢？”她现在也不叫师母了。

“他有点事先回去了，我就是来找你聊聊天，毕竟在这里除了他，我就认识你一个人。”林溪坐在旁边，“小圆，她平常喜欢哪个明星？”

“明星？你问这个干什么？”

“女孩子平时不是都喜欢看偶像剧，喜欢帅哥之类的吗？”

冯小圆不知道这个女人心里在想什么，敷衍道：“吴磊吧。”

林溪点点头：“你今年多大？”

“十八岁。”她到底是觉得这是自己最大的优势，说的时候背都挺直了三分。

“这才对嘛，同龄人喜欢同龄人，这很正常，也很好。”

“你到底想说什么？我还有事，先走了。”冯小圆不耐烦地站起来。

“笔记本掉了。”林溪喊了一句，冯小圆立马看地上，又回头看手里，压根没掉。

“你故意的！你是在耍我吗？！”她气急败坏起来。

林溪招招手：“着什么急，坐下聊聊。你能有什么事，姐也是从大学过来的，一个学渣满脑子除了现实生活里的男人就是电视里的，区别就是摸不摸得到而已。”

“我没想到周老师这么好的人，会有你这种没有素质的女朋友，没礼貌。”

林溪直接上手一把拉着她坐下：“老实说，在你这么大的时候，你的这些招数我全都用过，我打败的情敌，要是手拉手站在一起的话，绕个 T 大还是绰绰有余的。我说你今天跟周正说话的动作怎么那么熟悉呢，原来是我以前经常用的招数，太久不用，我都生疏了。”

“就算我喜欢他又怎么样，像你这样的女人根本就配不上他，我比你年轻，比你漂亮，还比你了解他，既然你们没结婚，我为什么不能争取？”

“比我年轻这一点，我承认，漂亮就未必了吧，至少我在像你这么大的时候，根本就不用去追求男人。”

“如果你只是为了耍嘴皮子的话，那我不奉陪了，走着瞧，阿姨。”最后两个字她着重强调了一下。

“等一下，你这是在威胁我吗？”

“阿姨不会耳背吧，要不要我重复一遍给你听？告诉你，最后的胜利者一定会是我！”

“厉害，现在挖墙脚都得下战书了，时代发展得真是让人瞠目结舌。”林溪忍不住拍了下手。

“让我猜猜，你之后一定会去找周正诉苦，说我小心眼，蛮不讲理欺负你，误会你们有一腿，再附上梨花带雨的表情包，来一招以退为进，刻意保持距离，让周正主动上钩。

“然后我们吵架、冷战，又吵架又冷战。这个时候，你就会及时显示出你的善解人意、温柔体贴，和我形成强烈对比。直到某一天，他跟我说你们才是真爱，我只能在夕阳下孤独地唱《成全》，看着你们的背影渐行渐远。对吗？”

冯小圆嘴巴张了张，不知道要说些什么。

“我说过，在这方面，我真的是大神。”

“你在说什么，我……我才不会。”

“没人告诉你说谎结巴是大忌吗？现在是睁眼说瞎话的年代，这种既不能显示纯真，还会显得你面对突发事件缺少相应的智商。你放心，为了避免此等拙劣技巧得逞，我早就录了音，只要你动手，我就给周正听。”

“你真的录音了？”秦咪咪趴在桌上兴致勃勃地听着。

“怎么可能，我又不是‘007’还随时录音，那姑娘吓得当场就哭了，我还哄了半天，用奶茶才止住。”

“你是不是下毒了？”

“白痴，那跟同归于尽有什么两样？诸葛亮三气周瑜听没听说过？真正的高手杀人不见血。”

“林溪，你要是哪天死了，一定是坏死的。”

“那你也得死我前头，幸亏江辰心大，要是知道你用针戳破了他的私人存货，杀了你的心都有。”

“自作孽不可活。我真没想到，你这一顿饭的工夫就解决了一个情敌，更让我没想到的是，你居然还会有情敌。”

“这不是更好吗？省得你整天说周正没人要，现在证明人家也是有市场的。”

“你就不怀疑他有二心？”

“本来应该合理怀疑，不过我有这个。”林溪扬扬手里的电影票。

秦咪咪鄙夷：“这就把你打发了？”

“这不是他买的，是那个女学生送的。”

“你怎么知道？”

“我看他从书里拿出来时还是夹着书签的那一页，放这地方是因为知道他必然要看。这年头但凡有个手机的人谁还会去取票？以前我追徐柯的时候，可没少干塞票这种事，就差塞他内衣里了。他要是藏着就证明他想赴约，这么拿出来，证明他不是很在乎这东西。”

“用着情敌送的东西，你也不硌硬。”

“我要是硌硬倒显得小气了，有的时候装糊涂比真聪明好，何必将小事变大上升为矛盾？婚姻是场保卫战，不是看谁站得高，而是看谁守得久。”

“林溪你这几年的觉悟简直是坐上了火箭，一骑绝尘而去啊！早几年就你那心胸狭隘、草木皆兵的模样，我宁愿去吃屎，也不相信有一天这么不食人间烟火的话能出自你的嘴巴。你早有数干吗还下杀手，荼毒人家妙龄少女？”

“我可不能让她影响我跟周正近在眼前的婚礼，就算是萤火，也得一桶水给她浇灭了，扼杀在摇篮里。我现在面临的更加严峻的状况是，我的婚假怎么办？提前了几个月，要怎么在我没单子的情况下，让马娘娘准我几天假期，并且大发善心地不开除我？”

“你这难度跟上天摘星星、下水捞月亮差不多。”秦咪咪毫不留情地给她泼冷水。

“唉，难过。”林溪和秦咪咪同时仰倒在椅子上。

“哎哎哎，我想到一个办法。”秦咪咪拍着林溪的胳膊，“刚刚我到那边晃悠，听到马娘娘神神秘秘地打电话，好像晚上七点约了她新相好的一起出去吃饭，万一晚上干柴烈火，心情愉悦，多分泌了点多巴胺，你一说，指不定她脑子糊涂就答应了呢。”

“这是最近几个月，你提过的最有建设性的意见了，就这么办！”两人一拍即合。

“可我听说他们去的地方叫‘情侣’餐厅，这餐厅最近很火，位子很难订。”

林溪也有耳闻，据说里面灯光昏暗，气氛绝佳。

“我有办法。”她起身拿了手机去人少的地方，一会儿回来了，“搞定，订的晚上六点半窗边位置，我们提前出发到那儿蹲守。”

“你这前后才多久，而且订到就不错了，连时间和位置都能选择，能耐啊，怎么弄的？”

林溪跳跳眉头：“不告诉你。”

“不会是找了哪个老相好吧？”秦咪咪摸摸脑袋，“不对啊，你哪个相好会有这么有情趣的门路？”

“历史故事告诉我们，好奇心害死人，而且我就不告诉你，憋死你。”

两个人准点到了餐厅，“情侣”两个字血血红红，招牌延伸到两边，四大扇落地玻璃，里面能看见外面，外面一点看不见里面，装点得就像七八十年代的百乐门，里面的行当也差不多。

站定门口，见帅哥侍者来开门，秦咪咪一下就走不动道了，里面是卡座，也有散座，现场乐队演奏英文曲效果绝佳。

“您好，请问有预订吗？”声音也发得字正腔圆，极有味道。

“有。”林溪从包里掏出手机，翻出信息给他，“就这个。”

“好的，请跟我来。”侍者礼貌地领她们到了靠窗边的位子，又倒了酒水给她们。

“这里这么高级，马娘娘跟我们的消费水平真是差了个洪荒宇宙，在这儿消费一笔，要扒掉我们一层皮，这回你真是下血本了。”

“谁说我要消费了？”林溪不以为然。

“我知道你脸皮厚，但你知道这里所有的预订位置都有最低消费额吗？”

“是吗？”林溪慌了，看看桌子上有没有什么提示，“我怎么不知道？”

“甭看了，这卡座肯定比散座还贵，何况这里人均消费三千以上。”

“那你不早说，我收回我下午夸你的那句话，你这个主意不仅馊，还馊透了。”

“我本来只是随便安慰你一下，谁知道你真能搞到位子。”

“大姐，距离这件事情发生已经过去三个小时了，而三个小时有一百八十分钟，一万零八百秒，随便你挑都能大概随意地施舍我一句，而现在我们俩人模狗样地坐在这里了，你只能抱歉地通知我一句来不及了。我知道我下午不告诉你，你小肚鸡肠，但你也不能用这种方法来报复我吧。”

“我不是报复你，我就是想知道电话那头到底是谁这么神通广大，也想看看马娘娘的新欢是骡子是马，别担心，大不了我们AA制，叫你恩人来呗。”

“我真是服了你，就为了你的好奇心，你愿意损失三千块，都是女人又是穷人，苍天饶过谁啊！”

“别太紧张好吗？既然来了就享受一下，而且你也会得到婚假，多想想好处。”

“一定是我上辈子造孽太多，才会遇到你这么个坑货，你别想了，那恩人你一辈子都看不到，死了这条心吧。”林溪挥挥手，没办法，只能叫侍者来点单。

女侍者走在前面，后面跟着一个男侍者推着车走过来，把推车上两个精致的托盘放到桌上，打开盘子的一刹，林溪心都凉了，蒜蓉蜗牛……

“那个，我们还没点……”

“这个是预订位子的客人已经点好的菜。”

“点好的？”

“稍等一下……”她嘴角抽了抽，“这个价位？”

“这是晚餐顶级套餐。”他慢慢摆上餐具之后，“预订的客人已经结账了，请您慢慢享用。”

这货说话大喘气啊，林溪随着他的话，快得心脏病了。

看着满满一桌的菜品，足足四五个人吃的量，两人瞠目结舌：“你什么时候有这么豪的朋友了？白白吃一顿大餐。”

“这顿饭，我可一点都不想蹭。”林溪吐了口气，一转头看到进来人了，“来了来了。”就下班这么一会儿工夫，马娘娘就像个被工厂二次加工的过期食品，从上到下都是武器，胸前的那块林溪肯定绝对不是她的尺寸。

“这长得很一般啊，我想肯定很有钱。”秦咪咪说，看着两人挽着手，走到稍微靠里面一些的卡座，距离她们这里有点远，“这么远，什么情况根本都不知道。”

“我有办法，看我的。”秦咪咪在包里摸了摸，拿出个小物件握在手里，慢慢往他们的方向走。林溪看到这货到了马娘娘附近便放慢了脚步，稍愣了一会儿，随后径直往前走了过去，过了一会儿又从别的地方绕了回来。

“你去干什么了？”

“窃听器。”秦咪咪从包里掏出耳机给她一只。

“这不会就是你以前放在江辰身上的那个吧？”

“是啊，我当初让你也给徐柯装个，是你自己不要的。”

“幸亏没听你的鬼话，我到现在还记得当时江辰的脸，那咬牙切齿恨不得把你九族还顺带我的九族一起给诛了的样子，你俩打了整整三个小时，混乱中我还被拍了一爪子，差点破相。”

“那我也打赢了。”

“还不是因为你忽然力大如牛地抬了他一只腿，准备把他从二十三楼扔下去，他怕死乱叫，才结束的。”

耳机里刺啦刺啦的，过了一会儿终于清晰了，林溪和秦咪咪一边吃一边听，像在听小广播，只是这广播缺乏趣味性，两人的谈话寡淡得比白开水还没味，听两句她们就放下了耳机。

秦咪咪开始研究她眼前的小蜗牛，想着怎么挑个最好的角度下手。

这时，外面进来一个女人，她们之所以注意到，因为她进来的时候，散发着一种特殊的味道，这种味道，林溪她们女性行话称之为“骚气”。

其实这并不是一个贬义词，不只是用来形容动作浪荡、穿着清凉的女子，而是这世上就有这么一种女性，不需要故作什么姿态，她们举头投足就是天性使然，每每让男人欲罢不能，我们称她们为天生的狩猎手。

她的身上套了一件黑色长外套，侍者来取，她抬手递过去之时，外套从右手臂滑落，那个帅侍者伸手接住：“小心。”

“谢谢。”她巧笑嫣然，收回手的时候指尖从对方的手上轻轻擦过。

看到她转身，朝着马娘娘他们的位置走去的时候，林溪她们瞬间倒吸了一口冷气。

“什么情况，约个会还带小三？”秦咪咪的兴奋之情大于惊讶。

“是不是小三，还很难说……”林溪有种不祥的预感。

过了一会儿，女人起身去了厕所，耳机里面传来马娘娘的声音：“我还以为只是我们两个人吃饭。”

“刚刚知道她也在附近，就一起吃个饭，大家都是朋友嘛。”

林溪和秦咪咪同时拿下耳机，开口：“得，吃着碗里的，看着锅里的。”

“幸亏我们早早杀入内部，不然你傻乎乎地明天一早去请假，绝对会被泄私愤当场斩杀，一命呜呼，并且死得很难看。”

“马娘娘心高气傲，跟个白斩鸡头一样，怎么跟人家的绕指柔斗？”

“你不是大神吗？你要是帮了马娘娘，说不定她还能卖你个人情。”

“我又不是小红娘，而且知道上司隐私是大忌，绝对会被灭口然后鞭尸，我有这么蠢吗？”

“失败了才会被灭口，成功了就另当别论，而且我们的任务就是让马娘娘开心地度过一个分泌多巴胺的夜晚，做个无名英雄也行。实在不行你跟周正睡一觉就算了，请婚假什么的对你来说太难了。”

“我们两个的婚姻怎么在你嘴里这么猥琐呢，结婚好像就是为了睡觉。”

“对你来说还有一个作用，你可以有个地方免费住了。”

“我真是拿着伙计的工资操着老板的心，现在连上司的私人生活幸不幸福我都要管，累死我算了。”林溪嘴里抱怨，眼睛开始三百六十度地扫视四周。

“你在看什么？”

“我在找合适的鱼钩，那姑娘也不是什么省油的灯，马娘娘的相好也只是用来打发时间的，要是能出现一个更好的，我敢打赌她不会在这里浪费一秒钟的时间。”

“这里除了我们两个，都是一对一对出现的，要是酒吧就容易多了。”

“是，不过，是不是情侣就很难说了，钓凯子的多，逢场作戏的浪子也不少，反正目标都是狩猎。”林溪看了一会儿，在右前方角落处寻到一个，看到女人起身离座，她立马过去，“我去去就来。”

“嗨，帅哥。”男人本来在低头玩手机，抬起头看到一个女人笑盈盈地坐在他面前。正面看的时候，林溪信心倍增，对方完全是小白脸的长相，穿戴都是名牌，总之很拿得出手，大概他本人也很清楚自己的资本，以为又是一个送上门的。

“不好意思，这里有人坐了。”

“我知道，我只是想来跟你玩个游戏。”

“游戏？”

“名字叫：今晚的女人不怎么样。”

男人的脸色突然变了：“你偷看我发信息？！”

“没有，我是看出来的，其实我刚刚就注意到了，在几分钟里你看了手机不下三次,你的女伴说的话比你说的两倍还多。”

她低头看对方放在桌面的手，笑笑：“你有长期戴戒指的习惯，小拇指有印记，大概是因为今晚约了姑娘，才拿下来的，不想提前暴露。你只是想睡她，而不想负责任。”

他张张嘴巴，脸色铁青，隐忍着怒气道：“你是来坏我事的？”

“当然不是，其实，我也跟你有同样的感觉，你的那个女伴真的不怎么样，配不上你。”

“什么意思？”他被眼前的女人弄得越发糊涂了。

林溪伸手往马娘娘那边指了指：“看到三人的那桌了吗，对面坐着那长头发的女人怎么样？”

小白脸扫了扫：“还可以。”虽然嘴上这么说，但林溪注意到他的脸色明显缓和了。

“你也看到了，人家两个是情侣，她明显一个电灯泡，这么美妙的夜晚，只有她一个人形单影只，身为绅士应该去帮一把。”

“可是我又不认识她。”

“老实说吧，其实我认识他们，那个姑娘是刚刚失恋，所以我想只有你这么优秀的男士才能帮她。”

秦咪咪把甜品吃完，看到林溪匆匆回来，问道：“搞定了？”

“现在就看那个男人有多大本事了。”林溪看到那个男人送了女伴出去之后，果然又折了回来，去了他们三人那边，讲了几句，女人就跟他坐到别的地方去了。

“马娘娘还绷着呢，但心里肯定都笑开花了。”秦咪咪指了指马娘娘。

“等那男的带人走，我们就撤，要是被发现就不美妙了。”

“这无名英雄当得憋屈，我恨不得跳到马娘娘面前，手指戳到她的脸上，让她知道我们做了多伟大的事情。”

“劳心劳力的是我，你只负责吃。”

那两人交谈一会儿，出去了，林溪和秦咪咪等了几分钟也跟着出去了。

“终于出来了，这一个晚上过得惊心动魄。”

“我看你吃得挺开心的。”

“你打算什么时候说？”

“明天一早。”

“要是今晚那个男方表现不佳怎么办？”

“那我只能去情趣用品店一趟了。”

“哈哈哈！”

“林溪。”两个人笑得张狂，一道寒气突然从背后袭来，林溪转过身看到马娘娘站得笔直，眼神就像是古代大房看勾引老爷上位的丫鬟，就是看也能把你看死。

“督导，好巧。”

“巧？”马娘娘眼睛一垂，“我现在通知你，还有你旁边那个不知道是谁的，明天你们不用来了。”

轰隆！她脑袋上方响起一声惊雷，顿时五脏俱裂，几乎要吐血。

“领导，我我我……”秦咪咪毫无节操，立马招降，“我不认识她，其实我视力不太好，什么都看不见，耳朵也不灵光，不关我的事。是林溪自己要去找男人把你情敌给弄跑的，跟我没关系。”

“秦咪咪，你还是不是人？”林溪咬牙切齿地质问她。

“你一个死，总比两个都翘辫子要好，到时我会留口吃的给你。”

“果然是你们搞的鬼。”马娘娘眼皮往上抬，面无表情，“你以为这么做，就能让我感谢你吗？”

“我没这个意思。”

“那你这么做的目的是什么？”

“我不过就是……”林溪吐口气，“想请个假。”

“什么假？”

“婚假。”

马娘娘的眼皮忽然抬起来：“你要结婚了？”过两秒她又补了一句，“和谁？”

林溪知道她在想什么，连忙答道：“他是一个大学老师。”

大概是过了几秒钟，马娘娘皱了皱眉头：“我讨厌别人多管闲事，尤其是你。”

“我知道。”

“所以我只给你五天的假期，多一秒你都给我走人，从你拿到假条的那天开始算。”说完，她就转头走了。

“这个意思是，我不用走了？”林溪适应不了这个跌宕起伏的剧情。

“我说什么来着，成功了就有质的区别了。”秦咪咪也捡回了一条小命，大口呼着气。

“我觉得很大程度是因为，我说我要结婚了，而且对方只是一个大学老师。”

“林溪，林溪。”秦咪咪在外面砸门。

林溪躺在床上，好不容易结束活动，放一天假，彻底给睡死了。

“别吵我，走开。”

“你老婆不理你。”秦咪咪说一句，故意提高声调，就是说给里面人听的。紧接着旁边一阵低沉的笑声响起，林溪迅速跑过去开了门，又一个飞扑朝床上扑去，栽在床上。

周正进来，反手带上门，坐在她身边伸手摸她的头发。

林溪眼睛闭着，半抬起身子搂住他的脖子，一把给他掀倒，一块栽在床上。

两人靠在一起，她转了头过来看他，窗外阳光洒进来，两个人像是暴露在沙滩上的鱼，晒得一半红一半白。

林溪伸手摸他的脸："怎么红了，害羞？"

"我都多大年纪了。"周正把脸上的眼镜摘下来，脑袋往前一伸亲了亲她，然后抱住她，"等会儿起来，我给你买了早餐，好不容易有假期，今天你和我都不能说有事。"

"得，夫唱妇随。"林溪看看天花板，"最近没有哪个女学生跟你借笔记本吗？"

"我就知道你还记着这件事情，反正都瞒不过你。"

"没办法，我已经成精了，除非你再去修炼个几百年。"

"这样想想我挺吃亏的，怎么以前没有多谈几次恋爱，只顾读书了。"

"现在也不晚，学校那么多妹子呢。"

"我是老师。"

"最适合衣冠禽兽。"

周正无奈地笑道："反正，我总是说不过你。"

"那就束手就擒。"林溪拍了他一下，"我要换衣服了，你在这里还是出去？"

周正坐起来，笑了笑："我先出去吧。"

"小正正，我一直好奇你是不是有什么难言之隐，能见美色不动，坐怀不乱。"

周正重新戴上眼镜，站起来，身体前倾凑近她，声音充满磁性："放心，我很健康。"说着摸了摸她的脸，"现在，换你脸红了？”

“我脸皮厚，红得不明显。”

“呵呵。”

吃饭的时候，林溪问：“等会儿去哪儿？”

“你忘记了，说了要去看电影的。”

“是今天吗？这么快就到周末了。我好久没去过电影院了。”

“我也是。”

“我建议你们早点出门。”秦咪咪从桌子上摸了一个包子，是周正带来的，“今天是周末，会有很多人。”

秦咪咪说对了，两个人到了电影院，绕了几圈才找到地方停车。

如果说这一整天的事情就是一个闹剧，那在这么多人的场景里，林溪还遇到了同样拿着爆米花的徐柯还有丁柔，则是整出闹剧的高潮。

“好巧啊，林溪。”丁柔显然很喜欢这一出旧人带新人的戏，“这是你男朋友？不给我们介绍一下？”

“周正。”林溪冷淡地抬手介绍道，“这是徐柯还有丁柔，我大学同学。”

周正显然不知道这里面的门门道道，热心地伸手跟他们问好，在他和徐柯握手的那一刹那，林溪似乎看到了一道世纪之光，像是两个朝代的更替。徐柯脸上的表情没有什么波澜，至于内心是不是波涛汹涌就不得而知了。

“对啊，我们是同班同学，大学里的友情都比较珍贵，你说是不是林溪？”

——你要聊就聊，拉上我干什么？

“还好吧，也不是很熟。”

周正显然有些意外，林溪竟然会这么不给面子。

“你就喜欢开玩笑，我听说你是服务行业，今天是周末怎么会有空来看电影？”

“我还想不通，两只海归也会进行看电影这么雅俗共赏接地气的活动。”

“入乡随俗而已。”

“我看是俗不可耐。”

“你不也是一样，己所不欲，勿施于人。”

“近朱者赤，近墨者黑，我最近背得很，估计跟你也有点关系。”两人玩起了成语大赛。

“咯！”徐柯清清嗓子，“时间差不多了，我们进去吧。”

周正也过来拉林溪，林溪愤愤道：“等会儿最好呈对角线坐，离得越远越好。”

林溪忘记了，生活有的时候给你的绝对不只是苦难，还有无数次的当头一棒，以及如影随形的恶心。他们的位置不偏不倚就在林溪他们正前方，这就意味着，林溪他们只能纯被恶心。

那丁柔浑身就像骨头断了，从坐下开始就好像生活不能自理一样靠在徐柯身上，徐柯一直负重应该也挺累的。

“矫情。”林溪翻了个白眼。

“嘘。”周正指指前面，示意小心他们听到。

“他们恶心，还怕别人说？这什么电影院，热死了。”林溪火气直接飙升。

“热吗？我怎么不觉得，要不我给你去买杯冰水？”

“不用，我只是肝火旺。”

“你们怎么好像有很大仇？”

“也不算太大吧，就是我曾经跟她在厕所打架，把她塞马桶里了。”

“真的？”

“骗你的。”林溪嘀嘀咕咕，不过也差不了多少，她不想让周正以为她是一个悍妇。

电影开始放，周围灯光暗下来，一开始不觉得，徐柯坐她前面半个脑袋在眼前晃，她就只能看到一半屏幕，她伸手往前面椅背上拍了一下：“你头低点。”

徐柯脑袋歪了一点：“这样？”

“你往右边点。今天你头发是不是抹油了？好像变亮了。”

“没有。”

“你们说什么呢？”丁柔充满戒备的声音传过来。

“没说你坏话。”林溪手一摊。

“怎么了？”周正问。

“没事，徐柯头有点高，我看不见。”

“我跟你换。”周正主动让了位子，林溪视野顿时变得开阔了，她靠着他，打算继续看电影，丁柔从位子上离开了，过了一会儿徐柯也跟着出去了。

过了十几分钟还没见回来，周正看看前面空荡荡的位子，问道：“他们去哪儿了？”

“不用管，待会儿就回来了。”林溪的手机忽然亮了一下，一条信息进来了：林溪，我那个来了，有卫生巾送一个给我。

这货哪来我的号码？林溪本来不想管，可坐了几分钟，想着算了，看在同为女人又每个月总有那么几天的分上，做点好事，说不定还能训她几句。

“她上厕所没带纸，我去送一下，等会儿回来。”林溪跟周正说完，就出去找厕所去了。此时正在放电影，这个厕所又是内部使用的，所以没什么人。

林溪到了女厕那边。

“丁柔？”她喊了一声，见没人回答，正想着可能是被耍了，忽然听到旁边的杂物间有声音，轻轻拉开门，里面抱在一起的两个人让她吸了口气，她双手抱臂，靠在门上，“两位好兴致啊！”

两人立马停下了动作，一起转头看她。

徐柯皱了皱眉头，丁柔明显奸计得逞一般露出让人看了想抽她两巴掌的笑容。

“我说呢，咱俩的交情好到给对方送这东西了吗？”她直接从口袋里掏出卫生巾扔过去，东西在空中划出个抛物线，被对方伸手接住，“你们继续。”

林溪简直火大，看到现场版的徐柯和丁柔，让她有种吃了屎般的恶心，最主要的是被这个绵绵柔摆了一道，大为不爽。

“怎么了？”周正看她脸色不对。

“刚刚看到一只苍蝇在吃屎，有点恶心。”

“这电影院厕所这么脏？”

“嗯。”

徐柯两个人回来后，直到电影结束，四个人没再有一句交流。光线亮起来，四人走到电影院门口开始假模假式地道别，丁柔的脸上隐隐挂着胜利者的笑容。徐柯有些尴尬，和林溪的目光对上的时候，有些不自在地别过了头。

“下周是徐柯生日，到时会有一个私人聚会，林溪你和周正也一起过来吧。”

“七月八号我店里要开会，去不了。”

丁柔敛起笑容，露出有些恶毒的表情来：“我还没说几号，你记得还挺清楚啊？”

林溪知道是自己嘴快了，连忙机灵地解释：“有什么奇怪的，大家这么多年同学。”

“既然这么多年同学，那就一定要到。”她最后的两个字，几乎是从牙齿缝里挤出来的。

# Chapter 06 前任大联盟

接下来的一周过得浑浑噩噩，林溪满脑子除了后悔，就是不应该答应参加什么生日会。

这让她回想起，她以前给徐柯过生日的时候，把他所有暗恋过的、恋过他的都请过来，大肆羞辱一番。当时丁柔也在里面，没想到善恶到头终有报，角色来个调换。打脸不要紧，关键是周正还不知道徐柯是他前任，到时有人该说不该说的乱说一通，那就酸爽了。

好在周正最近比较忙，林溪借机说只有她一个人带男朋友，周正觉得这样倒显得她小家子气，所以就让她道个贺，自己不去了。

“我今天非得好好治治绵绵柔这货。”林溪做出捋袖子的动作。

秦咪咪正对着反光的墙面装饰补口红。为了壮大声势，林溪带了一个帮手，万一打起来，这货也有几两腱子肉。

“我说你心也够大的，这绵绵柔摆个鸿门宴你也去。”她说的是风凉话，明显不怀好意。

两人站在门口说话，过了一会儿有人从包厢里出来，过道里灯光昏暗，走进了才看清楚是徐柯。他今天看起来跟平常没什么两样，只是穿着简单了些，套着黑色夹克。

“你们怎么站在门口，不进去？”

“林溪她害怕。”秦咪咪帮她发言。

“怕什么？”

秦咪咪笑起来：“怕风水轮流转，报应到自己身上。”

“什么意思？”

林溪往门口方向伸出手指，脸色略显苍白：“你不觉得这个场景很熟悉吗？”

迎面走过来几个扭着腰肢的半老徐娘，有一两个已经面目模糊，和印象之中相去甚远。这些人才几年不见，竟然把自己糟蹋成这个样子，林溪简直不敢相信，这些人就是她当年的情敌，当年她们要是这副德行，她哪里还用什么手段，给她们洗把脸就可以了。

“林溪，好就不见啊！”走在最前面微微发福的女人开了口，林溪才知道是谁。

“这不是蝴蝶香吗？”蝴蝶香，是秦咪咪和林溪取的。以前给情敌或者潜在情敌取外号，排列编号，也是她们的兴趣之一。

人家其实叫刘香，以前也是个不折不扣的大美女，就是名字土了点，所以林溪险胜一筹。刘香特喜欢穿开肩开背的衣服，目的就是要突出两个精细的蝴蝶骨，很是扎眼。

徐柯毕竟也是男人，林溪每次都想把他给戳瞎。现在不要说蝴蝶骨了，猪骨头都看不见了，可她还是喜欢穿开背的，露出了健壮的后背。

几人看到站在后面的徐柯，顿时眼睛亮得像个发春的猫，大抵也和林溪当时看到徐柯没怎么变，还是原本那般潇洒时的心理是一样的。

“徐柯，听说你去国外了，是才回来吗？”蝴蝶香说得亲亲热热，徐柯感觉心里升起一股凉气，有种历史重新上演的感觉，他有些尴尬地打着招呼。

蝴蝶香屁股一顶，直接把林溪给顶出去了，凑上前跟徐柯说话。

丁柔一开门，眼前的景象差点让她晕倒，徐柯被几个女人围着，再不带走，就要被吃干抹净了，她顿时怒从心起：“怎么都站在外面，今天可不是走廊聚会。”她不着痕迹地推了蝴蝶香一把，拉着徐柯的胳膊，摆出一副主人的姿态，“这么多年没见，说话喜欢贴着人的毛病还是一点都没有改，不知道的还以为你才是女主人呢。我们进去。”说着连忙拉着徐柯突围进入包厢，砰地关上门。

一群人愤愤不平，转头看林溪，一副看好戏的样子。

“嘁，真以为自己了不得，是正宫娘娘了，有本事就当徐太太啊，女朋友多新鲜啊，这不还站着个老前辈吗？”

林溪知道自己活该，耸耸肩：“我是无辜的。”

“林溪，我们以前斗得那么凶，到头来给这女人白捡一便宜，你就甘心让她这么得意？”蝴蝶香觉得，林溪现在跟她们一样了，是同盟，是友军。

“不甘心。”林溪抬抬眼睛，抄起手，霸气外露。

“我就知道你对徐柯余情未了。”秦咪咪笑道。

“跟徐柯没关系，这是我跟绵绵柔的恩怨，敢在关公面前耍大刀，我要让她知道什么是班门弄斧。”林溪转头对周围的几个女人说，“如果你们同意暂时放下我们的恩怨，我有办法治她。”

“你以前对我们也不咋的，这宴请前任的传统不就是从你那儿传下来的？”小胖妹有意见。

“大敌当前，各位应该放下成见……”林溪话还没说完，小胖妹很有范儿地抬起手：“我还没说完，但我也见不得丁柔这女人，她跟你都是一路货色，请我们过来就是要羞辱我们，虽然我们喜欢徐柯都是以前的事了，但也不能让她得逞。”

“那就听我一言？”

几个人点点头围上去。

世上有两句至理名言，宁得罪君子，莫得罪小人；唯女子和小人难养也。要是对方不仅是女人还是小人，那你就死定了。

“徐柯生日快乐。”一群人开始唱歌喝酒，纷纷道贺，到场的还有徐柯的同事和丁柔的朋友，他们都是不明情况的吃瓜群众，没忧没愁地一边吃东西一边喝酒。

一切都在按部就班地进行着，大家吃吃喝喝的时候，灯光忽然暗了，外面侍者推了蛋糕进来，上面插了二十几支蜡烛。丁柔走过去，接过侍者手里的东西：“祝你生日快乐，祝你生日快乐。”其余的人也跟着唱歌，气氛一度很温馨，她慢慢走到徐柯的面前，轻声道，“徐柯，生日快乐。二十九年前的今天，很感谢你来到这个世界，让我遇见你。”

徐柯头俯下身吹了蜡烛，伸手过去抱了抱她。

“亲一个，亲一个。”又有人起哄。

丁柔浅浅一笑，徐柯抿抿嘴唇，低下头在她额头上印了一个吻，她居然激动地流下了泪水。

“专业戏精五十年。”林溪喝口饮料，向上翻了个大白眼，“一大把年纪了，装什么纯。”

“就是，演电视呢！”蝴蝶香也看不惯。

“矫情。”几个怨妇愤愤不平。

“吃不到葡萄说葡萄酸。”旁边忽然飘来了一句不合时宜的话，秦咪咪只是随口一说，旁边射过来的几道目光差点把她烧死，她连忙对林溪笑道，“我说她们，没说你，毕竟你也吃了好几年。”

“呸！”林溪伸手就敲了她脑袋一下，“你这动摇军心的货，就应该先把你斩了。”

“我是无辜的，我跟徐柯又没什么，纯粹看戏。”秦咪咪摇头，“大不了我不说了。”

这边几个人叽叽咕咕，丁柔大为不满，她的恩爱就是秀给那些窃窃私语的人看的，她们竟然就自顾自说话，全然不看这边。于是，她大声说道：“不好意思，都怪我太感性了，其实我跟徐柯跌跌撞撞走到一起不容易，今天除了感谢大家聚在这里给徐柯过生日，在这里我还要尤其谢谢一些人，没有你们，我也遇不到这么好的徐柯，谢谢你们。”

吃瓜群众一起鼓起掌来，在他们的眼里就看到了“情比金坚”四个大字。

这边几个熊熊燃烧起怒火，都要憋出内伤了，她的潜台词不就是说：谢谢你们辛勤耕耘，陪徐柯度过了一段无聊的时光，最后让我成了徐太太。

林溪冲蝴蝶香使了个眼色，她站起来，从包里拿出礼物走到两人中间：“现在到大家送祝福的时间了吧，也不能请我们过来祝贺生日，你却只顾着秀恩爱。”说着身体一偏，把丁柔拱出去，“徐柯，生日快乐。”同时把手上的东西递给他。

“谢谢。”徐柯收下，没有留意，忽然蝴蝶香上手直接给了他一个熊抱。

“生日快乐。”她又抬手在他背上拍了两下。

接着，小胖妹也过去递礼物，顺势又抱上去：“生日快乐！”

“你们！”丁柔没几个回合就被挤到角落里去了，徐柯几乎被每个妹子都揩了一把油。丁柔在一旁咬牙切齿，要不是还有这么多人在，她恨不得把她们头发都绑在一起，全丢出去。

林溪和秦咪咪在沙发上笑得不能自已："你看看徐柯的脸色，笑死我了，他就像个被轻薄了的黄花闺女。"

"丁柔的脸更好看，她这个大醋坛子，估计已经气炸了，内伤不治。"

"过不了一会儿，她肯定绷不住要跳脚。"

"够了！"丁柔果然气恼，一点没了之前装海归的矜持劲儿，"差不多了，我们应该切蛋糕了。"说着急急地推她们，惹来怨声一片。

"等一下……"林溪顺顺裙子，站起来，"我还没送呢。"

林溪走到徐柯的面前，晃动的灯光缓缓在空间里转动，电视投射出的微弱荧光洒在她脸部，绒毛清晰可见。

"钥匙。"林溪从口袋里掏出来一只小白，轻轻捏着在他的眼前晃动，"送你的，小白，经典款。"

徐柯看到那一晃一晃的钥匙扣，呼吸忽然滞住了，好像一瞬间回到了六年前。当时《爱宠大机密》正在热映，他和林溪排了一个晚上，就为了买个经典色的手办，他出乎意料地比林溪还要喜欢那只兔子，然而他们等了一夜，最后却被告知售罄了。

阳光刚刚冒出地平线，两人收拾垫子还有水壶，坐了大半夜腰酸背痛也不如内心的失望来得难受，周围人都渐渐往各个方向散去，林溪一把搂住他的脖子："别失望，下次我一定买到。"

"算了，回去看看网上有没有。"

"你竟然质疑我的能力？"林溪摸他的脸，"等我买到给你当生日礼物。"

"这么好？"

"谁叫你是我男人，我都羡慕你能有我这么好的女朋友。"

"自恋死你算了。"徐柯去拍她的头。

手上忽然被塞了东西，他才回过神来，看着那只兔子笑起来："你怎么买到的？"

“我的能力一直都被你低估了。”

徐柯的表情落在丁柔的眼里，她右手不自觉地握起拳头。林溪也依着前面的规矩，上前轻轻抱了抱徐柯：“生日快乐。”

徐柯被她牵着，像个木偶，她本来是想捉弄他的，可他这样僵着不动，让她感觉哪里出了岔子，于是笑着推开了他。

本来不明就里的吃瓜群众现在大致知道了，这原来是个前任现任的聚会。

林溪在一片复杂的眼神中走开了。

气氛又重新热闹起来，觥筹交错，丁柔坐在一边一言不发，过了一会儿从桌上拿起酒瓶和杯子到林溪这边，砸在茶几上，发出清脆刺耳的响声：“林溪跟我喝一杯。”

林溪笑道：“你记性不太好吧，上次你差点喝死。”

“少废话，敢不敢？”

“我有什么不敢的。”她招招手让徐柯过来。

徐柯正在和一个同事交谈，看到林溪喊他，和眼前人寒暄几句就过去了：“怎么了？”

“等会儿看好你娘们，别让她喝死了。”

“林溪，你嚣张什么，我可未必会输。”丁柔气急败坏，倒了满满一杯直接灌到嘴巴里，气势汹汹地将另一杯砸到桌上，林溪拿起一饮而尽。

“再来。”

“再来。”

周正到的时候，已经是晚上九点了，想起她上次喝酒宿醉的事情，他不放心便过来接她，可打了几个电话都没人接。他哪知道林溪是因为正在头顶天、脚踏地地灌黄汤，压根没听见铃声。

他又打了电话给秦咪咪，知道她们是连体婴，打断骨头还连着筋。他找包厢的时候，远远看到一个奇异的景象，几个女人正蹲在走廊上，有的人手里拿着烟，有的拿着酒。

周正觉得她们可能是失足的不良少女，作为祖国园丁，本该痛心一番，到了跟前的时候，他才放下心，她们都是上了年纪的。

“你们不在里面看戏，怎么躲这儿来偷闲？”又从里面出来一个女人。

“这新欢和旧爱本来跟我们就没啥关系，八卦才是本命，而且现在不是好戏，等会儿都喝大了才是好戏。”

“你们说徐柯会帮谁？”

周正从她们身边谨慎地路过。

“废话，当然是林溪了！”听到这话，他忽然停下脚步。

“这丁柔一副要跟林溪拼命的样子，就是打翻醋坛子了。”

“你们刚刚没注意到徐柯的眼神吗？只要长只眼睛的都能看出来，他压根就没放下林溪，我看只要林溪愿意，稍微勾勾手指头，他就会过去，丁柔根本不是对手。”

“那哪能一样啊？人家在一起四年多，丁柔这个还不到两个月的新欢，按斤称都赢不了。”

“那个大叔，没这么八卦的吧，听够久了。”她们一开始就注意到这个站着不动的人了。

“你们认识林溪？”

“你谁啊？”

周正抬手扶了扶眼镜，脸色沉静：“我是她男朋友。”

连续几大杯下肚，林溪脸色都没变，丁柔却开始犯恶心，只是强撑着。徐柯劝她：“不要喝了。”

“我就要喝，你走开。”

周围人看情况不对，又不好说，只能看着。

“这是我跟她的事。”丁柔直接开了两瓶酒，“对吹！”

两个人接着就又喝了七八瓶，最后一瓶，丁柔直接喝吐了。

林溪放下手里的瓶子："算了，你不行了。"

"谁说的，你给我坐下！"丁柔显然开始撒酒疯了。

林溪不打算跟个喝大了的人置气，转身放下杯子就走。

"林溪你欺人太甚！"丁柔像是被捋了须的老虎，叫得又尖又大声，伸手用力推了林溪一把。林溪没有防备，脚下失去平衡，直接往旁边栽倒，眼看就要撞上茶几的一个角，她心凉了半截。

忽地右边臂膀被人拽住，她没来得及喊疼，就偏离了轨道，和一个肉质物体一起摔在了地上。摔倒过程中，一只胳膊绕着她的脖子，她顺势给当了围脖，落地的一刹那，她听到了嘎吱一声，不禁牙齿一酸。

"林溪，你好重。"徐柯躺着看她，有气无力地吐气。

"Sorry，最近吃得多了一点。"林溪调整了一个角度，脑袋向上，一双脚倏忽停在身边，她觉得是丁柔过来了，打算直接把她给踩死，等来人缓缓俯下身的时候，她觉得还不如让绵绵柔给碾死。

"林溪。"她看到的是周正面无表情的脸……

这事说来也奇怪，刚刚那件事，林溪明明就是个受害者，她却像被周正当场把她和徐柯捉奸在床了一样，明明他们正常得很。

周正一句话都不说，拉了她就往外面走。他一向是个懂礼貌的好孩子，现在这个模样绝对表示他在生气。他们很少吵架，大概也是因为他长林溪几岁，一直让着她，就算真有争执，也是他息事宁人的时候多。

不过，在处理感情这方面，他的段位充其量也就是个刚出新手村的，而林溪已经到神之领域了。

"徐柯跟你是什么关系？"他第一句就暴露了，要是林溪的话绝对不会这么开门见山地问。而且他本来什么情况都了解得差不多了，偏要从当事人嘴里得到答案，这样不仅是给自己添堵，同时还会让本来有些愧疚感的人产生叛逆心理。

“他是我前男友。”毕竟她自己隐瞒了，有些理亏，所以她语气还算真诚地老实回答了。

大概是没想到她回答得这么干脆利落，并且看起来还十分坦荡的样子，就像一拳打在了棉花上，所以周正从另外一方面进军：“我很生气。”

“我知道。”

“你就不问我气什么？”

林溪吐了口气：“刚刚那一幕不是你脑补的各种画面，就是我摔倒了然后他扶了我一下，很纯洁。还有就是看电影那天，我没告诉你他是我前男友，只是避重就轻地说，他是我的老同学。”她觉得自己口才还是可以的，至少能够缓解一下现在紧张的气氛。

周正沉默了一会儿，忽然笑了一声：“林溪，我以前都不知道你这么能喝。”

“嗯？”

“我好像真的不怎么了解你，我是不是就是他们说的那种老实人？如果徐柯回头找你，你应该不会留下吧？”

林溪本来以为又会像以前吵架那样一笑了之，可看到周正这么严肃正经的样子，她知道事情严重了：“我没想瞒你，我们交往那一天，我就说过，你想知道的任何事情我都会告诉你，徐柯是我初恋男朋友，我们曾经在一起四年。你不是什么备胎，也不是我消遣的乐子，我要跟你结婚这是事实，就算以前再怎么样，都已经过去了。”

“四年，多长的时间！他们说得对，丁柔比不了，只怕我也比不了。”他摇摇头，“我们在一起不到一年，你就要嫁给我了，而你跟他住在一起四年，应该对彼此都很了解。”

林溪抬起头来，看着他眼睛里一闪而过的东西，让她一瞬间就坠入了谷底。

“我明白了，你生气，既不是因为我没告诉你徐柯的事情，也不是因为他刚刚扶了我一把，而是我跟他未婚就住在一起，很不检点。”

周正喉头上下一动，没说话。

“我突然想起来你老说我很好，你配不上我的话，现在看来是我配不上你。”她忽然有些伤心，“你有你的看法，我尊重你，不过我和他在一起的时候，我们都以为会是一辈子的。”

“对不起。”周正急了，刚刚好像被蛊虫附身了，此时他突然清醒过来，拉住林溪，“我不知道我怎么了，我不是故意说让你难过的话的，我在感情上就是个失败者，对不起。”

“这不是你的错，也不是我的错，只可惜我没第一个就遇到你，再见。”林溪转过头，吸了吸有些发酸的鼻子，心里堵得慌。她从拐角一转过去，就看到徐柯站在那儿，像个大雾里行军，整装待发的战士，一脸的茫然，什么表情都没有。

没有什么情况比现在更让她难堪，她快步从他旁边走过，他伸出右手从身侧拉住她，她几乎是用了全身的力气一把甩开，开口时声音喑哑：“滚开。”随即嗒嗒嗒地走远，每一步都像砸在徐柯心里。

# Chapter 07 女貌男不才

“店长，店长。”

小丫叫了几声，林溪才回过神来：“怎么了？”

“我要整理这个沙发。”她指指已经被林溪压扁的垫子。

“哦，你弄。”林溪起身给她挪地儿。

“还有你的手机，已经响了一个上午了。”林溪看看自己调成振动的手机，七八个电话都指向同一个名字：周正。

她索性把电话挂了直接揣到兜里，见秦咪咪躺在一边吃零食，说道：“你旁边吃去，弄得沙发上到处都是。”

“有什么关系，等会儿我自己收拾。”秦咪咪看了她一眼，“怎么了，还没和周正和好？”

“现在不是和不和好的问题，而是他要的东西我给不了，我和徐柯的四年是事实，没法改变。”

秦咪咪啧啧两声：“你得理解一个老处男的想法，他身心纯洁，想找一个同样玉洁冰清的很正常，而且像他那种教历史的古董，脑子一时转不过弯来，也很正常。”

“你不对吧，平时我跟他有一点点鸡毛蒜皮的矛盾，你都能火上浇油，好像我们最好立马一刀两断，你今天说这么反常的话，不是太阳从西边出来了，就是他给你好处了。”

“你知道吗？有时候你这么精明的样子真的很不可爱。”秦咪咪舔舔冰棍，“他请我吃了一个星期的饭。”

“都吃了一个星期了，你才说这么不咸不淡的两句废话，真够能忍的。”

“干吗，心疼了啊？我还以为你要跟他鱼死网破，老死不相往来了呢。我不就吃点饭吗，才多少票子，要是徐柯的话，怎么着也得送我几个奢侈品。”

“你少跟我提他，他和丁柔这两人我这辈子都不想再看到，有多远给我滚多远。”

“你这就不公平了，人家徐柯可没招你，况且以前你们好的时候，对你好得那叫一个羡煞旁人，什么好吃好用的都先给你。”

“有次他为了给你买个什么限量版公仔，花光了所有零花钱不说，大冬天还上街发传单做兼职，与此同时，还要每天赶回去给你做饭。人家是正宗公子哥，跟周正那种小门小户杀出来的可不一样，什么时候遭过那种罪？说起来你命还真好，不就是有点姿色吗，前任也好，现任也罢，都对你死心塌地的。”

“我现在不明白，你到底是收了周正的好处，还是徐柯的好处，要是让我肉偿，是想把我劈成两半吗？”

“你要好好珍惜我一年不见得有几次的良心，你要是真不想跟周正好就干脆甩了他，你以前可不是这么拖拖拉拉的人。”

“哪能说甩就甩，又不是养的小猫小狗。我跟他在一起快一年，都已经谈婚论嫁了，也是有感情的。”林溪赶她，“你别来烦我思考人生。”

两人伸手过招的时候，口袋里的手机又振动了，她本来想挂掉的，突然看见上面“马娘娘”三个字，顿时精神一振。

“林溪？”

“嗯，我在。”林溪毕恭毕敬那样，幸亏她们彼此看不见，要是看得见，估计她得九十度鞠躬了。

“我长话短说，我这边有一个客户刚刚从国外回来，这边的人都在跟其他单子，我看你应该是整个公司最闲的，所以今天晚上去见一面，有问题吗？”

林溪完全呆住了，这是要来大钱的节奏啊，高兴得一时都缓不过神来。

对方等了两秒，见她没有反应，问道：“怎么，不愿意？”

“愿意愿意，我全家都愿意。”

“等会儿我把电话发你手机上。”

“好的，我一定不会辜负督导的希望。”

“我丑话说在前面，要是单子飞了，你就跟着殉葬，别回来了。”

“您放心。”林溪开开心心地答应，挂掉电话后在原地转了两圈，“马娘娘居然给我介绍客户了，大咪你能相信吗？这种比六月下雪还稀罕的事情居然发生了。”

“这还不是得益于你上次的解围，我看你当她的御用恋爱导师比你做店长有前途多了。”

“果然情场失意，职场得意，我的好运要来了。”

林溪带着秦咪咪早早等在酒店外面，路过的每一辆车都不肯放过。一辆凯迪拉克在她们面前猛然停下，下来的是个胖胖的男子，绕到另一面打开车门，一个身材高挑的漂亮女人从车上下来，两个人站在一起就像贵妇牵了条狗，画面很温馨，嗯……这男人一定很有钱。

“您好，是孙总吗？我是 MC 宁开店的经理林溪。”

“你好。”孙总的小眯眯眼在眼镜后面像是睁不开，他伸手搂了搂女人的腰，他的手不够长，个子又矮，很像是抓痒抓不到的感觉。

那个女人戴着墨镜，自始至终都没看她们，很是傲慢。作为专职的服务业人员，林溪她们两个还是相当有职业素养的，把狗腿发挥到淋漓尽致，包括帮忙拿包、赔笑等等讨好行为。

不过，秦咪咪做得比较多，因为这是她唯一可以展示才华的机会，林溪不跟她抢。

等到他们进去了，林溪才拉住秦咪咪：“等会儿千万别说错话,这女的是小三当然也可能是小四,所以不管话题多么敏感，都不要提到太太两个字。”

“你怎么知道不是太太？现在不登对才是正常的。”

“女人刚刚下车的时候，孙总拉开车门还帮她在车顶挡住头，男人出现这种近乎狗腿的行为，一般要么是有所求，要么就是在热恋。刚刚说话的时候，孙总一直在用余光观察女人的脸色，但是嘴巴上一句介绍都没有，显然是怕她有情绪所以一直观察。戒指什么的就不说了，这孙总压根就不戴戒指，按他的年纪，我估计是他们那年代不注重这个，正好也为他泡妞省了麻烦。总而言之，这就是一次孙总为那个女人而进行的谄媚活动，所以我们只要让那女人高兴了，孙总就会让我们高兴。”

“厉害，我明白了，不就是拍马屁吗？”

“拍马屁，这三个字好说难做，一不小心可能就会拍到马腿上去，等会儿见机行事。”

林溪拿出所带的资料开始介绍，女人慵懒地坐在沙发上一会儿玩玩手机，一会儿抠抠指甲，一副漫不经心的样子，除了孙总有一搭没一搭地跟她们聊天，她们两人基本被当成了隐形人。

“嗯，我觉得这个方案还不错。”孙总拿着资料点点头。

“不是说 MC 是大公司吗？我看也不怎么样。”这是女人开口说的第一句话。

“请问您是哪里不满意？我们可以调整。”

“你问我哪儿不满意？”女人摘下墨镜，露出一张精致绝伦的脸，果然女人漂亮就是有本钱嚣张，“我都不满意，如果你们给不了我更好的服务，那就别浪费我时间了。”

“我想您对我们的服务可能有些误解，我们公司都是针对每一位客户私人定制，这种更好更周到的服务都是通过我们的交流沟通来完成的。”

“你是听不懂我说话吗？ VIP 的意思就是比任何的客户都要来得尊贵，而我没有体会到这种感受，我新城湾的新房子市价要五千万，这样的家具放在房子里，我觉得跟工厂流水线上生产出来的没有什么区别。”她转头抱怨旁边的人，“我早就说了去国外定制，你偏要选这个卖家具的公司，浪费我时间。”女人长腿一抬直接站起来。

“你去哪儿？”

“我去抽支烟，你愿意在这儿看就自己在这儿看吧。”

“凌铃。”孙总有些尴尬，把手上的东西放下，转头歉意地说，“不好意思，这个事情主要还是看她的喜好。”

“没关系。”林溪淡定地低头喝了一杯茶，微微笑了笑。

凌铃去到厕所，站在镜子前望着里面年轻貌美的脸，觉得配上那个猪头真是暴殄天物。

“孙大志，以为买两个东西就了不起了，在外面装大款，家里那个黄脸婆吼两声就变得跟孙子一样，没出息的尿包。”说着，她转头去了里间，坐在马桶盖上，掏出烟来抽。

外面进来两个人，其中一个说道：“这可怎么办，那个女主人好像不满意我的方案，回去怎么交差？”

“嗯？”她偷偷打开一条缝，看见是MC公司的那两个女的，想着刚刚自己没给她们好脸，她们肯定是躲在这里说她坏话。

“她不是孙总老婆，孙总是我们的老客户，之前他们家那上千平方米的新房软装就是我们公司做的，那时候我见过他老婆，当时可是配了一百多万，他连眼睛都没眨。”

“那孙总的老婆真大气，不过归根到底也是孙总疼她老婆，不然能给她花那么多钱吗？这个毕竟不是正主，他肯定不舍得给她花那么多钱，等会儿你可千万别说漏嘴，否则孙总难做人。”

“这个老浑蛋。”凌铃一把扔了烟踩在地上，用鞋跟踩碎了。

孙总看到凌铃怒气冲冲地跑出来，拿了包，右手捏住眼镜支架指着林溪：“告诉你，这些我都要了，两百万，按两百万的标准做！”

林溪看着那个镜片上下晃动，就怕那个镜片飞出来，把自己眼睛给戳瞎。

“没问题，凌小姐还要再沟通一下吗？”

“不用了，我就要那么多钱的。”

“凌铃你看都不看就……”孙总还要说话。

“怎么，花点钱就心疼啊？”

“我又不是这个意思，好好的发什么脾气，刚刚是你不满意这家的。”

“我现在改变主意了，我不仅要最好的，还要最贵的！”

“孙总，这个……”林溪看着他，知道他现在是骑虎难下。

“行行，就这么定了。”孙总急急忙忙就去追那个撒丫子跑了的天鹅。

林溪伸出右手和秦咪咪击了一掌：“解决。”

“难怪你刚刚那么淡定，原来早有办法。”

“擒贼先擒王，做事抓重点，古人的智慧。”

“你这又是哪儿学的？”

“高手教的。”

“店长你太厉害了，一下就完成了下半年指标的一半。”一向悲观的刘姐也难得展露笑颜，忙着给林溪端茶递水，上手捶背捏腿。

“这下等年会的时候，我终于可以吃上高级的甜点了，每次都没我们的份儿，过分。”

MC公司每年的年会都有颁奖活动，这跟林溪他们完全没有关系，后面那个重点批评的环节倒是次次跟他们有关。

为了体现公平公正、赏罚分明的态度，每一次聚餐他们都会被隔离到和其他城市倒数第一的店员一起，吃的食品档次也是掉了再掉，每一次参加完，林溪就会觉得自己参加的是受害者联谊会。

“是时候轮到我们扬眉吐气了。”

“嗯嗯。”大家都激动不已。

一群人欢欢喜喜得像是过年，林溪真是服了他们了，要是没有她这个因为被生活逼迫，还算有点上进心的女子，这群人就算被拿去祭天，充其量也就是桌上的桃。

“嘘。”手机响起来，林溪看到“马娘娘”三个字，给他们做了个手势，想着：这不会是来夸奖我的吧，这马娘娘夸人，想想都让人有些惊恐。

“喂，督导。”

“林溪，你是怎么做事情的？”马娘娘一声比一声高，最后一吼把林溪直接吓愣住了。

“怎么回事？”

“你还问，刚刚孙总打电话来，说不跟我们合作了，还说有了更好的选择。”

“怎么可能，那天我明明跟他谈好了，也给他去过电话，他的态度也很好。”

“你脑子是不是掉路边了，第一天出来做事吗？客户一天没签字交钱，那就不是你的。知道他怎么说吗？他说你人品有问题，做人不老实，你到底是怎么跟他说的？！”

“我……”

“好了，你不用再说了，给你一个星期的时间，要么给我把这个单子弄回来，要么找个更大的，否则，你就立马给我走人！”马娘娘声音太大，吼了一嗓子，周围瞬间静了下来。

秦咪咪也难得地露出一张正经脸：“是不是他知道我们说他老婆的事情了？”

“要真是这样，那就是我一个人的责任。”林溪有些失神，“孙总是个怕老婆的男人，在小三面前也不敢大声，即使知道了，他应该也不敢拂小三的意思，难道真的是我判断失误？”

林溪给孙总打了一天电话，对方不是不接，就是直接挂断，她索性直接去了他所在的公司。

“您好，孙总在吗？”

“孙总出去了。”

“什么时候回来？”

“这个我不清楚。”

林溪坐在大厅里，从早上坐到晚上。

“怎么样了？”秦咪咪打电话过来。

“还没见到人。”

“不然就算了吧，我们再去找一个别的客户，还有时间的。”

“全店都指望着这么一个大单呢，我不能让它就这么飞了，如果真是我的问题，我在被辞之前挽回这个单子，你们也不用受牵连。”

“呜呜。”秦咪咪哼哼起来，“你知道你这样特可怜，又很伟大吗？”

“你别废话了，下个月房租我可能交不上了。”

"没事，我就让你躺一个月。"

"很好，我又等到了你良心发现的一天。"

她刚挂了电话，电梯叮咚一声，为首的孙总在和别人说话。

她急急走过去："您好，孙总。"

看到来人是林溪，他脑袋一缩，像是想要避开，快步走开。

"您稍微等一下。"

"我们没什么好说的，林小姐你还是走吧。"

"孙总我知道您很忙，能不能给我两分钟时间？看在我等了您一天的分上，就给我两分钟？"

孙总叹一口气，转头看向身边的秘书："你去车上等我吧。"

"我知道您取消了跟我们公司的合作是因为我，如果您对我不满意，我们可以换人，公司真的很有诚意，希望您能再给我们一次机会。"

"林小姐，我做生意也很多年了，什么大风大浪我都见到过。你是个很聪明的人，我也知道凌铃突然改变主意肯定是你用了些方法。生意场上有些手段我能理解，但是你不能没有一点职业操守，跑去告诉我太太，现在搞得我家里鸡犬不宁，弄得乌烟瘴气。"

林溪蒙了："我没有。"

"丁柔你认识吧，她在 M 国是我们的邻居，她跑去告诉我太太说我在外面养女人，还买了新居，说是她大学同学告诉她的。林小姐，做人不要太聪明过了头，嘴上没门，要吃大亏。现在不要说我，就是我太太也不可能再跟你们公司有任何往来。"孙总说完就愤然而去。

林溪又羞又气，她知道是被人摆了一道，火从脚底直接烧到了脑门，掏出手机按了号码："喂，丁柔，你在哪儿？"

林溪气急败坏地跑到海天 KTV 找她的时候，她正在跟一群海归的小伙伴一起喝酒聊天。她脸色发红，眼神迷离，像只发情的猫咪，看到林溪气愤恼怒的样子，笑得更加张狂：“怎么了，我的老同学，几天不见想我了？”

“想你个头，是你跑去告诉孙太太的，还栽赃给我？”

“是我又怎么样，谁叫那天你们在酒店谈事正好被我撞见呢。你助纣为虐，我正好替天行道。”

“你是这么有正义感的人吗？你怎么不去当妇女联合会的会长？”

“嗬。”丁柔冷笑一声，“林溪你看看你这样，太丢人了吧，不就是个单子吗，能有多少钱？看在我们曾经是同学的分上，你不是缺客户吗？我帮你介绍介绍，喏，这里都是精英，也都是有钱人，想要多少都有。”

周围人一起哄笑：“是啊，柔柔你对她这么好，看来你这个同学不识好歹啊！”

“她不识好歹也不是一天两天了，你们不知道吧，以前她可风光了，我们半个系的男生都喜欢她。她虽然家里穷，姿色也不怎么样，但架不住手段高，见着个男人就勾引。”她低下身子，“以前你是怎么作践徐柯的，现在就这么报应你，活该。”

“哟，这还是前辈呢！柔柔也就是你心善，要是我看到我男友的前女友这么不害臊，我早就上手抽她了，见一次揍一次。”

“哈哈，你们女人就是小心眼。”一个娘娘腔的男生翘起兰花指说道。

“说得跟你头顶一片绿，还选择原谅她一样，不过都是逢场作戏而已，有感觉就谈一谈，没感觉就甩了。”一个穿着西装的男人说。

“都给我闭嘴！”林溪猛灌了一杯酒，砰地砸到茶几上，“你们这些人，出去读几年书，以为自己就是 ABC 了，往上翻三代都是农民，装什么装。我是小三，你们眼睛长屁眼上了，老娘打退的小三，比你们几个加上你们全家还要多。刚刚是你吧，还要打人家前女友，我要是他前女友，我都会羞愧，找了个什么玩意儿，居然能看上你这么个丑货。还有你个娘娘腔，我就想知道，你前任是男的还是女的啊？”

“你说谁呢？”他伸出手指指着林溪，露出尖尖的指甲。

“对不起，我错了，你不光是娘，耳朵还不好，我不应该歧视脑残人士。”

“还有你……”林溪转过头，指着西装男，“你有几个前任啊，跟我在这儿装情圣，装潇洒！告诉你，倒退几年，像你这种我看都不会看一眼，你这货就是整天待在宿舍的死宅男，瞅瞅你那样，倒在路上都不会有人注意。”

她站起来，一把拉住丁柔的衣服：“还有你，别以为你有多了不起，徐柯是我初恋，我也是他初恋，他第一次牵手、拥抱、接吻，包括睡觉都是跟我！你不就是跟他在一起两个月吗？老娘睡了他四年。”

丁柔气得死命抠自己的手。

“还有，是你先惹我的，别怪我恶毒。”林溪伸手就把上身的外套脱掉，露出里面的黑色背心，撩起一角，左边腹部露出一个粉色的半心形文身，她看到丁柔的身体轻轻抖动起来，“熟悉吗？你对徐柯的身体结构应该也很了解吧，这个就是我们爱的印记。”

“致敬，前任！”林溪喊起来，一口酒灌到嘴巴里，身体像是火一样烧起来，她用力摔了杯子，声音清脆。

“啊！林溪我杀了你！”丁柔发了疯似的喊起来，伸手就要跟她拼命，两个人直接拽着头发打了起来。

# Chapter 08 我要结婚了

说巧不巧，徐柯这时候进来了，当然，林溪觉得人为的程度要大一些，然后丁柔就推了林溪一把，自己往后倒摔在碎玻璃上,顿时响起一片叫喊,丁柔白嫩的手臂被划出了一道血口子。

说实话，那口子真的很小，想栽赃又对自己不够狠，实在配不上她惊天动地鬼哭狼嚎的叫喊。

徐柯看了林溪一眼，小心地去扶丁柔，男人的智商有时候真的让人想哭，就这么拙劣的手法，她还是看到了徐柯的眼神里有让人讨厌的东西。

“受不了。”林溪转身就要走。

徐柯抓住她：“你就这么走了，没什么要说的？”

“我说什么？她那口子跟我小时候削铅笔划到手差不多，我还要对着默哀一下吗？”她看着徐柯的嘴巴慢慢抿起来，这是他正在蕴蓄气力，“徐柯，你能别用这种眼神看我吗？真的让人很不爽。”

“你的这个态度也很难让人高兴起来。”

“行。”林溪从地上捡起一片碎玻璃，“来，你也划我一道，帮她报仇。”

他没动。

“那我自己来。”

徐柯伸手就夺过来，肩膀一扭，正好撞到她的肩膀，疼得她退了一步，徐柯眼神一黯。

那边丁柔又鬼号起来。

“哭哭哭，哭死你！”林溪简直气死了，她终于知道古代那些被冤枉的妃子百口莫辩的感受了，“一群蠢货。”说完就跑了出去。

徐柯握紧了手，跟着冲出去：“林溪，你站住！”

“干什么？还想打我？来，朝我脑袋打，这样死得快点。”

“我说什么了吗？你的反应才像想把我们所有人都杀死。”

“你是没说，但你的眼神已经杀死我一百次了，现在请你让我这个坏女人自生自灭，别来管我。”

“你就喜欢这么发脾气，什么人的话都听不进去，都是别人问题，你就一点错都没有。”

“我就是这么自以为是怎么着，六年前你管我，现在你还来教育我，是不是还想再甩我一次，打个电话就跟我说拜拜？我那时候真想杀了你。”

“我也是！”徐柯生气地喊起来，“我跟个傻子一样，满世界找你，就因为一句气话，你把我所有的联系方式都给删了，彻底人间蒸发。在你心里，我一点都比上你的自尊。”

“有意思吗？”林溪抬头，“如果你是来跟我说我以前对你多么不人道，我在感情上多么不负责任，那你的目的达到了，而且我也遭到报应了。”顿了一下，她的声音忽然哽咽了，“那天，周正跟我说的话你不是都听到了吗？”

徐柯忽然不说话了，此时说什么都让他觉得难堪。

“算了吧，徐柯，从今以后，我们只当陌生人，我们做不了朋友。”林溪把外套穿上，她的皮肤已经变得冰凉，走到外面冷风一吹，顿时浑身一抖，心也跟着颤抖。

冷冷的脖颈处像是火蛇蹿了出来，两道滚烫的液体从脸上流了下来，她伸出手，摸到透明的液体。她自己都感觉到惊奇，已经不记得有多久没有流过眼泪了。

她一直徒步走到小区楼下，一个人影蹲蹲站站，路灯下看起来像是一个踽踽独行的老人。周正看到她脸色不对，像是一个即将破掉的罐子，仿佛被他一碰就会倒。

“怎么了？”

“没事。”林溪抬抬手，从他身边走过。

“林溪，我想跟你谈谈。”周正伸手拉住她。

“我现在没有心情，有什么事以后再说吧。”

“对不起。”

林溪吐口气，转过头露出个无奈的笑容：“有什么好对不起的，都是我的问题，我不检点，未婚同居，最后还被人甩了，都是我自作自受，你应该配一个更好的女人。”

“那天我是发了疯才会跟你说那样的话。林溪我想告诉你，我想得很清楚，我喜欢的是你林溪这个人，不会因为其他任何东西而改变。你有过去，我有的是你的现在还有未来，所以不要放弃我好不好？”

林溪伸手在他左边胸口的位置轻轻点了点：“可是在你的这里有一个芥蒂，我怕你会后悔。”

他从口袋里掏出一个盒子，里面是一枚六角钻戒：“林溪，嫁给我，不是两家要求，是我周正在跟你林溪求婚。”

“我……”

周正眼神暗了暗：“其实我很嫉妒。”

“什么？”

“我嫉妒徐柯，你们在彼此青春年华最好的时候遇见，度过了很多美好的时光，我都没有参与。他很优秀，我怕你会走，我知道这很狭隘也很自私，但是我就是控制不了，最近这段时间我变得都不像我自己了。”

林溪在原地站了一会儿，吐了口气，慢慢走近他，伸出手放在他的右脸颊上，露出一个苦笑：“怕什么，只要你不走，我林溪说到做到。”

他的眼睛红了红：“你答应我了？”

“这么大的戒指，我很难拒绝啊！”

周正连忙给她戴上，伸手过去一下抱住她。

林溪把手抬起来，仰头看上面漂亮的钻戒：“这个不少钱吧？”

“嗯，我把所有的积蓄都花了。”

林溪皱着眉头叹了口气：“周正，我要失业了。”

周正愣了一下，浅浅地露出一个笑容：“没关系，以后我养你。”

“就算你说的是假话，我现在也挺开心的。”

“我不骗人。”周正笑得露出牙齿，伸手抱起她，直接在空中转了半圈。两人都没有注意到，后面阴影处停着一辆黑色奔驰，里面坐着一个挺阔的身影，看着相拥的两个人影，嘴角淡出一抹苦笑，伸手褪下袖子，遮住了右手腕的心形文身，一踩油门，黑色奔驰迅速消失在了黑夜里。

“大咪，你要粉的还是白的？这边的伴娘服特别多，但据我对你的了解，我还是给你找个布少的吧。”

“我不关心什么颜色，我就关心伴郎的颜值。”

“我听周正说，是他们学校的老师。”

“教什么的？”

“你等一下。”林溪握住手机，转头问周正，此时他脖子上戴着领结，勒得像只伸长脖子的大头鹅，“大咪问伴郎教什么的？”

“高数。”他又开始松自己的领结。

她还没回答，那边就开始号起来了：“不要，我不要数学老师。”

“以你的智商找个逻辑思维强的正好跟你互补，以后自己孩子都不用找补习老师了，多好。”

“我的小孩，上学必然是浪费时间，以我的亲身经历告诉他，就算没文化，也是能够正正经经找到工作的。”

“马娘娘不迁怒于你们，已经要谢天谢地了。”

“说到这里，你真的不再去跟马娘娘求求情？”

“我就差去写万言书，顺便再割个手洒点血来表示我的情真意切了，她连个眼神都没给我，我觉得神仙也难救了。”

“刘姐和小丫她们还在做最后的努力，打打电话说不定能钓到条大鱼。”

“从我招她们的那天起，她们就开始发传单和打电话，结果连根水草都没有带回来过。等我玩完，你们就会知道，我对你们有多宽容，以及你们的智商拖了社会多少后腿。”

“这么想想，我开始忧心了。”

“唉，你真的是……”林溪躲在一边讲电话，周正已经换好衣服坐在沙发上等了，目光扫到窗户外面，一个毛茸茸的脑袋像是架子一般搁在上头，他觉得眼熟，看到林溪还在讲电话，便一个人走到外面。

刚刚伸着脑袋的人跑得比他还快，这个背影……

他喊了一句：“冯小圆！”

戴着红色帽子的女生忽然停下来，慢悠悠地转过身子：“周老师。”她的眼睛里散发着光芒，看着穿着一身西装的帅气男人，忽然红了脸。

“你怎么在这里？”

“我……我路过。”

周正看着她，走近一步：“我来这儿拍婚纱照。”

“看得出来。”女生偏偏头，“老师，你这样穿看起来真帅，跟平时一点都不一样。”

“那你的意思是我平时很老土？”

“不不，我才没有这个意思。”她低低头，“我只是想说，周老师在我心里比任何人都要好。”

周正愣了一下，心里忽地震了一下，继而轻轻叹了口气：“你们这些小孩，都不知道每天在想些什么，跟已婚老男人开玩笑，就这么有意思吗？”

“我没开玩笑。”冯小圆有些不高兴，“你可以不喜欢我，也可以骂我白日做梦，但就是不要说我是在开玩笑。”

“我要结婚了，你是我学生，这怎么……”周正有些手足无措，各种说辞在这个面露倔强的女孩面前似乎都显得无力。

“我不会放弃的。”她说着眼泪就要掉下来，不想让他继续这样拒绝自己，掉转了身子，像个兔子一样飞快地逃走了。

周正心情忽然沉重起来，这样的情况他从来没有料到过，被人喜欢固然是让人喜悦的，但他发现，只要因为这事分神一秒都会让他有负罪感。

他是个保守的男人，任何身体或者精神上的波动，道德就会立即像座大山一样压迫住他，束缚着让他在规矩的圆规里画圈，他爱林溪，这一点毋庸置疑。

林溪过来找他，发现他有些愣神地站在门口：“发什么呆，摄影师要拍照了。”

周正整理一下情绪，往她的方向走过来，他要比她高半个脑袋，走近的时候，正好能够看到她脑袋上的小梨涡，他伸手拢了拢她耳边有些松动的头发。

“怎么，乱了？”

“很好看。”

“啧啧，你这嘴巴，我现在是越来越管不住了。”

“你工作的事情解决得怎么样？”

“等这两天我们把婚礼的事情定了，我就回去收拾东西，其实也没什么好收拾的，就是那群家伙我不放心，要去鞭策鞭策。”

“你还是舍不得这份工作吧？”

“说舍得肯定是假的，金钱就已经限制了我的想象力。还有，我从毕业就在这家公司了，它虽然没有给我带来任何利益，并且一大把年纪还一事无成，可动窝还是需要很大勇气的。”

接下来的几天，让林溪充分感受到，如果这世上还有什么比她那永远扶不上道的工作还让人心累的事情，那必须是婚礼了。

她和周正两人就像是办公务的人员，各种眼花缭乱的糖果、礼品，包括一根小彩带的颜色都要过目，然后签字确认。

为什么有人能冲破七年之痒，踏破千山万水，却在结婚前夕撕破脸彻底不欢而散？这婚礼的流程就几乎能把几年甚至几十年的耐心一扫而光，来个彻底的火山大爆发。

林溪觉得自己已经很克制了，可还是在被推销一揽子婚礼额外套餐的时候彻底爆发了。

“我干推销的时候，虽然也很过分，但没硬生生把人家往绝路上逼啊！”

周正平时不生气的人，也在一边躲着，默默地叹了好几口气。

这两天电话一响，草木皆兵，马娘娘打电话来的时候，林溪正在中气十足地骂退另外一拨人，余火还没散尽，听到马娘娘的声音，她只能生生憋着一肚子气，差点昏厥过去。

“你现在在干什么？”

“我……在店里啊！”

“林溪你可以把谎话说得再假一点，现在是上班时间，你居然在做自己的私事，上梁不正下梁歪，看看你们店里那群牛鬼蛇神，客户已经在去的路上了，我怕他们搞不定，你自己看着办。”

“客户？我哪儿来的客户？”她一不小心把实话说出来了。

那边冷哼一声：“你还挺有自知之明的，本来你应该收拾东西回家了，不知道为什么陈淑芬的那个大客户指名道姓要你来做他们的单子，林溪你最好给我好好弄，否则就算你滚蛋了，我也会杀到你家去，给你补几刀。”

“等一下，督导，你的意思是，我还没有被开除？”林溪觉得还是有必要好好计较清楚的，毕竟卸磨杀驴也不是很稀罕的事情。

“你可以再多说几句废话，我直接就让这个单子跟你一起殉葬。”

“好的，我明白了。”林溪挂了电话。

“怎么了？”周正看她的脸好像都要笑烂了。

“老公，我不用失业了，我也是家里有用的人了。”

“说什么呢……”周正轻轻弹了一下她的脸，“我可没说过你是没用的人。”

“知道了，我先走了，么么哒。”

林溪对于这突如其来的狗屎运反应不过来，在车上的时候，她也没想清楚这个狗屎怎么会突然砸到自己头上来。

她一踏进店里，扑入而来的一股清香让她心满意足，这是金钱的味道。偌大的一个店面，只有右上角围了一圈人，满身散发着如狼似虎的气息。

“夏先生？”林溪认出来，那天她在男厕所门口慷慨激昂，据理力争，也没能让对方回头。

“林小姐。”

林溪激动了，看到桌上一桌的茶水点心，拉住秦咪咪：“倒水的杯子洗干净了没？”如果没记错的话，他们消毒柜里那些东西应该半年都没动过了，她可不想人家喝到一半看到什么小可爱，然后把胆汁吐出来。

“刘姐洗了好几遍，差点搓烂了，放心好了。”

不是她不信任她们，而是这种层次的大客户可比那个孙总大了不知道多少倍，这一下不开张，开张吃半年啊！

赶走周围苍蝇似的人，理出一片清净地，她打开电脑：“现在我们进行一个初步的沟通交流，首先明确您的要求，以便我们这边能够提供更加全面周到的服务。”

“嗯。”

全程交流过程中，林溪发现夏先生几乎没有什么意见，也十分理解，想来陈淑芬已经把公司的整个流程通通介绍过了，这样她就很轻松了,大概介绍了自己的几个方案,以及方案预想。

夏先生喝了口茶，黑框眼镜后面，目光深沉：“我大概了解了，今天差不多到这里吧。”

林溪知道这是要预约下一次再谈的时间了：“那下次，您什么时候有时间？”

他看了一眼手机，大概在翻备忘录：“就下周二吧，到时我们直接签合同。”

什么？这么多钱的事情，他就这么随意？林溪想不到，事情竟然进行得如此顺利，但是这轻松得甚至有点……草率？

“好的，我们这边提前准备。”她做好最后的笔记，合上电脑，想了想，她还是问出来，“我想问问，您为什么突然要选择跟我合作呢？”

她不傻，虽然自己也有专业技术，但是这夏先生明显就是送上门的，要把这个钱给她赚。而且以他上次的态度，但凡陈淑芬不是大脑突然缺氧短路，惹得他忍无可忍，是不可能中途换人的，在这个时间就是金钱的时代，谁会没事找事做。

“林小姐果然是聪明人。”夏先生笑起来，结束了生意关系，脸上的笑容都少了防备，“其实我也就是还个人情。”

“人情？”

“是徐柯。三年前我的调任工作是他找人帮我解决的，说起来他对我还有知遇之恩，他听说我新的项目要跟你们公司合作，半夜打电话给我，让我找你。我是觉得挺对不起那个小陈的，要不是这个大人情，本来我是肯定不会换人的。”夏先生笑笑，看到林溪的脸色忽地变了一下，也生了八卦的心，“我也想冒昧地问一句，徐柯和你是……”

“同学……”林溪露出笑容，仿佛刚刚失神的全然不是她自己，“我们是大学同学。”

# Chapter 09 我却偏偏喜欢你

“徐工，这次的招标工程工期提前，我们这边必须尽快确定方案。”

“确定？”徐柯扯了衣领，把图纸直接摔到桌上，“你们这东西怎么确定？说了四十五度对切角度，光线模拟了几次，永远做不准。工程部那边确定过了吗？十根柱子，是在跟我开玩笑吗？你建的是大楼还是工厂？解决不了就换个有本事的来，费工费料，钱花了一半，什么都没搞出来，开发商那边是不是你们去交代？还坐着干什么，拿上自己的问题，去解决！”

“是。”众人战战兢兢地拿着自己的图纸和任务逃离战区。

孙助理进来收拾残局，顺便带了杯咖啡，给师父稳定情绪，百试百灵。徐柯站在白板前，对着图纸用水性笔勾图，拿起桌上的咖啡，喝了一口眉头就皱起来：“太甜了。”

“不好意思师父，我让他半奶不加糖的，我再去买一杯。”

“不用了，等会儿我再改一稿，我们今晚再加个班，在明早开发商来之前给他最终稿。”

“好的，师父。”

“现在几点了？”徐柯看看桌上的手机，已经完全没电了。

“九点了，我帮您去订个饭？”

“不吃了，让他们去改，一个小时后，我们再开个会，改不好今晚都不要睡了。”

“嗯。”孙助理往外走两步，突然又折了回来，脸色有些尴尬，“差点忘了，师父，下午有个人来找你，听说你在忙就一直在楼下等，也不催人，时间太长，我都把她忘记了。”

“什么人？”徐柯低头边喝咖啡边看图纸，头也没抬。

“是个女的，说是你大学同学，好像叫什么溪的。”孙助理还没说完，徐柯就站起来了，快步走到了门口。他从二楼下去的时候，果然看到客户区的沙发那边坐着个人，扎着头发，此时正低头吃桌上塑料盒子里的东西。

整个设计部都在忙，她就这么自然地待在里面，不声不响地在做自己的事情，难怪孙助理把个大活人给忘了。

“你在干什么？”徐柯看她面前摆着一盒子东西，颜色怪异。

“你忙完了？”林溪抬头看他，拍拍旁边的位置，“坐，我刚刚肚子饿了，你又在忙，我就自己点了一个外卖吃。”

“你等多久了？”徐柯在她旁边的位置坐下。

“从下午到现在五六个小时吧。”她舔舔筷子。

徐柯吐了口气：“你是白痴吗？为什么不直接找我？要不是我那助理突然脑袋开窍想起来，你要等一夜吗？”

“有什么关系，我又没什么事，而且这里有吃有喝还有空调吹。”林溪把桌上另外一个盒子推给他，“这是我们以前常吃的那家的串串，请你吃。”

大晚上加班苦闷，他们这边无疑成为八卦的一大中心点，周围人的眼睛盯着电脑，余光却不停往他们身上飞，同时打字打得飞起——

那是徐工女朋友吗？大晚上送夜宵，太虐狗了吧。

不是，徐工女朋友我见过，这个漂亮多了。

难道是新欢？想想那个好像很久没来了，真是有钱有颜就任性啊，我到现在一个女朋友都还没有。

我等只有加班的命。

……

徐柯感觉到办公室的气氛不同寻常起来，似乎气温都变得高了好几度，暧昧的小眼神满天飞，这群人……

他咳了一声：“你跟我上来。”

“我还没吃完呢。”林溪指指桌上的一堆东西，“我不好拿。”

“你拿着自己手上吃的就行了，其他的我来拿。”

刚刚从卫生间出来的孙助理惊了，平时雷厉风行的师父，现在跟在那个女人后面，手里拿着各种街边食品，一副小跟班的模样，这是怎么回事？真是一物降一物，这不会是新师母吧？这么一想，他的心顿时凉了大半，自己是让未来师母等了一个下午吗？完了。

徐柯不知道孙助理的心思，只是看他面色呈现灰绿色，一副伤心欲绝的样子。他的办公室在走廊尽头，林溪一打开门就咋咋呼呼起来：“牛啊，这么大的办公室，你一个人的？”

“本来还有一个助理，但他休息的时候打呼噜，我让他搬出去了。”徐柯把手上的东西放在茶几上，“你怎么知道我在这儿？”

“丁柔每天跟老同学吹嘘八百遍你在哪儿工作、薪水多少，想不知道都很难。”林溪拿起一根串串递给他，“你吃。”

“突然这么殷勤，不会下毒了吧？”徐柯嘴巴上嫌弃地说着，手上还是接了过来。

“我是来表示友好的，不要这么小人之心。”

“如果我没记错的话，前几天某人还要跟我绝交来着，吃个陌生人的东西，我还是有质疑一下的权利吧。”

“哎哟，不要这么说嘛，那天我生气，说话是稍稍过分了一点，我已经知道你给我介绍了一个大单子，这不是特地买了串串来给你赔罪吗？来，多吃点。”林溪自己也挑了个大土豆啃起来，“我知道，丁柔搅黄了我的工作，你给我介绍单子是为了帮她还上，放心好了，看在下个月我会拿一笔大提成的分上，我已经完全不怪她了，什么仇是钱不能解决的吗？”

林溪叽叽歪歪一顿说，徐柯放下手里的东西，不再吃了。

“你是我肚子里的蛔虫吗，你怎么知道我是怎么想的？”

看他一脸严肃，她不明所以：“好好的，突然生什么气？好啦好啦，不管怎么样，你现在是我林溪的恩人，咱们恩怨一笔勾销。”嚼得起劲，嘴巴里突然咬到一个辣椒，她连忙挥着手，“喀喀，有没有水？好辣。”

“冰箱里有。”徐柯走到了小冰箱前面，突然站住了脚，背对着她，有些踌躇地开口，“你这两天不能吃冷的吧？”

林溪愣了一下，嗯，尴尬：“是快来了。”

他吐了口气，转身去了外面茶水间。他平时很少来这里，一般孙助理都会事无巨细地帮他准备好。水杯在哪儿？他打开上面的柜子，没有找到。是不是在下面的柜子里？他又蹲下身子寻找起来。

“师父，你在找什么？”孙助理看到徐柯几乎要趴到柜子里去了。

“这里的杯子放在哪儿了？我要倒杯水。”

他做助理已经成精了，师父平时什么时候自己倒过水，这肯定是要给那个贵客的。

“我来倒，这边水还要再烧一会儿，等会儿送到您办公室。”

“嗯。”徐柯站起来，往办公室方向走了两步，又转过头，

“记得放点糖，她不爱喝白水。”

“好的。”

林溪看他空着手回来，问道：“我水呢？”

“等会儿助理送过来。”徐柯在旁边坐下。

“喝个水还有人伺候，我也是我们店里的头头，怎么就没有这么好的待遇？”

“你还不是要我伺候。”徐柯看到碗里凉了的汤汁已经凝在一起，“你也别吃了，这东西凉了就没什么滋味了。”

“还剩这么多，早知道你不吃，我就不买这么多了，浪费钱。”

“你的赔罪来得也太便宜了。”徐柯走到前面桌上抱来一堆图纸放在茶几上，这是建筑外立面手稿，旁边还有周围环境，标明一大堆的数据。

“这个是你的新项目吗？”林溪问。

“嗯，一个世贸大楼。”徐柯熟练地拿出钢笔，勾着外轮廓，草草几笔就出来了大致的外形，可画了几次总是不对劲，像是系不上的扣，硬是往上面凑，最后只得扔掉。

林溪看他画也技痒，她也是学建筑出身的，当年在学校论手绘，徐柯排第一，她绝对能排第二，要不是毕业之时她有这一技傍身，她在 MC 不要说设计师了，当个看大门的都费劲。

徐柯画得心烦意乱，转头看到林溪画得津津有味，问道：“你在画什么？”

“画你的世贸大楼。”林溪落下最后一笔，满意地点点头，拿起来给他看，“怎么样？我的手绘没退步吧？”

徐柯怔怔地拿过她手里的纸：“为什么你是照着我的画出来的，但是又好像哪里不太一样？”

林溪嘻嘻一笑，伸手一指：“是角度问题，以前上学的时候，老师说要找关系，这种关系来自于周围环境，你的大楼是Z字形，四十五的完美角度切得也很准确，但是最外圈的建筑是呈点状分部，逐渐往内部聚合，这个建筑很显眼，但是这种形态从这个角度看凝聚力就不够了，要在这块地上形成地标性建筑就有些抓不住。”

她指指徐柯图纸右上方的一片区域：“你看左上角的这一片区像不像 Z 形的上部分？如果能够自西向东切成六比三的比例，就能够在地理位置上也变成 Z 字一角，加强形态记忆。”

看到他不说话，林溪觉得是自己是不是太得意忘形了，人家可是海归博士建筑大神，自己这是班门弄斧了，于是她轻轻甩甩手上的纸：“我都这么多年没做建筑了，只是瞎扯，你就随便一听好了。”

徐柯没回话，认真地盯着手里的纸：“你说得没错，难怪我不论元素还是形式上怎么找关系，还是觉得缺些什么，因为多年的经验，苛求完美比例，反倒把最基础的东西忘记了。”他认真地抬起头，漆黑的眸子映出她的影子，“谢谢。”

林溪被他盯得不好意思：“你别这么盯着我看，我会脸红的。”她完全是说说而已，天知道她会不会脸红。

孙助理这时候正好进来送水，打破了这尴尬的气氛，他也不知道这个时机对不对，会不会说错话，放下水，扭捏了一会儿道：“师父，到开会时间了。”

“你要做事了。”林溪看看手表，“那我先走了，也不早了。”

“现在太晚了，你在这儿等一会儿，我等会儿送你回去。”徐柯站起来。

“不用了，我自己能回去。”

“在这儿等我回来。”徐柯又说了一句，语气不容置疑。

有了新的想法，徐柯速战速决，不到一个小时就结束了，迅速回到办公室。

“林溪。”他推开门的时候，里面空空如也，一个人都没有。

茶几上有一杯咖啡是留给他的，下面压着一个字条：这咖啡加上串串够诚意了吧，不等你了，大设计师。旁边是一个笑脸。

徐柯喝了一口咖啡，苦涩的味道瞬间在嘴里弥漫，他微微勾起嘴角，半奶不加糖，原来她还记得。

旁边还有一个白色的信封，面上没有字，他拆开，里面露出红边，像是一条吐着红芯的毒蛇，上面大大的喜字闪着刺眼的金光……

孙助理过去交最终稿的时候，敲了两下门没有听见回音，轻手轻脚地开门进去，发现师父正背对着门站在落地玻璃窗前，对着漆黑的天空，一言不发。

桌上的红色请柬让他忽然心尖一颤，这一晚上的转折真是让他这颗小心脏忽上忽下。

“有事吗？”

“图纸出来了，电子稿我发到您邮箱了，这是纸质版。”孙助理把手上厚厚一沓资料放在了桌上，犹豫一会儿，觉得在这个时候如果不说两句废话，就太辜负平时师父对自己的谆谆教导了，“那个林小姐呢？”

半晌没回答。

“她走了。”徐柯的声音轻得像是在呼吸，“你通知他们下班吧，还有几个小时天就亮了，没多少休息时间了。”

“师父你呢？”

“我再审核一遍。”

他点点头，带上门之前关心地说了一句：“那师父你自己注意休息。”

“嗯。”听见门被带上的声音，徐柯疲惫地捏捏眉骨，“林溪，为什么明明知道我们回不去了，我却偏偏喜欢你？”

“啊，痛！”秦咪咪站在镜子前面发出杀猪般的叫喊。

“你现在怎么变这么胖？”林溪正在不撕破裙子的前提下，把秦咪咪塞到那条 M 号的粉色小礼裙里。

“我只不过是晚上多吃了一只鸡腿，等到明天我不吃东西身材就会恢复，啊，疼。”

“你就该对你自己的身材有点自知之明，我拿大一号不就行了，要是破了，我可要赔的。”

“裙子是脸面，尺码就是自尊心，我就是被勒死也绝对不会向 L 低头的。”

“人应该知天命，顺天时，你就没那命，穿不上的。”江辰不知道什么时候回来了，正靠在门边看她们这场和礼服的战斗。

“关你屁事，你个老色狼，谁让你进老娘闺房的？”

“除了胸和屁股，你该有的肉都已经全了，我才懒得看。”

“对啊，你最喜欢豆芽菜，那个小蜜最合你胃口，吃腻了荤腥弄点小白菜漱口，我觉得出家当和尚最适合你。”

江辰脸上挂不住，一下垮下来：“你是不是故意的？”

“哦，对不起，我给忘了，那豆芽菜已经把你给甩了，看我这记性，对不住啊！”秦咪咪很是欠揍地笑他。

“嗬。”江辰刚要恼火，忽然笑起来，“我想起来了，你的那个健身教练还好吧，那胸襟，那体格，应该很不错吧。”

秦咪咪刚和那个分开，这家伙又哪壶不开提哪壶，她心下烦躁，嘴上要多强硬有多强硬：“对啊，我们好得很，反正他可比你好多了。”她的目光往下扫，一直到他的下身。

“看来你真的挺满意的。哦，对了，我的记性也不太好，忘了告诉你，那天我正好看到，他在健身房跟一个人眉来眼去，而且对方还是一个男人。”

“江辰，你个臭三八，老娘打死你！”秦咪咪扑上去，后面拉链都没来得及拉上去，两人就撕打成一团。

“你们别打了。”林溪过去拦他们，直接被砸过来的抱枕给掀翻了，手机响起来，她一边躲避飞过来的各种东西，一边寻找那个可怜的小东西，接起电话，“喂，周正。”

“怎么了，那边这么吵？”

“没事，大咪和江辰又打起来了。”

“你不去拦拦？”

“拦了，没拦住。”

那边周正笑了一声：“叔叔阿姨他们什么时候过来？”

“我给他们买了最早的车票，明天让他们直接到酒店去。”林溪一边回答，一边淡定地把周围各种飞过来的物品给打飞。

“早点休息，明天还要辛苦一天。”

“要是可以我都想直接住到酒店去，楼上楼下，十分方便。”结婚这事，总是有这个时辰、那个准头，林溪是全不计较，要是可以的话，她宁愿和周正两人扯个证，双方家长做个不超过三代的见证，就算这事完毕。

本来是两家人的事，结果搞得像个大型乡村喜乐会，其中有负责表演的曲艺节目，还有边吃边拿的拍手群众，结婚变成了大家相聚一堂的一个名头。想法再多也大不过风气，何况，两头长辈一人一口唾沫就能直接把她给淹死。

周正挂了电话，手机上的时间正好指到了十点，这两天他也累得够呛，结婚的事情真是没有想象的那么简单。屋子里的东西都收拾好了，新房里面红床单、鸳鸯被也铺好了，满满一屋子的喜庆红色，他住在别的房间，这个主卧室留着等林溪住进来。

想了想，他的嘴角露出了笑容，这个屋子终于有女主人了，他到晴川五年，用积蓄还有教师补助才买了这个一百平方米不到的房子，虽然不大，但也是个家。

手机忽然响起来，是陌生号码：“喂，哪位？”

那边是个女声，声音很小，他听了一会儿听不清楚，问了两声，那边嗫嗫嚅嚅半天，低声说了一句：“周老师，救我……”

周正赶到酒吧的时候，心咚咚跳着，他能清楚地听到胸口跳动的声音，除了紧张还夹杂着一种说不上来的情绪，就像是蝉蛹即将破壳而出的那一刻，对于未知事物充着隐隐的兴奋。当时他不知道那是什么，后来他才知道，那叫激情。

林溪一大早就爬起来，老实说，作为女人，她从来没有为除了钞票的大事，具有这样空前的责任感。

“新娘子，早上好。”秦咪咪老早就起床了，昨晚她和江辰一直闹到后半夜，最后以裙子直接被撕破而结束，后来林溪又跟她打了一架，然后开始补裙子。

算起来三人晚上几乎没怎么睡觉，要不是这事，他们都不知道江辰还有缝缝补补这技能。秦咪咪简称这个特点为“娘”，林溪果断站到了江辰那边，毕竟她们两个是老娘们，但是一点用都没有。

楼下喇叭声响起：“周正来了。”

“你先别开，我去要红包。”秦咪咪是不会放过榨干林溪的最后一点机会的。

过一会儿她眉开眼笑地回来，林溪知道她被喂饱了。江辰也起来了，他作为娘家人为伴娘二号，他嫌这个称号太不爷们，林溪看在他昨晚立了大功的分上，给他编排到了周正那边成了伴郎二号。他本来觉得不行，后来又想通了，反正都是二，在哪儿不都一样吗？

周正上来抱她，今天他穿得那叫一个精神，虽然这一说法有护犊子的嫌疑，但是这绝对是和拍结婚照的时候差不多的颜值，就是脸色有些不济，看起来也很疲劳，两个人都像是昨晚双双翻墙做贼去了，结婚只是一个意外的事。

坐在车上，林溪摸摸周正的手，一片冰凉：“怎么了，你手怎么比我还冰？明明我穿得更少。”

“没事，大概是昨晚没睡好。”他掏了掏口袋里的纸巾擦擦脸，身上冰，脸上却出虚汗，有点鬼上身的感觉。

到了酒店，周正先化完妆出去接待客人了，林溪坐在化妆室里，继续化妆。秦咪咪在外面猎了一圈艳，提着她已经改得宽大的裙子，以仙女降落凡间的姿势到了林溪旁边：“我刚看过了，真是丑，周正什么眼光，连个好看的朋友都没有。”

“交朋友要是看颜值的话，我也不可能认识你。”

“嘁，你还鄙视我，以后你就是黄脸婆了，我可还是黄花大闺女呢。”

“你确定你还是黄花大闺女？”

“这个嘛，我心里还是。”她眼睛一转，“我刚刚看到丁柔了，你是不是请徐柯了？”

“嗯，不过，我不确定他会来。丁柔这货不管请不请她都会来，这样也好，她这个馊了的大醋坛子，只有亲眼看见我结了婚，才能彻底放心。”

“你跟周正扯证了没？”

“着什么急，我们都说好了，等办完了婚礼就去，不就是九块钱的事吗？”

“一张值九块钱的东西，竟然把一辈子都搭上了，想想都觉得里面有阴谋。”

“我爸妈和我弟他们来了没有？”林溪还在琢磨，不要在婚礼当天一大家子集体走丢，他们没来几次晴川，她特地找了熟人去接他们。

“小溪。”她的担心还没有落实，大门就被撞开了，几个人一点都不庄重，直接撞门冲进来了，难道不知道这世上还有个叫作门把手的东西？

“姐姐，姐姐。”林江、林河今天也穿了得体的小西装，是林溪给他们寄过去的。老林家虽然一穷二白，但基因还是可以的，虽然只是两个小娃娃，但也隐隐有些帅哥的影子。

“这不是江河吗？好久不见了，让姐姐抱抱。”在秦咪咪的眼里，他们虽然还小，但是比外面那些牛鬼蛇神可要漂亮多了，她一只手搂腰，一只手勒脖子，两瓜娃子都给憋得脸通红，看到林溪，不停姐啊姐地求救。

“秦大咪你这个禽兽，连孩子都不放过。”林溪看不过眼，护犊子一样拉过两人，“告诉你们两个小家伙，现在女人坏得很，看你有点姿色吃干抹净就走人了，别仗着自己有点美貌就为所欲为，不准早恋听到没有？”

“姐姐，我没有。”林河委屈。

“以后等姐姐给你们准备好了老婆本，给你们娶个好女人，自己不要乱找。”

“啧啧，听过父母之命，媒妁之言的，没听过做姐姐的管弟弟找女朋友的，霸道作风。”秦咪咪很是不屑。

“去去。”林溪挥了挥手，赶苍蝇似的把这个动摇军心的货给赶走。

老林是个老实人，看到女儿就露出一脸慈笑，林妈过去拉住林溪：“看我女儿就是漂亮。”

林溪眼睛一眯：“妈，咱们之间就不要说客套话了，说正事。”

“好。”林妈也毫不含糊，立马转头，“那个份子钱，周正怎么说的，不会全给他们家吧？”

“我就知道你担心这个，我婆婆说了，都给我们俩，你看看人家这心胸，是不是觉得自己小肚鸡肠了？”

“这不是应该的吗？我辛辛苦苦把女儿养这么大，不能白白给他们家吧？”

“你女儿几乎属于自食其力。”林溪戳她。

“你这话说得，身体发肤受之父母，没我把你带到这世上来，你怎么看这花花世界？”

周正虎头虎脑地跑进来，没想到屋子里面这么多人，头上都是汗，脸上的妆几乎都掉光了，忙打招呼：“叔叔，阿姨。”

“这孩子，都是一家人了，怎么还叫得这么生分呢？”

周正抹抹脸，有些愣神：“爸，妈。”一副呆愣的样子。

“哎。”

林妈可开心，丈母娘看女婿，越看越开心。

周正看了一眼林溪：“我有话想跟你说。”

“哎哟，这夫妻俩，真是离开一下都不行，我们赶紧出去，让他们两个说话。”林妈领着其他人一起出去了。

林溪抽了桌上几张纸，给他擦脸：“你怎么了，怎么流这么多汗？”林溪看他好像在看自己，又好像是在看别的地方，神情呆滞，婚礼还没开始，新郎就给弄傻了。

“别紧张，不就是结个婚吗？你讲课的时候，面对几百号人都没事，再说了，我还跟你在一块呢。”她一边擦，一边给他理理弄乱的领子，闻到他身上飘出来一阵酒气，“是不是他们灌你酒了？等会儿我帮你报仇。”

她自说自话，手忽然被拽住了，她感觉到他的手在微微颤抖，脸色也发白，看起来心事重重，从早上起他就不太对劲。

“是不是不舒服？”她伸手摸他的脑袋，也没发烧，就是脸色不好。

“林溪，我……”周正看起来很急，但是又说不出话来，像是嗓子被堵住了，急得直流汗。

“咔嗒”，门忽然被打开了，林溪被捏住的臂膀同时抖了一下，周正则脸色惨白。

“姐……”林河的脑袋从门后边冒出来，“外面有你的快递。”

# Chapter 10 后院起火

“快递？我去看看。”林溪走过去，手还是被死死拽住，她拍了拍周正微微发凉的手，“我很快回来。”

林溪出去时回身关门，往里瞥了一眼，看到渐渐缩小的门缝里，周正的身影被压得又小又扁，渐渐缩成一线，随着咔嗒一声，消失不见了。

戴着头盔的快递小哥在门口等她：“林小姐吗？你的花。”他把手里系着丝带的长方形盒子递给她，她签了字接过来。

“谁送的？”秦咪咪不知道从哪里突然冒出来，嘴里嗑着瓜子，八卦地凑过来，“上面也没署名。”

林溪打开盒子，秦咪咪嘴里的瓜子一口喷出来：“我去，哪个缺心眼的，结婚送你菊花，这是多大仇？”

“这不是菊花，是雏菊。”

“不还是菊花吗？”

“要你没事多读点书，品种不同，雏菊的花语是永远的快乐和纯洁之心，从用途上来说一个祭人的，一个泡茶的。”

“这些话全是人说，你说它是大吉大利专挂门上的，都会有人相信。反正我就知道一点，送这东西，没有害你之心，也绝对是个小气鬼,包个几千块来得实际多了,整这些虚头巴脑的，连个名字都不敢留，肯定是怕你找他算账。”

“你这说得一点都没错，我也觉得红包最好，不过，好意我是不怀疑的。”

“你知道谁送的？”

“当然。”林溪微微一笑，“我去找周正了。”

“你跟他等会儿去大堂，司仪要跟你们对流程。”身为伴娘，秦咪咪真是操碎了心，转过脑袋，迎面看到江辰和一个小姑娘在转角聊得开心。

“你这二伴郎挺悠闲啊，我这边又忙着招呼客人，又忙着布置现场。”秦咪咪过去靠在墙上，两手抄起。

“你到处乱晃的时候，我就在忙了，还不能休息一下吗？”

“这位是？”旁边姑娘看看秦咪咪，眼里是藏不住的敌意。

“舍友。”江辰头也不抬，转头笑着看她，“我们去那边。”

“舍友？”秦咪咪的眉毛跳了一下，“姑娘，我劝你一句，离你旁边这位远一点，等会儿他一定会带你去情侣入座率最高的位置，好让你落单，产生一种孤苦无依的错觉。你要入座他一定会帮你拉椅子，随身准备纸巾帮你擦嘴，好采取进一步的肢体接触。当然了，如果喝醉了就最好了，这位一定会使出毕生所学，把你当亲娘一样，照顾得无微不至，一直把你照顾到床上去。”

两个人瞬间尴尬了，姑娘脸上也挂不住，顿时红了一半。

“秦咪咪！你胡说什么？”江辰嚷起来。

“我胡说，你当年不就是这么泡我的吗？这么多年手段一点都没进步，看来是现在姑娘的脑子退步了。”秦咪咪看了眼前已经彻底绷不住、脸垮得要掉在地上的姑娘，补上最后一刀，“对了，我是他室友，不过是从同一张床上搬到了另外一张床上。”

“浑蛋。”姑娘脚一跺，扭头就走，那架势就像是：你敢来，老娘就砍死你。

“秦咪咪，你给我等着，今天你别想泡男人。”

“不泡就不泡，反正这些歪瓜裂枣我也看不上。”秦咪咪脑袋摇得像是陶瓷娃娃，一转头看到林溪从里面跑出来，她行色匆匆，问道：“你们看到周正了吗？”

“没有，你打电话给他不就行了？”

“打了，打不通。”

“再找找吧，一个大活人还能飞了不成？”

“我今天看他脸色不好，怕他身体不舒服，要是倒在哪里没人发现就糟了。”

“不会吧。”江辰插嘴，“我刚刚还看到他跟个女生在那边拐角说话……”

“什么女生？”

“眼睛大，长得挺白的，看起来年纪不大。”

“看得挺清楚啊！”秦咪咪哼哼，转脸看到林溪的脸色像是浸了水，连忙宽慰，“你瞎担心什么，这周正，你说东，他什么时候往西过，今天是你们的大日子，他还敢翻天？我们分头再去找。”

林溪摇摇头，想把自己的胡思乱想一并甩出去，咪咪说得没错，今天是他们的大日子，周正做事情一向有分寸。手里的手机忽然响起了，一看来电是周正，她提上来的心忽然落地了，松了口气：“周正，你在哪儿？”

那边只传来低低沉沉的一句，像是掉到了海里：“林溪，对不起。”

林溪感觉自己的脑子快炸开了：“是冯小圆吗？”她努力维持镇定，声音都在抖。

“我不能不管她，我没办法违背自己的良心跟你结婚，这对你不公平。”

“睡了吗？”林溪睁睁眼睛，感觉上方的假睫毛都要把自己给压塌。

那边沉默，接着是一阵短促的呼吸。

“是。”

林溪感觉自己彻底掉进了冷水里。

“你的打算是跟那个刚成年的学生远走高飞，抛弃你的父母、你辛苦的事业，还有我，是吗？”

对面又是一阵沉默。

“为什么？”林溪问。

“林溪，我今年三十五岁了，从上学，到工作、结婚生子，我的每一步都走得循规蹈矩,就像被设定好的,来不得一点差错，小圆就像是我人生里突如其来的一个意外。

“我从来都没冒险过，这种前方未卜的感觉，好像让我重新活了一次。我知道这也许是我这辈子做过的最愚蠢的决定，但我只能这么做。林溪，你是个好女人，可能就是命中注定，我不是那个陪你走到最后的人。以后遇到任何事情，或许都是对我的惩罚。对不起。”

林溪咬了咬嘴唇，过了良久才出声：“我理解，但不会原谅你。周正，但凡你对我有一点真情实意，你都不该让我在今天的日子这么难堪。”

“林溪，我……”周正的声音忽然变得起起落落，闷闷的，像是在抽泣，“我没骗过你。”

林溪深吸口气，胸口上下起伏：“既然你已经决定了，祝你幸福。”挂断电话，她突然感觉头重脚轻，差点站不稳，像是得了重感冒一样，嘴巴和鼻子噗噗往外冒着热气。

秦咪咪过来扶住她，很是低沉地说了一句："别哭。"

徐柯路上堵车，看看时间，都已经中午了，肯定晚了。想想这事既奇怪又奇葩，这林溪竟然请他，他竟然也真来了，对于送什么礼物还纠结了半天，以他的了解，反正送个大红包，林溪肯定高兴。

看到里面陆续有人出来，他心里咯噔一下，不会结束了吧？

"真是怪事年年有，今年特别多，新郎跟个女学生跑了，这人丢大了。"看到徐柯匆匆往里走，旁边有人拉了他一把，"你也是来参加婚礼的吧？别去了，婚礼取消了。"

"为什么？"

"新郎跟人跑了，婚礼办不成了。"

"你说的是林溪和周正的婚礼吗？"徐柯还是不敢相信，这酒店里也不一定就一对新人结婚。

"就是他们啊，我是林溪远房婶婶，特意赶过来吃酒的，刚没坐下多久，就说新郎跑了，不办了，对方还是他学生，听说才十几岁。你看这事弄得，男方妈妈气得当场晕了，里面是乱成一团。这周正也不年轻了，怎么犯这个糊涂？一大家子都跟着丢脸。"这远房婶婶也是八卦的主，遇上一个人就恨不得把自己一肚子的情报都说出来。

"新娘呢？"

"不知道，没见着她。也是，遇上这事，估计都没脸见人了，我这侄女命苦，碰上这么个不靠谱的。"

"要说还是现在妖精多，一个小姑娘也能把个大学教授给拐跑，还是博士那么有文化的人，怎么连个道德伦理都不懂？"

徐柯没心思再听她说了，一路跑到二楼，里面确实是乱成一团，陆陆续续有人走出来，大厅里几个人或站着或坐着，断断续续地说着话。穿着侍者衣服的酒店服务生在收拾碗碟，空气里飘着花香，夹杂着油腻的菜肴气味，几乎沾在脸上。

“我们家小溪有什么对不住周正的地方？把我们林家的脸都丢尽了啊！”林妈又哭又闹。

旁边周正的父母脸上的神情卑微得几乎要掉到地上了：“都是我们不好，亲家，我们对不住你。”

“别叫我亲家，谁是你亲家？你们教出来的好儿子，我看他老老实实，以为小溪找了个好归宿，这传出去，外面人会怎么看我女儿、怎么看我们家，还有谁要她？”

“都是我们的错，我这儿子，他……”周妈妈哭得气一直喘不上来，旁边的周爸爸过来扶住她，忍不住叹气：“读了这么多年书，白培养他了，做出这种不知羞耻的事情。”

徐柯听了几句，又绕出来，这种悲天悯人的气氛让他心里也乱成一团。看到秦咪咪突然从旁边的房间里蹿出来，他过去一把拉住她，她吓得一跳，奓毛似的抖了一下：“徐柯？”

“到底是怎么回事？”徐柯要确定一下。

“还能是什么，周正找小三，把林溪给甩了，他就是披着羊皮的狼啊，平时的老实正派都是装的，现在打个电话说不结就不结了。是他哭天喊地要娶林溪的，又不是林溪拿刀逼他的，还搞私奔！这么喜欢演戏，怎么不去上个戏剧学院？一把年纪找刺激去了，合着我们这一大群人都是群众演员，陪他玩找真爱游戏。”

“林溪呢？”

“我都找几遍了，不知道跑哪儿去了，我怕她受不了刺激，做傻事。”

“我帮你找。”

“这地方也没多大，我再去下面的花园找找。”

来回跑了几趟，徐柯折过头又往楼上跑，到化妆室里，桌上摆满了东西，礼服挂在架子上，左边有个白色的大衣柜，他原地站了一会儿，两步走过去，两手拉住把手打开，里面缩着一个人,突然的亮光让那人像只猫一样眯起了眼睛,他松了口气。

“你怎么知道我在这儿？”声音带着浓重的鼻音。

“每次只要你不开心，就会躲到又黑又窄的地方。”他身体一缩也到柜子里，坐在另外一面，伸手把柜门关起来，只留了一条缝，一束光线落在林溪身上，一直延伸到她发白的脸上，细碎的绒毛隐约可见，她双手抱着膝盖，上面搁着脑袋。

“我是不是很丢脸？”她的头低下去。

“是。”

“你这个人，怎么一点都不会安慰人！”

“你不是大神吗？以前在你手上没有小三跑得过，年纪大了，功力也退步了？”

“不是我退步了，是她们进步了，我也没想到现在小孩这么狠，才这么点年纪，献身都无所谓。周正只看过猪跑，没吃过猪肉，禁不起一点诱惑，他根本不是那姑娘的对手。他以为自己带着的是一身正气,又怎么想到人家压根不会跟他一辈子。”

“听你的语气还挺可怜他的？”

“我是可怜我自己，以为找个踏实过日子的，这样看来还不如阅人无数的，在他看来，我跟他在一起就是既无实质又无激情。”

“你们没有……”

林溪尴尬地撇撇嘴：“早知道这么容易搞定，就该早点尽夫妻义务，这样他对我也有责任了。”

“噗——”徐柯差点没绷住，“你还想着用身体留住男人，林溪你真堕落了。”

“看中你的美貌还是身体有什么区别？”她靠在柜子背板上，“我十岁的时候，就在幻想以后的婚礼是什么样，我的老公会是什么样，想了千千万万种就是没有想到我会在自己的婚礼上被甩。我快要三十岁了，晃荡了小半辈子，他们都说我只是想找个人嫁了，只有我自己知道，我是真的想跟周正有个家。”林溪忽然伤感，鼻子的热气往外涌，“从早上到现在，我一直都忍住不哭，但是，我真的忍不住了。”

她双手罩住眼睛，眼泪从指缝里流出来，光线在脸上印出来一道干涸的痕迹，像是甩了她一个巴掌。

徐柯伸手拉下她的手，用手指去蹭她的脸：“哭什么，你还有我们。”他从裤子右边口袋中掏出来一个红包，“给你的，礼金。”

林溪抹抹脸：“婚礼都没有了，还要什么礼金？”抹抹鼻涕又问，“多少钱啊？”

“两万，卡没有密码。”徐柯塞到她的手里，“我刚刚在门口吃了一个蛋糕，算是吃过酒了。”

林溪极力做着心理挣扎，把卡又塞回徐柯手里：“我不要，我知道你是在同情我，但就算我变成弃妇了，我也还有自尊心。”

“我不是在同情你。”徐柯身体往前一凑，嘴巴轻轻印在她的嘴角，“在我的字典里没有同情，只有爱和不爱。那天听到周正跟你说的话，我比你还难过，我不想再有任何一个男人对你说那种话。”

林溪忽然觉得气血翻涌，扬起右手就了给他一下，打到硬邦邦的皮肉，手上火辣辣地疼：“谁让你亲我的？老娘讨厌小三，更讨厌当小三，徐柯，你气死我了你！”

她打完了还不解气，拳头直接朝他胸口砸了几下，暴揍一顿，伸手就把柜门给推开了，可是裙子太长，她一脚踩上去，直接脸朝下摔了个狗吃屎，天旋地转是最后的印象，然后她眼前一黑，直接晕过去了。

# Chapter 11 霉气集合体

这世界上有吃东西噎死的，有打游戏诈尸的，还有智商欠费活活笨死的。林溪觉得这三样她都占了，既缺了运气，方式又奇葩，而且还不美观，踩到礼裙直接把自己给摔晕了。

她不知道别人晕倒是什么样的，但是她觉得有点像做梦，脑子里像被塞满了棉花，身子像个软皮囊，打一拳都使不上力。

林溪醒过来的时候，躺在自己的小床上，耳边的声音像是老鼠在嗑食，窸窸窣窣。

“醒了？”秦咪咪放大的一张脸凑到跟前，嘴巴里还嗑着瓜子，腿上的iPad放着最新的韩剧，里面正哭着：“为什么，你竟然是我的妹妹，老天爷为什么这么对我？”林溪瞥了一眼，两人正抱在一起。一醒来就看到这么魔幻的剧情，这是什么征兆？

“我怎么了？”

“你踩自己裙子上把自己摔昏过去了，我觉得这件事可以超越丁柔和徐柯搞上了这件事,成为今年奇葩事件的第一名了。”秦咪咪眼睛一歪，“我这有个好消息还有个坏消息，你要先听哪个？”

“大姐，我这还虚弱着呢，受不了半点刺激，如果你想要我早点死，你可以多添点油、加点醋直接让我当场休克。”

“那我帮你决定。”秦咪咪看向手上的瓜子，“吃到最后一颗，奇数就先听好的，偶数就先听坏的。”

林溪看秦咪咪手里还有一把：“等你吃完还要一段时间。”她仰头躺着，盯着没有任何造型的天花板看，秦咪咪嗑瓜子的声音，弄得她心里烦躁。

周正逃婚的事感觉就像做了一场噩梦，这后续的发展和收场，两家人脸都呈现灰色，一想到这些，她就感觉自己也要跟着难受了。秦咪咪的故弄玄虚，让她心里犯嘀咕，这后遗症的危险系数到底是几级？

“我爸妈身体没事吧？”她先问问这个最关心的事情，以及探听一下虚实，看看这和秦咪咪说的好坏消息有没有关系。

“好着呢，你妈大骂了一阵，然后就回去了，据你爸说，因为之前劳累了，所以他们现在吃嘛嘛香。”

“我是应该高兴还是难过？他们竟然这么快就走出来了。”

“他们已经想通了，反正周正家又穷又抠，不嫁就不嫁了，而且他们对你已经基本失去信心了，正在捉摸着以后是要林河还是林江入赘的问题。”

“入赘他们也想得出来，咱们老林家怎么能去入赘？”

“他们已经做好了你要做老姑娘的准备，所以呢，琢磨着让你两个小弟找个有钱的老婆光耀门楣，到了老的时候也能把你带着，唉，可怜天下父母心。”

“在他们心里，我晚年到底是有多凄惨？”

“哎，我吃完了，是偶数，要先听坏消息。”秦咪咪把手上的最后一个壳扔到桶里。

“你等等，我先做个准备工作。”林溪把枕头调整到了一个舒服的位置，严阵以待，做好迎接狂风暴雨的准备。

“其实也没什么大不了的，不过就是你婚礼上被甩了的事情，短短一天已经传遍了公司的每一个角落，连门口不认识你的看门大爷都知道了，我觉得你要火。”

她脸皮本来就厚，大有不以为然之意：“嘁，这有什么。”

“我还没说完，只是这个传开的版本稍稍多了一点情节，还有这加工加料的剂量也大了一些。”

“什么情节？”林溪感觉自己的眉心跳了一下。

“自杀未遂。”

“什么？！我不过就是不小心摔晕了而已。”

“嗯……你放心，这只是最初 1.0 版本的，现在我听到的最新版本是，婚礼当天，你捉奸在床，然后被小三还有新郎合起来打晕了，之后他们逃之夭夭。”

“这群人真是不去当编剧都可惜了，再这么发展下去，说不定还有周正其实得了绝症，或者是我哥的剧情，所以我们不能在一起。”

“嘿嘿，你这个也不错。”秦咪咪笑道，“别着急，我这里还有一个好消息呢。”

“你这个好消息不会是坏消息的变异版吧？”

“放心，绝对是好消息。”她神秘兮兮地凑近，好像周围一群奸臣要害她，“徐柯和丁柔掰了。”

“什么时候？”

“好像就在你找丁柔算账之后，没多久两人就分了。”

“我没听徐柯说啊，你怎么知道？”

“有什么能瞒过我八卦小天后的，那天你结婚她不是也来了吗？她就是来找徐柯的，单相思想复合。不过，我看那肯定是没戏的。这下正好，你丢了个周正，来了个徐柯，这就是天意啊！”她扫了一眼懒懒地躺着的人，“我说，你看起来好像不怎么高兴啊！”

“我之前打了他一顿。”

“为什么？”

“谁要他动手动脚的？”

“哦？”秦咪咪发出一声怪叫。

“能把你满脸的淫秽，还有占了脑子大部分空间的肮脏给冲掉吗？”

“就算现在没有，也是迟早的事情，小别胜新婚，来个干柴烈火，现在的感觉跟几年前的感觉肯定不同，很有新鲜感。”

“你怎么就知道睡觉？我这还失着恋呢，如果不能说点人类的语言，就走开。”

“现在失恋就跟感冒一样，谁一年还不感冒几次。你差不多得了，对周正适当表达点哀思已经算是仁至义尽了，何况就他那配置，满大街都是，你扪心自问，几年前你是这水准吗？虽然你现在年纪大了，但是也不能过分自暴自弃啊！”

“那你说谁好，徐柯吗？男人都是一路货色，当年他去见那个什么小红、小香把我气得半死，回来打架的事你忘了？”

“怎么可能忘？你们还把警察给招来了。徐柯是去拒绝别人的，当然他没跟你说是他不对，不过，我觉得这事你要负很大一部分责任，你当年那个怨妇的样子，如果我是他，早就挖个坑把你埋了。对于周正这种当众逃婚打你脸的人，你对他都没有当年对徐柯一半苛刻，而且当时的打架主要是你打他，一直到警察来，他可都没有动手还你一下。”

“那，那……”林溪说不出来，当时确实年轻气盛，而且任性到现在自己想想都有点过分，别人说还好，秦咪咪这没心没肺的货，让她相当不服气。

“这位高举正义大旗、根正苗红的女子，你似乎忘记了当初你是怎么叫我跟你在三十八度的艳阳天手持拖把棍子，去抓江辰的奸，结果是人家表妹，弄得两人差点羞愤跳楼，要说过分，小女子我怎么比得上你啊？”

“林大溪，你现在是在挑衅我吗？”秦咪咪眼睛一瞪，意思是：来啊，姐这儿有一堆你的黑料，憋着没说呢。

“来啊，互相伤害啊！”

“好，休怪我无情。”她两手一高一低比画起来，“当初你追徐柯把人家堵巷子里，是不是我把他车轮给卸了，你们才能走到一起？”

“我们走到一起根本不是那一次好吗？呸，这不是重点，当初江辰可有一个红颜知己的，要不是我三寸不烂之舌，直接把人家骂得要跟江辰绝交，后面你哪能上位？你这货偏偏不思进取，吃着碗里的，看着锅里的，江辰时时刻刻都处在头顶一片绿的恐慌之中，你们分手，你才是罪魁祸首。”

“胡说，我们根本就是因为打游戏奖金分配不均才分的手。”她一拍大腿，“你跟个异性朋友进行社交活动，哪一次不是我给你顶包？本来我是个清新脱俗的女子，因为你变得谎话连篇，那些谎言垒起来的小山，压得我是夜不能寐。”

“接着装，但凡你看到个稍微有点姿色的男子，就对人家上下其手，哪次不是我给你擦的屁股？”

“你最后拿下徐柯，把他感动得一把鼻涕一把眼泪的，一天十封情书，其中一半都是我帮你抄的，没有我，你根本完成不了这么雄伟的业绩。”

“现在是要跟我算账吗？”林溪叉着腰站在床上，势要比她还高，“你这个白眼狼，你工作泡男人被老板炒了的时候，是我把你拉到店里来，给了你一口吃的。”

“你付不起房租的时候，我为了你牺牲二人世界，用忽略不计的租金收留你，不然你早睡大街了，你才是白眼狼。”

“秦大咪，你这个吃啥啥不够、干啥啥不行的二货，还每次在我谈对象的时候蹭吃蹭喝，我事业还有人生都被你耽误了。”

“林大溪，我还没说，你个抠门鬼，每天回来吃饭，从来不给伙食费，我一个人的花费要变成双人份，害得我每个月月底几乎要去天桥下面要饭。”

“你怎么不说，我买的东西，你每次都在我之前先用先吃了，连内衣都不放过。”

“我跟你多少年的交情，你居然跟我算这么清楚！”

“是你先跟我算的！”

“林溪，我要跟你绝交！”

“绝交就绝交，我打死你。”林溪扔了枕头过去，秦咪咪完美避开，又捡起来扔了过去，跳上床，两人就揪打起来。这些年，她们两人绝交和干架的次数几乎要赶上董卿上春晚的次数了，除了说好的不打脸基本原则，从抓头发到揪衣服，棋逢对手，很难分个胜负。

“哗啦啦……”

两人打得正激烈，林溪首先听到：“什么声音？”

“你想骗我，然后暗算我？”

“我没骗你，真的有声音。”两人同时往门口的方向，门下面的缝隙处，有液体一直流到房间里来了。

“这是？”林溪跳下床，蹲下去用手摸了摸，“水？”反应过来的时候，她号了一嗓子，差点把嗓子喊破了，一下打开房间门，“我去，家里被淹了！”

厨房的水管爆掉了，水从客厅一直流到了房间里，家具都泡在水里，水还在哗啦啦地流。她们两个大活人在家居然一点没察觉到，要是有人想害她们，她们应该在翘辫子的那一刻才会反应过来。

林溪冲过去，光着脚踩在水里，打开下面的柜子去找水阀，上面水喷得她眼睛都睁不开：“大咪，来帮我一把。”秦咪咪也不知是不是吃多了，头重脚轻，还没到跟前，脚下一滑直接栽到水里，林溪好不容易拧上了水阀，又去水里捞她。

外面大门被砸得砰砰响：“你们家里漏水了，都漏到我家了。”

“我知道了！”林溪喊了一嗓子，这秦咪咪跟猪没两样，真重。

“我的腰啊，快打电话给江辰，让他回来。”秦咪咪扶着沙发，林溪踩着水一路跑到房间里，水已经漫进房间了。

“喂，江辰，家里漏水了。”

江辰吼叫的声音吓了她一大跳，这男人歇斯底里起来，也毫不逊色，这房子就是他的小老婆。物业来了几次，楼下的邻居又来了几次，一边打扫一边对上门找碴的人进行还击，几乎半个小区的人都上门看过热闹了，三个人也几乎累得只剩半条命了。

“今晚家里没办法住了，要等到明天物业找人维修。”江辰进入房间，柜子里面都进水了，他随意拿了两件衣服，“咱们今天去酒店将就一晚。”

江辰开车，三人匆匆跑到附近的酒店：“我们要两间。”

“不好意思，客满了。”柜台的服务员连头都没抬，今天是星期六，他们应该想到的。

“C 大不是在附近吗？学校附近宾馆肯定多。”

“你太天真了吧，学校附近的绝对一年三百六十五天都没有房间。”

“那你说去哪儿？”

林溪现在体会到什么叫流落街头了。

“去网吧。”

其余两人只能同意，比起在街上像是孤魂一样地逛街，那边至少还有个地方能够通宵坐坐：“终于有个地方能让姑奶奶我歇歇了。”三人包了一个小包间，秦咪咪先脱了鞋躺着。江辰和林溪各坐一边，累得连说话的力气都没有了。

正昏昏欲睡快去见周公，包间门忽然被打开了，站着几个穿着制服的人：“身份证拿出来。”

“怎么了？”

“这家网吧涉嫌违规，你们不能待在这里了。”

“我们交钱了。”

“等老板放出来，你们再去跟他要吧。”秦咪咪看到那个光头老板正低着脑袋，和旁边几个描龙画凤的小弟一起被带走了。

“走吧。”江辰拿了外套，三人到楼下，地上放了张单子，一个垃圾袋腾空而起。

“我去，车怎么被拖走了？”林溪和秦咪咪哆哆嗦嗦，“大溪，我觉得自从你被周正甩了之后，先是自己把自己摔晕了，然后家里被淹，简直是诸事不顺，衰神附体。”

“你怪我，我们三个人一直在一起，凭什么说是我？！”林溪很不服气，指指天，“难道，我说天要下雨，它真的就会下吗？”

轰隆，轰隆……

天上忽然亮起一道闪电。

“不会吧……”三人抱头鼠窜，连跑到对面的时间都没有，就被淋成了落汤鸡。

“我受不了了！”秦咪咪怨恨地看了林溪一眼，“都是你林大溪，你……你离我们远点，站到对面去。”

“我说了，跟我没关系，不过就是凑巧下雨，要是真倒霉的话，我们现在应该被雷给劈掉了。”

轰！

一道闪电瞬间就把牌子给打翻了，掉下来的东西，还闪烁着噼里啪啦的火光，秦咪咪吓得哇哇乱叫。

“我要死了，我要死了，林大溪你这个乌鸦嘴。”

“你冷静点。”江辰本来不信什么迷信，现在也吓得心里直犯嘀咕，“我觉得咱们不能再待在户外了，会有生命危险，还有林溪你也千万别说话了。”

“我要求救。”秦咪咪赶紧掏出手机，手抖个不停，“喂，徐柯。”

“喂，你！”林溪过去就要抢她电话，她像条蛇一样，扭来扭去直接就交代完了。

“你找他干吗？没事找事。”

“请这位已经无处可去即将流落街头的女子认清现实，除了徐柯，我们三个人有那种能够同时收留我们三个人，并且房子大到住不完的富贵朋友吗？”

林溪吸了口气，很是郁闷：“没有。”

“告诉你，我们有现在这种处境，都是你这个霉气害的，就算徐柯晚上要你陪睡，我们两个也会恭恭敬敬地把你捆了去侍寝，你现在没有申辩的权利。”

“哼。”林溪不开心。

徐柯来得还算是快，秦咪咪看到大奔来的时候，眼睛里噙满了泪水，就像看到了亲人，很是娇柔地喊了一句：“徐哥哥，你终于来了。”

林溪差点吐出来，徐柯看到狼狈的三人，心里嘀咕：这是经历了多少风霜。

秦咪咪让林溪坐在副驾驶上，一方面是要拿她去进贡，另一方面，这个霉气离他们越远越好，反正徐柯命硬，这么多年被她各种折磨，活得依然坚挺，而且也架不住一个愿打一个愿挨。

林溪坐在徐柯旁边有点尴尬，感觉自己特别像古代家里没钱、被卖给地主当二房的穷丫头，而且她之前还打了这个地主一顿，虽然徐柯心胸开阔不会报复，但是难保不会心里有意见。

“你手怎么了？”徐柯知道她尴尬，首先开口。

“啊？”她看看左手，“可能是下午去关水阀，混乱之中划到手了。”刚刚一通混乱，她压根没注意到，流了血也不觉得痛。

徐柯低头看一眼，没说话。

秦咪咪在后面扭捏起来：“我们会不会太麻烦你了？”

这话就是废话，真要有自尊心那东西的话，她半个小时之前的歇斯底里完全是矫情。

“没事，反正那房子就我一个人住，四个人都绰绰有余。”

“那就好。”

林溪太了解这货了，她客套的目的就是要明确，今晚他是肯定会带他们回家的，并且确定他的房子真的很大，够她享受类似酒店的待遇。

徐柯看着林溪嘴巴紧紧抿着，一副憋着屎的表情，手还夹在两腿间抖个不停。

“你是不是想上厕所？”

“谁说我想上？”

“那你抖什么？”

“我……我冷。”林溪其实是心里紧张，露出手脚不协调的反应，这一身的衰气，说不定会传染到徐柯身上，她虽然心地不正，但还有点良知。

预想到各种可能发生或者即将发生的事情，现在他们四个人都坐在车上，万一来个……想到这里，她心里更加慌张了，盯着徐柯，很认真地说：“徐柯，你好好开车。”

“嗯。”徐柯有些郁闷地点头，转头瞥了她一眼，她惊讶地叫了一声：“你别看我，专心点！”

他手一抖，差点将油门当成刹车：“你紧张什么，我又不是第一天开车。”

“你别看我，也别跟我说话，拜托。”

后面秦咪咪和江辰也反应过来了，两人吓得脸都白了，三个人六双眼睛在徐柯身上转，徐柯背后发凉，有种撞鬼的感觉。

车子都变成了棉花一样，轻飘飘的，他感觉自己开的是个玩具车，车子里的紧张感，让他有种随时要车毁人亡的感觉。到了目的地，他就像一个刚上路的新手，捏方向盘捏得手指关节都白了。

三人大呼一口气，林溪的霉运还好没有涉及生命危险。秦咪咪看到眼前的房子乐翻了，脸上是收都收不住的笑容，简直是心花怒放，对方要是个女人，她一定上下揩油，摸得油光锃亮。

“能把你花痴的表情收起来吗？”江辰心里有点不是滋味，作为一个男人，徐柯确实在各方面都碾压他，他也不是一个心胸狭窄的嫉妒小人，但是秦咪咪作为他曾经的女人，在自己面前对别的男人的东西流哈喇子，他也着实不爽。

“谁叫我眼光太差，同样是前男友，自己前男友跟别人家的真是差了千军万马的距离，如果你也能有这么大的房子，我下跪都可以。”

“哼。”江辰斜睨了她一眼，“你怎么不说，你这外貌跟林溪的差距也挺大的，况且我要有这房子，还能看上你？”

“江辰，你找死是不是？”

“怎么着？！”

徐柯脱下外套转头问乱转的林溪：“你们吃饭了吗？”

“难怪我觉得有件事情没做呢，浑身不自在，原来是没吃饭。”林溪摸摸肚子，秦咪咪的肚子也很配合地响起来。

“现在点外卖吗？”

“这里点外卖送不进来。”徐柯走去开放式大厨房，打开双门冰箱。

林溪的眼睛顿时发光：“有什么好吃的？”她说着凑到那边去，冰箱里空荡荡的，只有几个袋子里装着些素菜，饮料都是罐装白水，“暴殄天物，这么大的冰箱什么东西都没有。”

“我不爱吃零食，以前都是你吃。”徐柯看了她一眼，意思是：你有数吧。

“好像是。”她看了一眼，“你这是打算自己动手？”

“不然呢，你指望他们两个？”两人回头看过去，客厅里面那俩人正在上蹿下跳，跟个猴似的吵得不可开交。

“算了，还是自己动手丰衣足食，你这大晚上的怎么饭都没吃？我们要没来，你怎么办？”

“本来正在吃，现在就变成吃了没吃饱。”

“看来是我们搅了你的饭局，是不是妨碍了你即将拥有的浪漫一夜？那真是罪过大了。”

徐柯拿了根黄瓜照着她脑袋狠狠敲了一下，架不住这货脑袋硬，她仿佛毫无知觉。

“你脑子能正常点吗？除了那事就没别的了。”

“那能咋的，你现在不是孤家寡人了吗？总得解决个人问题。”

徐柯一愣：“你怎么知道？”过了一会儿缓过神来，他一拍脑袋，“肯定是秦咪咪告诉你的，这么多年，你们就像连体婴，一个鼻孔出气，连对方每天有没有正常排泄，都会互相通报一声。”

他想起这事就郁闷，林溪这个缺心眼，以前连他们晚上的私事，第二天都会汇报给秦咪咪，害得他每次被秦咪咪调笑，当场就想找个地缝钻进去。

“那你们为什么掰了？”林溪深吸口气，睁圆眼睛，“不会是因为我吧？”

徐柯手上一抖，差点切到手，翻着白眼：“怎么这么自恋，关你屁事。”

“我也是合理怀疑一下，毕竟你有前科在身，谁叫你上次动手动脚的。”

“你。”他忽然沉下脸来，正欲发作，痛斥面前这个狼心狗肺的货，林溪已经像个撒欢的兔子奔到了客厅，参与两人的战争。

他一肚子火没处撒，切的菜就像是林溪，狠狠剁碎：“说好了帮我洗菜呢！”看着三个似乎丧失理智的人，他想着，这是招了些什么牛鬼蛇神回来，看来这一晚注定安生不了了。

等到晚饭上桌，碗筷放好，一群人毫无愧疚，心安理得地上手吃菜，他意识到，这是请了群主子回来。

秦咪咪拿了双筷子，每道菜都尝了点：“啧啧，徐柯你手艺没退步啊，还是好吃，不过呢……”她舔舔筷子，“这几个菜都是林溪爱吃的啊！”

徐柯咳了一声，毕竟也是见过些世面的人：“以前做得多，这些年也没学新菜，就来来回回地做，省得麻烦。”表示他真的没有给某人什么特别待遇。

“哦，原来是这样啊！”秦咪咪回答得暧昧。

# Chapter 12 都错乱了

吃完饭，这变用人的主人应该帮他们安排住宿了，好在是最后一个流程了，而且这里有三个房间："你们两个女性一间，江辰一间，我一间。"

"这楼上会不会太草率了？"林溪忍不住吐槽。二楼一条走廊通到尽头，两边都是一间间类似宾馆的布置，而且每一扇都是相同的门，"厕所在哪儿？这也太不明显了。"

"这里一共六间，一间公卫，一间储物间，三个房间，还有一间保姆间，只是偶尔我不在的时候过来打扫。"

林溪觉得他避重就轻："为什么？"

"什么为什么？"

"你作为一个大设计师，把家里弄成这样，你不觉得很诡异吗？还是说有什么精华我没有领悟？"

"没什么，我就是想感受一下，如果把宾馆搬到家里来是什么感觉。还有家里要是遭遇盗窃，这不就是最好的障眼法吗？"

“哇，这个理由真是清新脱俗。”

“睡不睡？”徐柯对她的吐槽不以为然。

“睡睡睡。”林溪没想到绕了一圈还是住在了“宾馆”里，让她有一种宿命的神圣感。

林溪开错两次门，才摸到厕所，洗澡的时候，她心里犯嘀咕，而且产生了一种罪恶感，这徐柯离开自己这几年究竟遭遇了什么，竟然有点扭曲的变态，以前是多么正常朴实的孩子啊！有人说过，做母亲还有做媒是女人的两大天性，林溪对徐柯有种失足少年的体谅感，大概是因为母性被激发了。

“出门左边一间。”她背了一遍，深信不会走错门，过去拧了拧，“怎么关上了，秦大咪你干吗呢，快点开门。”

她贴着门，听到里头有动静。

“别喊了，我故意关的。”里面传来悠悠一声。

“为什么，就为了自己占一个房间，你要我睡走廊上？”

“谁让你睡走廊了，掉头直走，开门，那儿就是你的归宿。”

“开什么玩笑，那是徐柯的卧室。”

“我就看不惯你们这种假矜持的，月黑风高夜，正是扑人纵火天。你要是对现实还有点理智，这就是你最后的机会，以后你会感激我的。”

“感激你个头啊，我什么都没穿，就裹着条浴巾站在走廊上，这屋子里可有两个雄性狼。”

“江辰你就放心好了，这个点以他自律到变态的作息应该已经睡得人事不知，雷打不动了，所以客厅也是你们的。”

“秦大咪，你快点把门给我打开啊，否则别怪我直接踹了。”

“我无所谓啊，反正房子不是我的，门也不是我的，你撞得开就撞吧。顺便说一句，我要睡觉了，并且肯定不会醒。”

“秦大咪，我顶你个肺啊，等我撞开了，看我打不死你。”林溪提提身上浴巾冲过去，软皮囊撞上硬部件，酸爽的痛感扑面而来。

“你干什么？”徐柯从楼下上来，看到林溪只裹着浴巾，愣了一下，微微皱了眉头，“你穿这样站在走廊里，真以为这房子里没男人了？”

“我进不去了。”

“秦咪咪不在？”

“嗯……她在。”

徐柯摸清了情况，这是赤裸裸的撮合：“你过来，我找件衣服给你先穿上。”

“去你房里吗？”林溪小眼神乱飘。

“你瞎想什么，你去公卫，我给你拿过去。”

林溪摇摇脑袋：“你家里的女人衣服，该不会是丁柔留下的吧？我不想穿。”

“是穿我的，行不行？”徐柯摇摇头，回房间拿衣服，拿的是一件套头的薄卫衣，还有一条宽松的灰色棉质运动裤，有些长，不过她可以把裤腿卷起来。

“你穿完到楼下客厅来。”徐柯在外面轻声说了一句。

“哦，好。”

林溪穿好到楼下的时候，徐柯正在摆弄一个白色小箱子，给她一个眼神示意她坐下：“右手伸出来。”

她鬼使神差就乖乖听话了，大概是吃人嘴软，拿人手短吧。

徐柯从箱子里拿出一个创可贴，撕开一个，扯过她的右手。

一碰到之前划伤的地方，她轻“嘶”了一声。

“伤口这么大，当时怎么不知道疼？”他嘴上抱怨，手上的动作轻了又轻，手指带着一种干燥的力量，让林溪突然有点想哭。她平日里没心没肺地叫闹，想要掩藏那些只要她一回想，就会像决堤的河水一样收不住的东西，害怕所有的自尊都被付之一炬。

看她没反应了，徐柯轻声问她：“是不是还疼？”

她摇摇头：“只是突然有点难过了。”

徐柯最后贴好创可贴，抬起手，摸她的脑袋。他知道，周正的事，她还忘不了。

林溪觉得这样的气氛不好，赶紧转头看向桌上的红酒，打岔道：“你晚上喝酒吗？”

“有的时候睡前会喝一杯。”徐柯不动声色地收回手。

“我也喝一杯。”林溪满满倒上一杯，咕咚咕咚在徐柯越睁越大的眼睛里，喝矿泉水一样灌了下去，并且打了一个嗝儿。

“好酒。”她一只手握住酒瓶翻看，“这酒最起码几十年，这一大杯下去上千块了。”

“你这么喝酒，很容易醉。”

林溪竖起右手一根食指在他面前来回晃了晃：“老娘很久没醉过了，也很久没有喝过这么好的酒了，还有吗？”

徐柯的眼睛缩起来，以防瞳孔继续扩张：“酒窖还有很多。”

“这里还有酒窖，我的天！”林溪张开双手，高兴到飞起。

秦咪咪听到下面没动静了，偷偷打开门，溜到下面看两人正在楼下说话。她心里的小算盘打起来，丁柔这娘们也不知道有没有在这里留下点东西，林溪那家伙又是个意气货，要是看到什么不利于身心健康的东西，能当场跟徐柯翻脸，她得先去徐柯房间里替他收一收。

房间门没关，秦咪咪偷偷过去带上门，并且谨慎地锁上了。徐柯屋子里没有什么东西，很简单的黑白灰，打开衣橱，衣服也没有几件，不过倒是很大，还带有一个卫生间。

咦？这是什么？书架上有个盒子，她踮起脚要去够，脚下踩到什么圆滚滚的东西，一下子就栽倒在地毯上。结果她发现躺地毯上还挺舒服的，应该羊毛的吧，她用手摸摸，心满意足地闭上眼睛，过了一会儿竟然睡着了。

下到负一层，灯光渐渐亮起。别的女人的理想是有一个衣帽间，林溪的理想是有一个大酒窖。她平时喝得少，虽然她是个酒鬼，但还是个宁缺毋滥有酒品的酒鬼，而且因为穷，买不起好东西，所以欲望都缩减了。

“你以前都不爱喝酒，也不能喝，现在怎么像酒鬼一样？”

“人的变化就和自然在历史的进程中拥有必然性的变化一样，我也想不到你居然把家里变得像宾馆一样。”她转头问徐柯，“我都能喝吧。”

徐柯耸耸肩：“我一人本来也喝不完。”

“浪费，让我帮你消费一下。”林溪一路流下哈喇子，屈指敲了敲，“听听这清脆的响声，动听。”目光落到最上方，“哇，这大瓶子！”一个横着的胖子斜卧在上面。

她跳起来就要去够，一只手拉住最前端的瓶颈，用力过猛，手一滑甩到酒柜上，酒柜震颤，最上面一排掉下来一瓶酒。

“小心！”徐柯冲过来一把抱住林溪，瓶子摔在地板上滚了一圈。林溪一下就蒙了，那冲破鼻子直接进入大脑的气味，像是封存了很久的酒，味道还在，只是岁月流长。

徐柯伸手按住她的后背，低头吻她，吐息不稳，耳边一片火热。

像是澡堂的水越来越热，林溪感觉到不对劲了，伸手推他，可他像块石头一样纹丝不动：“喂，徐柯你冷静点。”

“我忍不了。”徐柯在她耳边喷出来的气息像是火一样。

“停，你停一下。”林溪鬼叫起来，“啊，你脱衣服干什么？”

两人开始拉锯战，手往旁边吧台一划拉，掉下个开瓶器，林溪双脚互绊，两人直接摔倒。

“啊！”徐柯一翻身，先惨叫一声，“我的腰。”摸摸后面，是刚刚掉下来的开瓶器硌着腰了。

林溪伸手过去扶他：“怎么样？”摇摇晃晃地站起来，“我今天特别倒霉，咱还是干点有益身心并且没有任何风险的事情吧。”

“我才不信什么鬼神说法。”徐柯掷地有声地开口。

啪！

瞬间屋里全黑。

“你看看我说什么来着！”林溪又在旁边鬼叫。

江辰本来出去上厕所，上到一半突然灯全黑了，他有夜盲症，在黑暗的空间里和失明差不多，手摸摸索索，顺着马桶、台盆一直摸到走廊上。是哪边？他想着刚刚出门的时候没关门，门没关的应该就是了，可他不知道刚刚秦咪咪出门的时候也没关门。

“应该只是停电了，要么就是保险丝烧断了，哪有这么巧？”

“你这每年上万的物业费，怎么可能烧断保险丝？咱赶紧回去，闭上眼睛一会儿就睡到明天了。”

“我不相信。”

轰隆！外面突然雷声大作，吓得两人一僵。

“你干啥呢，又不是血气方刚的小伙子，何必与天作对？”林溪方言都说出来了，“咱们喝几瓶，醉了很快就到明天了。”她是想要把徐柯灌醉，男人邪火上来压都压不住，她只想过个平平安安没有任何意外的夜晚。

徐柯酒量不行，被她灌了几杯就直接晕了，黑暗中她直接扶着徐柯躺在了沙发上。

林溪也不知道是不是太紧张了，心理素质连带着身体抵抗都下降了，摸到楼上，左边第一间还是第二间来着？她往第一扇门上一靠，门没关，她直接倒进去了，想着这秦咪咪连门都不关，反手直接把门给锁上，直接躺到了床上。

徐柯是在半夜醒的，他躺在沙发上，摇摇有些发胀的脑袋，上楼回自己房间睡。门怎么锁了？他伸手拧了拧，难道喝多了，走错了？

一片漆黑之中，他又摸到对面的房间，一拧是可以打开的，不禁想自己真是喝多了，自己房间都不认识了。床上已经躺着个人，他也没注意，直接就躺下了。江辰睡得死一样，完全没感觉到旁边睡了个人。

在这个外面雷声轰隆的夜晚，每一个人都睡错了房间，全乱了。

清晨具有一天里最清新的空气，鸟语花香，蝉儿叫。四个人围坐桌边,空气里好像飘荡着一个隐形怪物,长了十七八只手，扼住每个人的喉咙、胳膊还有脑袋。

林溪觉得自己喉咙里痒得很，像是千万只蚂蚁在咬，她把大桌一拍，把另外三人吓了一跳：“我受不了了，昨晚停电，我也不知道怎么睡到江辰的房间里了。”

“对对，我也是不知道怎么就睡到徐柯房间里了。”秦咪咪连忙补上一句，她可不会说自己是因为地毯太舒服，所以睡着了。

两人的视线同时转向了昨晚真真实实地一床同眠的两位男性。

“看我干什么？”江辰哭道，“我有夜盲症，谁叫你们不锁门，我以为那是我的房间。”

“是吗？”两个女人眼神暧昧，这徐柯酒后说不定乱性，很有想象空间。

“你们两个在想什么？我……不，我们什么都没做，而且一直到今天早上为止，我都不知道我旁边还睡了个人。”

徐柯说得镇定，天知道，他今天早上起来，看到旁边睡着的是雄性面孔的江辰时，受到了多大的惊吓，不无怨言：“还不是秦咪咪把我房间门锁了。”

“哇，你怪我，谁叫江辰脑残，这屋里就他睡得最早、脑氧最足，还跑我们屋里去，一看就居心叵测，心怀不轨。”

“我心怀不轨？就你那前后不分的身材，我去扑个牛也比你好。要怪就怪林溪，霉气冲天，把房子直接冲没电了，黑灯瞎火才造成这样的事故。”

“你你……你们，那就怪徐柯。”林溪往左边一指，“谁叫他变态得把自己家装成和学校外面的小宾馆一样，都怪他。”

“对，没错。”

“就是。”

徐柯简直没处说理去了，嘴巴吧唧半天，一口气吐不出来，气得半死。

“好吧，既然已经理清楚是谁的问题了，大家都没失身，那就各自上班去吧。”秦咪咪撒开脚丫子先跑，同时遛狗似的拽着江辰，“林溪这家伙最近霉得很，如果再跟她待在一起，失身就算了，搞不好会把小命丢了。”

江辰也是后怕，很有理智地和秦咪咪一起撤了。

转瞬间屋子里就剩下呆坐着的两人了：“你不去上班吗？”

徐柯看看表：“我晚点去没关系。”抬头看着她，“你呢？”

“我还有一天婚假，而且还要回家里，物业今天肯定把门都敲烂了。”

“吃不吃早餐？”徐柯说。

林溪看一眼空空如也的厨房：“你确定你这里有早餐吃？”

“煎个鸡蛋怎么样？”

“可以。”林溪点点头，苍蝇再小也是肉，何况她真饿了。

徐柯负责煎蛋，林溪负责烧杯水喝，这一个晚上因为喝了酒，嘴巴发干。

“这什么啊？”她开水龙头摸到一手油，还沾着污渍，“徐柯你昨天没洗干净。”

“还有脸说，饭是我做的，碗也是我洗的，你们就负责吃和睡觉，完全没有作为一个客人应有的自觉，秦咪咪他们全跟你学的。”

“那你是冤枉我了，你不了解，这就是他们的本性，要不两人当初怎么能对上眼？完全是一丘之貉。”林溪很大气地挥手，“我帮你洗洗就是了。”说完，弄点洗洁精洗了，拿了旁边的洗手皂搓手。

徐柯拿了煎完鸡蛋的平底锅，去找旁边的碗。林溪手上的圆香皂一下飞出去，徐柯脚下踩到，往前一倒，手一松，装着两个金黄的鸡蛋的平底锅直接往林溪脑袋砸去。

“妈呀！”林溪鬼喊一声，迅速蹲下，铁锅直接从脑袋上方越过，哐当一声，稳稳地砸在地上，反扣着。

我的蛋……

徐柯本来是一个信奉马克思、根正苗红、不迷信的上进好青年，现在他犹豫了。

在车上，他感觉自己旁边像坐了个漏气的煤气罐。

林溪笑眯眯地看着他：“别紧张，我现在的霉运还没有上升到威胁生命的地步，顶多是小灾小难，就当积福了。”

想了好一会儿，徐柯慎重地开了口，显示自己真的不是很在意：“哪天我带你去拜拜。”

“嗯？”林溪看着他笑道，“生病找医生，运气拜先祖，我这个临时抱佛脚的，诚意度太低，很难对我网开一面。”

“你还笑，要是真有个意外怎么办？”

“怎么可能那么倒霉呢？”林溪毫不在意。

砰！

车突然一颤，两人往前倒头葱似的栽下去：“怎么了？”

“爆胎了。”徐柯幽幽的话语里透着一股凉气。

“在这儿！”林溪脑袋伸到车窗外，一只老鸟飞到一半掉下来了，啾啾直叫，四下无人，两边都是空旷地带，这地方打劫正合适啊，不用玩这么大吧？

“你怎么走这儿来了？咱俩要是被人谋财害命了，被发现估计也得几天以后。”

“要是走大路，我们现在很可能就会停在四岔路口的中心，来往任何一辆车都能对我们的性命造成威胁。”他开门下车，看车胎情况，“后备厢应该有备胎。”

林溪也下车蹲下身，研究到底是什么东西把轮胎磕坏的。她越趴越下去，后面轰隆隆响起一阵声音，她也没在意，就感觉后面有一股力量传来，自己像个物件直接就被扔了出去。

徐柯挡在前面，一辆小货车在离他还有半米的地方迅速停下。

里面坐着一个红脸赤头的男人，他伸出脑袋：“搞啥子呢，英雄救美？我这车慢得很，撞不到。”方言说得贼溜，油门一轰，又跑得飞快，这个技术真是收放自如。

“喀喀。”林溪趴在地上，抬起灰扑扑的一张脸，吐出一口土来，“你干什么？”

小货车已经跑得没影了，徐柯欲哭无泪，这是跳进黄河也说不清了。

“刚刚有个车。”

“哪儿呢？”

“它跑了。”他说完伸手过去拉已经在地上完美滚过一圈的人。

刚被扶起来，林溪又倒了下去。

“怎么了？”

“好像扭到了。”

“你真够倒霉的。”

“大哥，是你推我的，这个你就别怪老天了吧？”

徐柯把袖扣解开，捋起袖子："你上来，我背你，前面有个加油站。"

"你车怎么办？"

"拖车等会儿过来。"

林溪跟他也没客气，反正这货是罪魁祸首，应该负责。一开始她是这个心思，但在徐柯的衬衫微微汗湿之后，她躲在深处的良心跑了出来："累吗？歇一会儿吧。"

"还行，就是你好像比以前重了。"

"我想起上大学时有一次，我跑去看你打篮球比赛，结果半路我腿瘸了。"

"然后我打球累得半死之后，还要背你回去，十几分钟的路走了近半个小时。"他小声地笑着。

林溪脑袋往前伸，手里面捏着纸，放在他的额前给他擦脸上的汗，就像以前一样，他温热的呼吸吐在她的手上，带着点潮湿。

"林溪。"他小声叫了一声。

"嗯？"

"公司方面有调动，下个月，我可能要回 M 国了。"

她的手顿了一下，她收回手，嘴角露出一个笑："那我提前祝你一路顺风。"

长长的一段沉默之后："你要跟我一起走吗？"

"什么意思？"

"你知道我是什么意思。"他短叹一声，"上次我和你说的话，是认真的。"

林溪吸吸鼻子，嘴巴哈着气："那丁柔呢……"

# Chapter 13 我后悔了

“林溪你这个天杀的，你这个抢别人男人的缺德鬼，我诅咒你一辈子嫁不出去！你给我出来，出来！”一阵阵怨气化作黑烟一直冲到二十几层。

三室一厅里，秦咪咪率先披头散发地冲出来：“这货没完没了地骂一个下午了，林溪你再不动手，我就直接冲下去，把她打死，然后就地埋了！吵死了！”

江辰闭着眼睛，身体的闹钟提醒他现在必须睡着。

林溪揉揉眼睛：“我去把她赶走。”

天上下起雨来，丁柔还是站在原地。

“姑娘，别骂了，下雨了，快回去吧。”三楼的大妈是居委会的，好心劝她。

“是啊，这变了心的男人，就像天上下的大雨，收不回来的。”四楼一个女人抱着哇哇哭的小孩，“就像我的前夫，喜新厌旧，全不是好东西。”

“这也不能全怪男人，谁喜欢一哭二闹三上吊的女人？成天这么闹，谁受得了？工作已经够累的了。”五楼的大叔站在阳台上为男人正义直言。

“大叔，你是男人当然帮着男人说话了，我最讨厌小三，那些女人满嘴打着真爱的幌子，你们以为是贤良淑德，当了老婆就会发现和以前家里的一模一样，真不想麻烦，那最好就别找女人，打光棍。”

“这是怎么说话的？”

一栋楼的阳台俨然变成了一个巨型的大哥大，每一户都是一个字母按键，这边说完，那边立马接上，一个雷声响起，如海水淹没了声音，一个个人头从自家的窗户、阳台缩了进去。

丁柔脸上的妆全花了，全身淋得像个被拔光了毛的鸡，衣服紧紧贴在身上，满是皱褶。

“干吗，大雨天演苦情剧啊？”林溪打着伞到她身边，看她一副落汤鸡的样子，稍微给她遮了遮。

“不用你假好心。”丁柔用力推了她一把，自己却一个趔趄，伸手抹了抹脸，身体一颤一颤的。

林溪也不介意，盯着她看：“你有什么好哭的？我一个未婚夫在婚礼上跟人跑了的人，哭得都没你这么伤心。”

她伸手用力抹了一把脸：“你别以为我不知道你怎么想的，结不了婚你应该比谁都高兴，你就是冲着徐柯来的，你这个不害臊的女人，你就是小三！”

林溪索性把手里的伞砸在地上：“既然你这么清楚，那我告诉你，对，没错，我就是冲着徐柯来的，怎样？六年前我要是跟他走了，我现在早就是徐太太了，还有你什么事？”

她看着面前人冷得发紫的脸：“你觉得淋雨很悲情吗？有本事从这儿上去到楼顶直接跳下来，那我算你是一条好汉。没这胆量，就别摆出一副要死要活的样子，徐柯看不见，我也不会同情。智障才会作践自己，干什么？感动自己？等你睡上三天三夜，肚子空空如也，能吃下一头牛的时候，就明白没了谁都能活。”她俯下身子捡起地上的伞，重新打起来，“你要是想让男人回头，第一步就要明白哭闹一点用都没有，只会让他越来越烦。”

林溪回屋子坐了一会儿，连湿衣服都没换，直接去屋子拿床头柜上的机票，扔进马桶里，看着它被水卷着逐渐消失，仿佛心里的杂念也被冲走了。她从来不知道自己的动作可以这么迅速，简直是一气呵成。

“不后悔？”秦咪咪靠在厕所门边看她，“这一次徐柯走了，你们可能就再没机会了，他和丁柔的事赖不着你。”

“也许半年，也许一个月，或者明天，我就会后悔得肠子都青了，但不是现在。”林溪合上马桶盖坐在上面，“如果我这么做了，那我跟冯小圆有什么区别？”

“你总是看重这种清白的关系，其实男女之间哪有那么多的头绪可理？等到你觉得大家都心无旁骛、清清白白，到了所谓合适的时间，那个人可能早就不在了。”

秦咪咪继续说话：“其实周正逃婚这事，倒是他最男人的一次。你其实很清楚，你和周正并不是因为冯小圆的出现而变成现在这样的，就像现在没了你，丁柔和徐柯也复合不了，你是过不了自己心里那道坎。”

“我知道。”林溪仰起脑袋看着她，伸出右手两根指头朝她勾了勾。

秦咪咪出去一会儿，进来递给她一支烟，点燃后，烟雾袅绕，看不清脸。

“但我不会去做。”这是那天晚上的最后一句。

日子一天天过，其实林溪没有打电话告诉徐柯她的决定，两人却好像是有心灵感应一样断了联系。店里的人看她发呆都讳莫如深，维持着和平时一样的生活，生活并没有因为周正的离开以及徐柯的闯入而变得有丝毫不同，总归要回到正常道路上的。

店里阳光正好，早上开始打扫。

“徐柯是今天走吧？”秦咪咪双脚搭在沙发上，露出一双粗腿。

“嗯，好像是。”

“好像？你可在手机上设了提醒。”

“你怎么知道我手机密码？”

“破解你的密码，就跟解幼儿园算数一样，要是现在后悔应该还来得及。”

“少来，下次不准偷看我密码！”林溪恨恨地说，“说回之前的问题，你能把你结实的屁股挪离那张沙发一会儿，起身打扫一下好吗？大早上就躺在那儿，你一天要躺几个小时？”

“这都瞒不过你。”秦咪咪只是翻了个身，“容臣妾再躺一分钟。”

“早上都不打扫，别人还以为这店倒闭了。”

“也差不多了。”

外面跳进来一个七八岁的小姑娘，她们顿时像是陵墓里落了灰的物件被开光，重新见了天日一样，林溪高兴地迎上去，现在的未成年人绝对不可小觑，看看旁边小学，里面小学生吃的、用的都比自己要好。

“您好。”

“好啊！”小女孩一点都不客气，抬头认真地看了林溪一会儿，“我是来找阿姨你的。”

“阿……姨？”林溪不管什么年纪听到这话，都觉得像是刺啦的摩擦声一样刺耳，“商量一下，叫姐姐怎么样？”

“我妈妈告诉我，看到和妈妈一样老的都要叫阿姨。”

“呵呵，你妈还挺有意思的。”林溪嘴角挑了挑。

“阿姨，你出来一下。”

“干什么？”林溪的不满已经积蓄到了喉咙,压着嗓子说话。

女孩甩甩辫子，手上转着一把钥匙，隔空扔给她。

林溪一把接住，跟着丫头去了外面，眼前的东西让她一愣。

这是小绵羊？

一辆红色的电动小绵羊，跟自己丢电瓶的那辆一模一样。

“这是一个哥哥送给你的，他说你有了这个车就高兴了。”

林溪心里的某处忽然软了下来，嘴巴翘起来，她觉得足够夸张的表情才能够表达自己的情绪：“你叫他哥哥，叫我阿姨不合适吧？”

女孩转了转大眼睛，嘴巴一鼓：“我以后要找和那个哥哥一样既有钱又帅的男人当老公。”

“老公？你才多大？”

“可惜，哥哥喜欢阿姨。”她脑袋一转表示不满意，扭着身子就跑了。

林溪感觉像是被人灌了一肚子水，一直漫到脖子处。蓝汪汪的天空像是倒映在水里，一架飞机在高空中移动，像是飞高了的风筝一样。

“徐柯，老娘后悔了，你回来！”林溪简直要把嗓子喊破，飞机在空中慢慢缩小成一个点，最后消失不见。此时正坐在飞机上睡觉的徐柯当然不知道，有个傻子正朝着飞机疯子似的大喊大叫。

# “奇袭”夫妇篇

# 一年一度炒人季

林溪的人生中有两件大事，第一件，就是这个月有饭吃，有瓦遮头，还有一件就是下个月也同样能够有饭吃，有瓦遮头。

而一大早在公司群里空降的信息，彻底威胁到了她的这两件人生大事，甚至可能立马将她打入地狱。

MC公司例行汇报会议，全国六大城市，二十五家店面经理，包括公司中层人员，所有人员九点之前，通通到晴川的总部集合。

林溪在每年的这一天，就会把当年高考时的紧张，还有第一次上班害怕迟到的焦虑，以及要不要和这个人睡觉的纠结，这三种情绪反复经历一遍。

这种大排长龙聚集在会议室门外，一个个进去受训听审的过程，让她觉得特别像澡堂没水，在外赤身裸体等水的感觉，你要是走了，就会觉得白等了，而且身上更冷了；不走，除了身体上折磨，精神上也在遭受什么时候来水、会不会冻死等等假设性风险的折磨。

林溪照例排在最后一个，反正都是要被骂，她还是希望看到的人越少越好。她还没站稳，前面的人像是被输入了“不站在最后就不行”的程序，绕到她后面去了。

林溪急了，这都有人抢，还让不让人好好活了？

对方叫了起来：“是你吧？去年也是你站我后面的。”

林溪听见他叫，努力回忆眼前这个贼眉鼠眼的货，伸出食指，往前点了点：“哦，你不是邻居城市那个业绩最后一名的店面经理吗？”

“你……你有资格说我吗？”对方结巴起来。

“还干着呢，都一年了，还这么坚挺。”林溪说完话转回头，前面一个转过来跟她打招呼：“你也来了。”

“哎，原来是隔壁的隔壁城市最后一名吴胖胖啊！”这个胖子可是林溪的好朋友，也是垫底这么多年依然坚守在岗位，拥有卓越心理素质的人才。这么多年公司员工来了走，走了又来，就他们两根老油条，每年都会加上前缀互相问候一声。

“报告，一年任务又圆满达成，恭喜达到老树盘根成就。”吴胖右手往脑袋上一摆，做出敬礼的姿势。

后面跟上来三个人，也是去年的老面孔，六座城市的最后一名，占齐了这条长龙队伍的最后六个位置。

“恭喜大家又安全度过一年。”——看起来又苍老了一些。

林溪的眼光越过胖子油腻的头，看到站在他前面那个脑袋上有两个旋、穿着干净爽利的男子：“李奇？”

对方没回话，肩膀耸了一下，算是回答。

她伸手戳他。

“干什么？”男人回头，满脸不耐烦的表情。

“一年没见，你也太冷淡了。”

他转头回去：“不见最好。”

“你们认识？”另一城市最后一名插嘴，李奇是他们那边业绩第二差的。

“给大家介绍一下，这是我以前还没当店面经理、做实习设计师时的同事，也是去年他们城市业绩第二差的同事。”说着她转头看向李奇，“每年你都要躲着我，都是我跟你打招呼，小气。”

“林溪，请你跟我保持点距离，也不知道因为谁，我才不能在总部当设计师，而要去当个销售人员，而且还要远走他乡，成为一个远调外地的卖东西的。”

林溪非常淡定：“这件事情我几乎每年都要解释一遍，首先设计师这事，当时虽然咱俩一组考核，但我第一轮就被淘汰了，你也就是刚及格。设计这事真需要天赋，你应该感谢我，提前帮你认识到你真的不适合，别把时间浪费在这上面。至于你远调的事明明就是原来那个女上司想潜规则你，你不从，才被公报私仇的。”

“哦……”其余四人一副挖到猛料的表情，“是这样吗？”

“你！你闭嘴。”李奇急起来，白净的脸一瞬间烧得像个大番茄。

“谁叫你每年都要提，所以我每次都要回答，这也不能怪我。”

他瞪了她一眼，转过头去。同一时刻，一个男子跌跌撞撞地从会议室里跑出来，像是被《聊斋》里的妖怪吸干了血液，脚下一滑，手里的东西掉在地上。旁边人扶他起来的时候，竟然发现他脸上不是汗水，而是眼泪。

“我……我失业了。”他放声喊了一句，屋子里顿时刮起一阵龙卷风。

“失业就失业，不用搞得像失身一样吧？”一个刚进公司一年的人说道。

“你是不知道咱们华东区总裁老梁的恐怖，失业不是最可怕的，最可怕的是会让你彻底丧失生活的信心。每年这时候，我都有种回到古代被上刑的感觉。去年就有一个姑娘，人家还是名牌大学毕业，海归精英，被他从身体攻击到心里，从外貌攻击到人格，由浅入深，由深到浅，人家差点开了会议室窗户跳楼。”老人提醒她。

“有这么夸张？再怎么严格不也还是人，又不是怪兽。”

“你说错了，他比怪兽可怕，据说他每天的工作时间接近二十个小时，像个陀螺似的转，简直就是工作机器。”

“这么拼命，生活只有工作的人，我猜他一定又老又丑，而且没有女朋友。”

“年龄确实是三十几了，也没对象，至于长得怎么样，等会儿你自己进去看就知道了。”

林溪六个人已经面如土色，对这些流言蜚语根本没有一点心思去听，对于林溪来说更是，每年都会有一个貌似不知好歹的新人，然后必定会有年长一些的前辈给他普及老梁的知识，来年如法炮制，再来一遍。

之所以六人变了脸色，是因为刚刚跑出来的那个男人是隔壁市的第二名，这种对公司有这么大贡献的男人，今年都被赶走，老梁的更年期绝对提前了。像他们这种业绩，生还概率几乎为零。

说话间，刚刚那个头顶着“不知天高地厚”六个大字的女生，怀着一颗虎胆昂头挺胸地进去了。

桌前面坐了三个人，两男一女，旁边站着一个戴着眼镜的女记录员。她不知道谁是谁，反正坐在中间宝座位置的必然最大，于是壮起虎胆朝着中间瞅了一眼，一下没看清，又看了一下，笑不露齿，这个梁总长得不丑啊！

“你可以开始了。”旁边的男人开口。

他们的任务主要是汇报自己一年的业绩，以及对于未来的设想，其中还穿插着老梁对她随机的考验。

噼里啪啦说了一通，除了那个站着的女记录手上动了一下，老梁一句话都没有说，甚至连脸上的神色都没有丝毫变化。果然是唬人的，女生瞬间对自身的价值认识上升到一个新的高度，看来是自己太优秀了。

也是，进公司还不到半年，已经完成了半年的指标，而且自己中文夹杂英文的汇报，简直高端大气上档次，再想想直接就要飞天了。

“这份汇报 PPT 是你做的吗？”中间面无表情的男子终于放下尊贵，开了口。

“是。”——夸我吧，不要吝啬，尽情地夸奖我。

梁总翻了翻手上的简历：“哦？国外一流学府毕业的。”

“嗯。”回答迅速。

“纽约《Home News》和《Always》女性访谈杂志，甚至还有国内的《最近家锐》产品专访，你百分之七十的内容都是从这些里面抄袭的，你还算聪明，知道找这些普及度不高略微晦涩的杂志，可惜，这些家具杂志我每天都会在运动或者吃饭的时候一个字不落地看完。”

“我……我……”女生瞬间烧红了脸，结巴得连一句话都说不完整。

“我知道，你刚刚毕业没有多久，作为学生，把别人脑袋里的东西东拼西凑各种组装，然后变成自己的，这种事做起来轻车熟路，就像家常便饭一样平常。你来多公司多久了？”

“五……五个月。”

“我看了你的业绩，还有你刚刚在做顾客预设性表演介绍的时候，我感觉你个人的素质离你这张漂亮的履历相差甚远。老实说，我佩服高学历的人，因为他们能念这么多年的书，都具有一定吃苦耐劳的品质，但是我既没有看到你的诚意，也没看到你优之于人的特长，才进公司五个月，你能坐上这个位子，我表示很疑惑。”

女生的拳头越握越紧，脸越来越红。他当场戳穿她抄袭也就算了，还质疑她的能力，她从小到大都是被周围人捧在手里的，现在哪受得了这种人身攻击：“我才进公司五个月，就超越了大部分的前辈，督导也夸奖我，你凭什么说我能力不足？”

坐在梁总旁边的精致女人娇俏地挑了挑眉，满脸都是“你这货惹上大事了”的表情。

梁总脸上没有任何不满，可以说没有任何表情，他放下手里的简历资料：“好，我们来从头梳理一遍，你的客户预设性表演设定情景是八十岁的老人和儿子、媳妇还有孙子住在一起，你的锁定对象是儿子，因为他是家里唯一有经济能力的人，你介绍方案的时候，着重强调他个人的荣誉和财富感，针对老人舒适度来回提了两次，其次小孩生活氛围也有提及。”

“经济基础决定在这个家里的地位，老人在一般的家庭里地位也会较高，这里排一二位，这不是很正常吗？”

“你放在 PPT 里，拿到桌面上通过数据说话的确很正常，但如果这一家五口一起跟你会面，我告诉你，这单你拿不下来。因为你忽略了这个家里没有任何经济来源的妻子，你觉得你主卧室的高配置就是维护了夫妻两人的尊严，其实恰恰相反，因为两个人在经济上不平等，你的方案里没有专门为妻子考虑，这样的安排更加剧了这种不平等。对于这个待在家里的妻子，她的生活圈子非常狭窄，心思敏感，她会觉得你潜意识里看不起她。”

“就算博得了她的好感，她说了又不算，有什么用？”

梁总淡漠地抬起头，看了她一眼：“你谈过恋爱吗？如果没有，我建议你尝试一下。”

“什么？”

“这个你眼中不重要的妻子却跟家里的每个人都有密切关

系，你锁定的男主人、老人以及那个八岁的小孙子分别是她合法的丈夫、婆婆以及亲生儿子，你设定的男主人有品位，是白手起家的成功人士，那我告诉你，这样的人不会有太多跟你碰面的时间和机会，他要的就一句话，家和万事兴，后院无忧。

“你既不懂男人，也不懂女人，身为一个销售人员，你的情商很低。说回你一直说你刚进公司五个月，无非是两层意思，第一层，你进来的时间不长，我不应该对你要求太多，要给你成长空间；还有一层，就是你才到公司五个月，做到现在的业绩，说明你的能力很强。”

女生睁圆眼睛，一句话都说不出来。

“你知不知道五个月代表什么？如果你还在上学，基本上一个学期已经过去了。如果你去沙漠种树，上千棵树都可以种成了。我不明白，是谁给你的错觉，让觉得你的时间不够长，以及你做得足够好。这里不是你的学校，没有所谓的进步快或者起点高，这五个月已经足够你适应公司、完成业绩还有提升自己了，当然前提是你每天都有认真工作。”

他抬抬手里的笔：“你这个 PPT 抄袭不是最大的问题，而是你的页码每过两三张都会错乱一次，字体也不统一，说话没有主题，从头到尾你除了喊口号和画大饼以外，几乎没剩下任何东西，看得出来之前没有任何准备，你没能耐也不认真，这点最为致命。”

女生像是被人放到油锅里翻滚煎炸了几遍，脸颊赤红，嘴巴里呜呜咽咽，抬起头，轻声哭了起来：“从来都没有人这么骂过我，你凭什么？而且这都是有原因的，根本不是我真正的实力。”

“什么原因？”梁总看向她，没有因为她哭鼻子而有丝毫动容，很认真地问出问题。

“我……”她说得很小声。

“什么？”

“我失恋了。”她很明显地听到周围人倒吸了一口气，以及空间里的温度瞬间低了几度。

# Chapter 15 戏精技术哪家强

“我收回我之前的话。”梁总把笔放回桌上，“我不应该对一个学生说这样的话，你不具备一个成年人的素质。”

“你在骂我？”女生抽咽得更加厉害。

“公私不分，职场大忌。”他转头对坐在旁边的男秘书说，“等会儿给她办离职手续。”又转头看她，“你明天不用来了。”

“你凭什么炒了我？失恋怎么了？只要是人都会有情绪状态不佳的时候，难道你家里死人了，你还能安安心心地在这儿上班？”

“你说话注意点。”精致女人眼神严厉地瞪了她一下。

梁总抬抬手，回答她的问题：“我会伤心，不过会等到下班以后。”

他看一眼已经梨花带雨眼泡肿起的女人：“如果你要伤心，可以在家里哭够了再来，只要踏进公司，你就要明白你的每一秒钟公司都是付了费的，在你工作完成得如此糟糕的情况下，凭什么让别人对你网开一面？就因为你失恋？如果你连基本的情绪都控制不好，那我觉得你不适合这份工作。不要浪费彼此时间了，下一个。”

里面突然一阵哭闹，林溪他们几个吓了一跳：“怎么着？打起来了？”现在的小年轻真是血气方刚，最好扔个烟灰缸把老梁砸晕，他们肯定会给那个恩人连磕带拜做孝子贤孙。

不过天永远不遂人愿，最后是那个女孩被带了出来，看起来很像是被上了刑，这小胳膊总是拧不过大腿啊，啧啧，太惨了。

从那个女孩之后，接下来的几个都过渡得飞快，很快就到了林溪，她想着老梁今天可能心情不是太好，自己一定要小心说话。

“梁总好，徐副总好，陈秘书好，还有刘记录好。”林溪算是公司的老员工了，除了她和李奇混得最差以外，她身边的人基本都是飞升，都被调到京都总公司了。

四个人都不用交流，不过林溪也知道他们心里一致的反应就是：这货还在呢。

“开始。”陈秘书指示。

“哎。”林溪简直是轻车熟路，整体流程走一遍，然后干站着，就等着老梁说话。

“一个年轻女人牵着条狗、带着四岁的儿子来店里，你怎么说服她在店里停留？”

“什么狗？”她问。

“哈士奇。”他回。

“梳理毛发了吗？”

“没有。”

“儿子是推了车还是牵着？”

“牵着。”

“年轻女人漂亮吗？”

“漂亮。”

“是那种特意打扮过的漂亮吗？”

“她是个精致考究的女人。”

林溪微微一笑：“简单，只要帮她带孩子和牵狗就可以了，为了答谢我们的帮助，她一定会消费的。”

“你怎么知道她需要帮忙？”

“她衣着考究却没有给狗打理，证明她平常并不是一个细致的女人，今天是特意打扮的。孩子四岁了，她一个人带孩子出门却忘了带车，表示她今天的目的并不是逛街，而是有一个重要的约会要赴。她在门口犹疑是在等人解决她的麻烦，普通的人她不放心，也许稍作消费的店面能够给她一个地方，我只需要吸引小孩子的注意，并且保证那条狗不会咬我，表现出只要她愿意消费，可以为她解决所有烦恼的样子就可以了。当然这只是普遍意义的分析，现实情况，还要具体分析。”

梁总依旧没有表情，其余三个人都露出了感兴趣的表情，这个林溪每次也就这个环节会出彩，果然再差劲的人也有些过人之处。

“你问狗的品种是为什么？”精致的徐副总跷起一只脚问。

她耸耸肩膀：“这只是为了确定我的想法，因为把精致和小资当习惯的女人不会养二哈。”

“扑哧！”陈秘书拼命抿着嘴，像是要爆炸一样，才憋回了笑。

空气里缓和的气氛随着钢笔轻轻落下的姿势，顿时又紧绷了起来。梁总的脸上布满冷峻的神色：“你每年这个环节都能对答如流，如果你作为一个普通的销售人员，我想应该比你作为一个领导更出色。”

我去，什么情况？难道是要降我的职？！

“你今年的业绩除了最近设计院的一单，还有一个平层的小单，你店里员工包括你总共六个人的工资，还有店面的开销，加起来都比这个多，更重要的是，业绩竟然比去年还差。”他的两只手交叉放在桌面，“请问，公司招你们来做什么？觉得公司赚太多所以要拉低一下平均值吗？”

“具体情况具体分析。”林溪心里气得要死，还不是因为你们把我分配到那菜市场一样的地方？我要是能做成，那冰箱都可以卖给因纽特人了。

“你的心里是在说，你的店面地段不好？”

他怎么知道的？！

“你可能有些小聪明，不过我看也就比刚刚那个失恋的女大学生好一点，也是因为你的年纪比她大，经验更丰富。我可以这么说，在座的每一位接手这个店面都会做得只亏不赚，不要以为你是遭受了不公平的待遇，因为你的能力不够，所以只能坐在那个位置，想要更好，你得拿出超出现在几倍的本事来。”

我忍！林溪抿住嘴巴憋住。

他继续说：“你是个好销售，却是一个十分差劲的领导，公司不会一而再，再而三地容忍你们。如果没有能耐，我只能请你的一个前台、三个销售还有一个保洁阿姨一起走人。”

我再忍……

“知道我为什么不炒了你吗？”老梁眼睛抬了抬，“因为你的位置没有人愿意坐。”

KO，林溪觉得眼前一黑，站都站不稳。

里面一片哗然，外面又叽叽喳喳起来：“出什么事了？”

“好像有人昏倒了。”

“林溪！”五个最后一名好伙伴跟着凑到前面看，刚刚坐在一边的李奇忽然站了起来，打开门冲了进去，果然看到林溪栽在地上，坐着的几个人除了梁总都有些慌张，想要看又不敢上前。李奇伸手就一个公主抱，连头都没有回，黑着脸把她抱进休息室里。

“林溪。”李奇轻轻拍她的脸，她动都不动。他脱下衣服给她盖上，有些着急地倒了杯水准备给她喂下去，一转头差点吓死，一杯水全洒身上了：“你怎么突然醒了？”

林溪把自己身上的外套一掀：“根本没晕，我装的。”

“你为什么装晕？”

“我傻啊，再不装，我店里老老少少都会被炒了，包括我可能都会被降职去扫地。”

“这能装多久……”

“管他呢，能装多久装多久，这不一年又糊弄过去了吗？”她转头，用胳膊肘碰了碰因为被骗而有些郁闷的李奇，“没想到，你还挺关心我的啊！”

“谁……谁关心你了！”

“你看看你，一撒谎就结巴，怎么还这样？”

他吐了口气，目光飘到右边，往地上看：“其实，我早就不怪你了。”他搓搓手，“毕竟，咱们俩还有情分在。”

林溪愣了一下，微微笑道：“我知道，你就是嘴硬心软，我全知道。”

他们不知道的是，门口趴着的五个人，一个挨着一个。

“什么情况啊这是？”

“这还不明显，有一腿呗。”

林溪的老朋友吴胖插嘴道：“我以前听林溪说过，她当实习生的时候好像跟里面某一个处过对象，没想到是李奇。”

“是吗？真没看出来，我还以为他们两个一直不对付呢。”

“你懂什么，这叫欢喜冤家，别以为整天黏得跟蜜罐似的那就叫好，像这种就是平时嘴上凶，关键时候心里都想着对方呢。”

“这林溪我听说婚没结成，李奇现在也没对象，说不定两人还真能重修旧好呢。”

“不如我们撮合撮合。”

“怎么撮合？”

“每年总结大会之后，不都有员工福利吗？这次好像是去海岛度假，到时候美景美人不就……”

“咦！你们真猥琐。”

早上的小闹剧，因为下午的旅游福利瞬间被冲散得一干二净。人有的时候就是这么天真可爱，有点好处立马就把之前种种的不愉快迅速忘却，资本家把这个特点利用得娴熟自如，也是，不然怎么人家是老板，你是员工呢。

林溪也是快快乐乐，一点也没有因为早上的事情不开心，这种免费的好事越多越好，几乎什么都没带，反正公司都报销，唯一不好的就是要和那些领导一起去，算了，只要不用自己付钱，都好说。

公司包了三辆车，梁总他们几个大领导一车，他们这些跟着的小喽啰就跟沙丁鱼一样被塞在另外两辆车里。

“有没有搞错，他们那边空得还能坐好多，我们这儿都要挤死了。”他们业绩倒数的几个都被塞在了最小的车里。

“有什么办法，最好要求别太多，否则他们一气之下不带我们。”

“哼，欺人太甚，我还不想去呢，大不了闹一下。”

“别别。”林溪被夹在中间，几乎半个身子腾空，“我还没去过海岛呢，大家稍微忍耐一下。”

“这车塞太多人，都走不动了，什么时候才能到？”他们透过窗户，看到一辆电瓶车正在和他们并排以匀速行驶。

“好挤，谁摸我屁股？”

“你脚都放我嘴边上了。”

“我去，谁放屁了？”

“滚出去！”

林溪以为那辆车不到机场，半路就会爆掉，结果居然也歪歪斜斜，十分坚强地活了下来。他们是掐着点去的，拿了登机牌过了安检,应该也差不多要登机了,谁知道他们还没到候机室，广播就宣布航班延误了。

“这边有免税店，要不去逛逛？”六人里的另外一名女性开口。

“好吧，反正也没什么事。”大家都同意，使了一个眼色，除了他们六个还把李奇给拉上了，原因，大家心知肚明。

李奇本来只想安静地玩会儿手机，不知道这群人怎么突然这么热络起来，还把他和林溪两人撂在后面，他们结成一帮，更觉得其中有鬼。

“这边有随时拍。”一人叫起来，“上飞机之前，大家一起拍一张吧。”

“好啊，好啊！”

其中一人一把把林溪和李奇推了进去。

“说好的一起拍呢？”林溪和李奇相对无言地站在机器前面互相望望，刚转身探个头出去，就被一个熊掌拍回来了。

等到两人把合照给他们,他们才露出满意的表情,放过两人。

林溪走着走着忽然被旁边衣服店里的一条长裙吸引了：“你们先逛，我去试试。”说完一溜烟跑没影了，试了之后就后悔了，自己胸部的尺寸跟模特好像差了点点，完全没有凸起来。

她一打开试衣间就看见李奇拿着手机坐在门口，看到她穿的长裙，他眼睛都忘了闭，脸色微微一变。

“你怎么在这儿？”

知道自己失态的李奇迅速转过了脑袋：“他们说你一个人，让我来陪你。”

“哦。”林溪拉拉自己前面快要走光的衣服，不满意地看看镜子，“我就知道胸前没有二两肉，穿衣很难受，我去换了。”一转身却踩到裙摆，李奇伸手就接住她，两人一块往后仰面栽倒。

另外五人第一时刻接收信息，立马冲进来，直击了现场，他们看到的是，林溪上衣失踪露出裹胸，趴在李奇的身上；而李奇看到他们进来的一瞬间，迅速冲了出去。

林溪被他的动作吓了一跳：“跑什么，我又不是没穿。”说着伸手淡定地把裙子往上提了提。

“这小伙子还挺正经的。”五个人心里潜台词是：都交往过了，还装什么？

她提了裙子往回走的时候，忽然转过头，看到五个人一脸意味深长的表情：“你们到底是怎么回事？”

“没什么，我们也是好心。”

“好心？”

“我们都知道了，李奇是你前男友，我们这么做也是想帮你从感情失败的阴影里走出来，与其找个新的从头再来，曾经交往过的不是更好？何况你们现在都单身，能复合再好不过了。”吴胖胖的理由简直天衣无缝。

林溪吸了口气，一脸了然：“我说你们怎么怪怪的，原来你们以为李奇是我前男友。”

“别装了，你晕倒的时候，李奇还说什么情不情分的，声明一下，我们不是故意偷听的，是不小心听到的。”他说得义正词严，看到林溪笑得越来越开的眉眼，生怕她不相信，连忙把吴胖搬出来，“吴胖说了，你在总部实习的时候曾经交过一个男朋友，是他说的。”

吴胖憨笑道：“林溪，我不是故意泄密的，我真不是。”

林溪摇摇头，抬手拍拍他的肩膀，笑道：“是有一个，不过，你搞错人了。”

看见林溪淡定地进去换衣服，几人都开始自我怀疑了，难道他们真不是男女朋友关系？一方面觉得丢脸，一方面又觉得自己做的这事真是缺心眼，所以等林溪出来的时候，一个人都没了。

林溪突然腹下一阵绞痛，冷汗直冒，冲出店里找厕所，一算日期，心已死，今天是“大姨妈”报到的日子啊！

“哈喽。”她在厕所阴阳怪气地叫了两声，希望碰见个仗义疏财的，等了十分钟就来了两个人，结果听见鬼叫就跑了，那五人也是一个电话都打不通。

广播忽然播报：飞往海岛的飞机已经着陆，请飞往海岛的乘客回到登机室准备登机。

“这是要玩死我的节奏吗？”林溪深吸了口气，运足了气力，按下手机里的那个私人号码，过了一会儿接通了，“喂，梁启东，帮我送个卫生巾来。”

坐在马桶上等的时候，林溪断断续续想起了五年前的事，那时候她还不是那鸟不拉屎的宁开店的经理，老梁也还不是华东区的总裁，他蹲的位置就是马娘娘现在的坑，晴川总店的业务部经理，一个小督导而已。

“嗯，啊，哦。”林溪趴在桌上，头发朝前，嘴巴里发出几个抽象的象声词。

“你还要这样到什么时候？你初恋男朋友都走大半年了，不知道的还以为你是昨天刚失的恋。”小红是和她同一天进公司的实习生，在这一批钩心斗角的人里，她们俩还算纯洁，可现在人家早去了总公司做产品部的资深设计师了。

上次林溪见她还是在朋友圈里，自从发达了之后，她就开始有了阶级意识，对于问候从来不回，但是永远在两秒之后，你会看到她的朋友圈更新。

“最近调来个新督导，据说超变态，你这只划水小蜻蜓最好小心点。”小红提醒她。

“嗯，啊，哦。”林溪持续炖菜中。

外面飞进来一群小蜜蜂，叽叽喳喳：“看见了没？”

“看见了，好有型，比之前那个宋老头的颜值简直上了好几个档次，好像才三十四岁，不知道有没有对象，要是没有就好了。”说完，姑娘理了理头发。

“还花痴呢，听说他是个彻头彻尾的工作狂，对下属特别严苛，我看你们在泡上之前就会被炒了。”

“不会吧。”

“他从头到尾都没有笑过一下，冰山一个，这种估计会很难搞。”

“天哪，长得好看的怎么脾气都不好呢？不过，我就喜欢挑战高难度。”

“少做梦了。”

“来了，来了。”一伙人拥着一个人进来，林溪是没看到胜景，因为闹肚子跑到厕所去了。

一个上午领导级干部都在会议室里开会，至于林溪这种底层实习生，前前后后忙的全是端茶倒水、打印复印这种杂事。

梁启东从卫生间里出来，听到拐角处的复印机正发出吭哧吭哧跑不动的声音，偏偏头，一个像是没了骨头一样的人，脑袋垂着，身体摇晃，一会儿往前冲，一会儿往后倒。

从他的视角看起来就像只鬼，一下出现，一下消失，复印机已经跑出上百张纸了，地面上全是。

主管过来找他，他看了一眼那个不明物体：“等会儿让这个人复印一份资料到我办公室。”

“好的。”

林溪完全不知道这个临危受命是怎么落到自己头上的，她的脑子里都是一团糨糊，拿着主管给的资料复印了两份，捧着两大堆，敲门进督导办公室。

其实他们这些设计实习生也不归业务部管，但是谁叫业务部是公司的收入命脉，公司里其他部门只能算辅助，还得听大哥的。

梁启东看着桌上一大堆纸，面前的人点点头转身就要出门。

“等一下。”

“嗯？”

“这些是你复印的？”

“嗯。”

“页码杂乱，还有几张漏印，最重要的是这一堆，你是怎么分出来两份的？”

林溪看到梁启东严肃的冰脸，忽然醒了，连忙道歉：“不好意思督导，我重新去复印。”

“你知道公司每天的开销是多少吗？这里总共二百三十张纸，因为你个人的失误就浪费了。这里有一百多号人，如果每一个人每天都失误一到两次，请问，你们所造成的浪费跟你们给公司提供的收益成正比吗？”

梁启东放下手里的笔：“我知道你是实习生，但是从你进公司的一刻起，就要知道你是这公司的员工，要对自己的言行负责任，从早上我看到你，你就在开小差，没有一秒钟心思在这里。我很好奇，你把自己每一步的动作放慢到好几倍的时候，脑子里都在想什么？”

虽然他说得刻薄，但林溪知道是自己有错，赶紧道歉：“对不起，督导，我最近状态不太好，我会尽快调整的。”

“如果是身体不舒服，我可以放你十天半个月甚至一年的假。”梁启东看了她一眼，没动弹，吐了口气，手指有些不耐烦地轻叩了一下桌子，“那就是失恋了？”

林溪没说话，表示默认，这件事看来让他有些不耐烦，甚至带着些轻蔑，虽然只是一瞬间，但还是被林溪捕捉到了，她感觉被人鄙视了。

“你是在鄙视我？”林溪一瞬间把没过滤掉的话说出来了，要是老几岁，她绝对打死都会咽回去。

“是。”对方回得简直没有一丁点犹疑。

“为什么？”如果刚刚智商只是下降，现在应该是直接掉了，具体掉哪儿了不知道。

“你今年多少岁？”

“二十四，虚的。”

“你失恋多久？”

“半年。”林溪呸了一声，自己干什么老老实实回答？

“好，你觉得你到结婚之前还会失恋多少次？”

“这个……”林溪当时没反应过来他是在讽刺自己，真的具体估算了一下。

“你在这公司也有几个月了，但是没有结交到任何新欢，说明在这里没有你的主场，并且以后也很难发展，这显示出你的交际手段不高，抑或是你很难摆脱阴影，前者说明你情商待提高，后者说明，作为一个成年人，抗压力和自我控制能力很差，在职场，这两点都足以致命。

“我给你两点建议：第一，从现在起，别再出一点错误，因为你没有给我留下好印象，我一定会炒了你；第二，就是从这里出去，直接下楼，永远别再回来，回家哭个痛快。”

“我用整整五分钟来跟你说这些……”他看了一眼没有关的门，外面像是长了千百只耳朵，“就是因为不想再看到，有人跟你用相同的理由怠慢工作。”

林溪觉得自己又气愤又委屈，各种情绪塞在她脑子里几乎让她爆炸，被羞辱也就算了，还被人当了杀鸡儆猴的那只鸡，大不了老娘不干了！

她准备脱了高跟鞋扔他脸上打他一顿，然后逃之夭夭。在她弯腰的一刹那，理智突然跑了回来，提醒她，再熬过半个月就能转正了，还有，她的房租该交了。

结果当然是她很尿地选择了第一个建议，而且像淋了雨的鸡，在众目睽睽下，遮住脸跑了出去。

她唯一觉得有点幸运的是，她身边总是会有跟她差不多，甚至比她还倒霉的人，比如秦咪咪。

秦咪咪一毕业就跑去做售楼小姐，其实，林溪早劝过她，真的不合适，因为这是一份既要智力又拼体力的活，恰好这两样她都没有。

最重要一点，即便想充当一个没有任何业绩的门面，她也不够格，几乎断了自己所有的后路，简称，自杀式就业。

她们俩的小乐趣就在于每隔两天，用自己为数不多的薪水合资吃一顿麻辣烫，痛斥无良的上司、猥琐的同事，还有那个长着一对 24K 黄金势利眼的看门大爷。

“你知道吗，他就是个变态，从脑子到身体腐烂的变态，问我什么‘你觉得在你结婚之前你会谈多少次恋爱’。”林溪故意捏着娘娘腔的语气，“我还没骂他一把年纪，为老不尊，调戏女下属呢！臭不要脸！”两人几杯啤酒灌下去，就开始吐苦水。

“这世界什么多？臭不要脸的多，老臭不要脸的更多，我们那售楼经理的年纪都能生出我们来了，我都看见他摸站我前面那姑娘的屁股了，当时我叫了一声，他还死不承认，大声骂我，还要炒了我。”秦咪咪已经喝得晕晕乎乎，最后几句都是模糊不清的脏话。

“他们了不起，说炒我们就炒我们，你说你炒就炒，凭什么侮辱我的爱情呢？我失恋了难受一下都不行？这男的没真爱，一看就是没受过重大感情创伤的，才会变异成这样，我同情他。”

林溪也摇摇晃晃地举起手里的杯子，眼睛透过那半截黄汤，看到相互搀扶着的两个人影，她移开酒杯，睁睁视线模糊的眼睛，“那个女的，我怎么看着有点眼熟呢？”

接下来的一周，林溪比万军过独木桥还要来得小心谨慎，连别人吃完的零食袋都主动收拾掉，以防梁启东连这也赖到她头上。

她开会瞪得眼珠都快掉出来，认真做笔记以防自己睡着，每天晚上回家几乎倒头就着，老实说，就算连续加班一个星期也不会这么累，心里比身体还要累。

今天来了一个大客户，林溪把他列为橙色警报，连主管都说得神神道道，所有人严阵以待，里面梁启东一口流利英文做接待，一会儿设计部的人进去，一会儿产品部的人进去，最后连他们的小主管都进去了，林溪觉得除了他们这群没戴牌的非正式员工，几乎都进去了，这一群人逮着一个人忽悠，还不得把对方剥了一层皮？她有点同情这个客户了。

一会儿跑出来不知道是张三还是李四的人，随便指了一下最后点到林溪头上，其实，当时她的脑袋都快掉到地上去了，还是被一眼看中。

“去拿最新的产品设计资料来。”

“在哪儿？”

“在那边的桌子上。”

“那边没资料啊！”

“你是白痴啊，我说的是电子版。”他直接吼了起来，“U盘，白色的，快点，OK？”

我去，就这么两步，有骂我的工夫自己都能拿到了，摆谱真是人类不用学习的技能！林溪心里抱怨，踩着小碎步跑向那边。

桌上有一个白色的U盘，本来拿着就要跑，但林溪想着做事要严谨，以防万一，她检查了一下，找台电脑确认无误之后再送进去，却迎面撞上手里拿着咖啡的小红，被洒了一身。她没顾着烫，正准备进去，旁边一个实习的戴眼镜的姑娘拦住她："客户在里面，你这样怎么进去？我帮你拿进去。"

林溪想想也是，看着对方送进去了，自己才安心地回到洗手间处理衣服上的东西，刚开水龙头，就听到外面一声吼："这什么乱七八糟的，东西呢？"

刚刚那个小张还是小李的叫起来，像是螳螂被折断了两只脚，不停挥舞着锋利的大钳子，看到林溪，眼睛里一下就冒起了火："你是不是猪啊！里面居然是一百零八集的《婆婆回来了》，你是要猴呢，还是要我呢？"

"我就是在那个桌上拿的，我确认过。"

"你给我闭嘴，等会儿再跟你算账，谁还有最新的产品资料？"他看了一圈，气得跳脚，"指望你们，还不如去指望猪。"

"我这里有。"人群里一个存在感极低的姑娘站起来，林溪认得这就是刚刚那个好心人，帮她送 U 盘的戴眼镜的姑娘。

"笨死你们算了。"他接了东西，转身就进去了。林溪这才明白过来，这是被人算计了。那姑娘连看都没看她一眼，转头做自己的事情去了。

客户半个小时之后走了，林溪看到一群人送他出去，梁启东在最前面，像是明知考得特别烂的情况下，还必须耐心等待考试结果的孩子。

与其坐以待毙，不如主动出击。林溪跑上去，那个不知道小张还是小王的就像螃蟹看到蚱蜢："我正要找你。"他话还没说完，林溪直接扫灰尘一样拂开他，直奔主题梁启东而去。她知道跟这些趋炎附势的小人说没用，老梁才是掌握她生死大权的人。

梁启东看不出任何情绪，也是，冰块要是有情绪，那就不是冰块而是妖怪了。

“你机会只有一次，我说过的话不会改变。”

“梁督导，您能不能听我解释一下？我真的有确认过。”

“接下来的事情，你们要跟进好。”他跟旁边的人低头交代，快步转头往办公室方向走。

“梁督导，真的不是我的错，您听我解释……”林溪一路跟着，但是没人理。

也不知道是谁偷偷暗算了她一把，她被推得差点摔倒。她本来就因为被人冤枉憋了一肚子火，这时大气小气聚在一起了。

“梁启东，你站住！”喊出来的一瞬间，她都错觉这是别人鬼叫的，如果真是就好了。

周围所有的东西都呈现放慢好几倍的速度开始移动，以免动作太大引起注意，被当成出头鸟。

“你在叫我？”梁启东转头看她。

你是聋了吗？这是她当时心里的想法，但脸上还是笑着的。

“跟我进来。”他把手插进口袋。

反正都是走人，你还能打我吗？就算打起来，我也不一定会输啊！她这样想着。

“说吧。”他关上门，坐在椅子上，“你的解释。”

“你愿意听我说了？”林溪激动得不能自已，“我之前检查过那个U盘，是有人故意在我进去之前换掉的，这是恶性竞争。”她连个标点符号都不敢停，就怕他突然叫停。

“好，我听完了，你可以去财务领你最后一个月的薪水了。”

“我说了我是被栽赃的，你还要赶我走。”

“你说你被栽赃，有证据吗？”

“外面很多人都看见了。”

“那有人愿意为你做证吗？”

林溪想了一下，没有几天就要转正了，他们不会在这个节骨眼上惹一身臊。她郁闷地撇撇嘴："他们不会帮我做证的。"

"既然如此，你应该也没什么可抱怨的了，我让你进来就是让你说完想说的话，发完你所谓的怨气，安安静静地走。"

"你会不会太过分了？这几个星期我认真地做每一件事，你说我不认真、说我脑子笨开除我就算了，现在你明明知道我是被冤枉的，还要这么做，你这个人还有没有点人性？"

"既然如此，那我再教你一课，我，还有外面的人，都知道这事你是清白的，本来有很多种解决问题的方式，你却偏偏选了最笨的一种，嚷得尽人皆知，最好的结果，应该就是让栽赃你的那个人和你一起走，然后呢，这是你想要的吗？言尽于此，你好自为之吧。

"老实说，你应该先学会做人，再出来做事，你们这个年纪的女孩子，脑子里应该只有谈恋爱，失业就回家找父母，还是做个永远长不大的小孩适合你。"

"你这个浑蛋，冰块脸，变了异的大怪物！"林溪扯着嗓子大吼，想要在离开之前泄尽最后一口邪气。

梁启东的脸上连一丝波动都没有产生。

她吸了口气，鼻孔收缩，眼睛微眯，像是一颗被拉了引线的手雷："你老婆跟人睡了。"

他眼皮跳了一下，连看都懒得看她了。

"你老婆跟人睡了。"

"我听见了。"他抬起右手食指指指门口，"既然你骂完了，现在可以出去了。"

"你老婆真跟人睡了！"林溪跳脚，像只被打了兴奋剂的猴子，指指他桌上的相片，"就这个，那天我在外面撸串，看到她跟别的男人进了酒店。"

梁启东终于又重新抬起头，额上揪起的两道折皱，让林溪兴奋得恨不得蹿上天，腹诽：你也有这一天！

“恶意造谣、诽谤都是要负法律责任的。”他抬抬自己的手机，“我录音了。”

“你！”既然你不仁，就不要怪我不义！林溪愤愤地从口袋里掏出手机，像是掏出个手榴弹，要跟他同归于尽似的，她点了两下，梁启东的手机屏幕亮了。

“就知道你不信，我还特意拍了照片，留作证据。”她偷偷存了梁启东的号码，就是为了有一天自己受他迫害离开，半夜打骚扰电话用的。

他没有立即拿起手机看，眼睛只是一扫，虽然同样的没有表情，但是脸明显暗沉了一个色号。

林溪立马像被打了鸡血，血压直飙：“我在外面等了三个小时她都没出来，我敢断定她绝对不是进去做什么正经事的，肯定跟人睡觉了！”

最后一句喊得尤为嘹亮，幸亏梁启东刚刚进来关了门，否则，明天他被戴绿帽子的事情，就会迅速传遍整个公司。

空气里一片安静，在刚刚那一声嘹亮的大喊之后，这样的寂静就像天上掉下个空壳的鸡蛋，把他们两个都罩在里面，抽光了空气，隔绝在里面。

咚，咚！

突然响起敲门声，随即门口伸进来一个长脖子，上面挂着个小脑袋，像个等待喂食的长颈鹿：“督导，开会时间到了。”

“我知道了。”他又恢复了神色，径直走了出去。

瞬间失去了对手，林溪倒吸一口气：“我完蛋了。”

# Chapter 16 笑到最后才是赢家

这件事情来得很快，结束得更突然，梁启东没什么影响，工作还是高强度、高效率，林溪却尴尬了，整整三天，他都没有再跟她说一句话。

她也不知道自己是被炒了，还是没被炒，每天如油锅上的蚂蚁，被翻来覆去地煎炸，就是不知道什么时候完蛋。

这种焦虑几乎让她每天吃不好、睡不好，整个人都处于一点即燃的状态。

持续了一周后，她终于忍不了了，想着反正也转不了正，不如跟他鱼死网破。她现在就是求死的状态，只有梁启东亲口说出来，才能结束她的疯魔。

但是她料想错了，她的对手可能正处于比她更加疯魔的状态。

“嗨，梁督导。”林溪在洗手间外面截住他，“我觉得咱们两个可以组成一个失恋者联盟，毕竟我们有相同的苦恼。”

梁启东不理她，她就狗皮膏药似的粘住他，继续刺激他："话说回来，你有没有让她认识到自己的错误？当时一定特别激烈，动手了没？我想知道谁赢了。"

一天连续三次，林溪一直围着他："我觉得也不能全怪她，像你这样整天工作为重的人，连恩爱一下的时间都没有，人家很难不感受到寂寞空虚。"林溪没想到他会停下来，直接撞到人肉墙上去了。

他忽然转了身过来，林溪眼睛直冒光：说吧，快说，要开除我就快说，快说。

梁启东忽然嘴巴一咧，这个貌似微笑的表情吓了她一跳，这货还会笑？！

"你想让我开除你？"

"嗯嗯嗯。"林溪小鸡啄米似的点头。

"我偏不说，你尽可以放马过来。"当时林溪没有意识到，这句挑战的话语里包含着威胁的成分，两人的战争瞬间上升了一个级别。

林溪无孔不入地在他任何可能出现的地点，触碰到他的物件，刺激他，践踏他。她生怕他忘了，时时刻刻提醒他头顶一道绿光的事实，而他回击的手段也十分的猛烈，短短几天，她连保洁大妈的活都包办了，忙得像个陀螺。

自从拉起了警备线，她每天早到半个小时，拿着从家里带来的小音响，在公司里放《绿光》。梁启东有早到的习惯，每天都从大声的"爱是一道光"里走过，还配上某人边唱边跳的现场表演。

"林溪，我买了个按摩椅，刚刚送到楼下，请你下去拿一下。"

"这是应该的，毕竟你现在是身心遭受创伤的人士，应该帮助。"她早料到了。

“既然你这么有爱心，那就辛苦了。”梁启东补了一句，“对了，货梯坏了，快上班的点，客梯你应该挤不上。”

“我去。”

他看看手上的表：“还有不到十分钟就上班了，你要是迟到，今天的考勤就……”

“梁启东，我跟你势不两立！”林溪站在楼梯间扛着几乎比她高的椅子，汗流浃背，仰天长啸。

梁启东在公司群里发信息：下午三点四十开会。

下面一个戴着绿色帽子的头像第一个回“收到”，备注名“当然是选择原谅她”。

梁启东眉毛一颤，林溪！随后他的手机收到一条信息：我觉得，你把我开除之后可以雇我当你的恋爱向导，毕竟像你这么忙碌的人，很难谈上对象，又粗心，为了减少类似被人蒙在鼓中、被劈腿的情况再次发生，一身正气的我，义不容辞。价钱好商量，林溪附上。

他反手直接把手机拍桌子上，像是能直接砸烂对面那人的脑瓜子。

砰砰！突然响起的敲门声把坐在马桶上的人惊醒了，林溪摸了摸屁股，一片冰凉。

门下塞进来一包东西，人影唰地从门缝中消失了。

收拾完，林溪跑去外面吸烟室找那个恩人，一片缭绕的烟雾之中，捕捉到那个安静坐着的英俊男人，看到周围没有熟人，便凑过去坐在边上。

“林溪，你是不是疯了？”这是老梁开口第一句。

“不疯，咱俩当时是怎么好上的？”林溪问他，“我还没说你，来这么慢，我屁股都凉了。”

“要是被公司的人看到，一定以为我有什么特殊嗜好。”

“放心，他们下意识会觉得自己看错了，到时候你直接跑就行，就算真被看到，死不承认啊，谁叫你是Boss。”她笑道，“再说这也是给你一个赎罪的机会，谁叫你早上把我骂得狗血淋头。”

“那你装晕怎么算？”

“什么装晕，我那脆弱的小心脏，根本经不起你那更年期一样狂风暴雨般的刻薄言语，当时就休克抗议了。”

“就你那脸皮就算拿 AK47 打都穿不了。”老梁手上一支烟燃尽，又点起一支，看她空空的右手一眼，“婚没结成？”

“你不知道？我都快成公司年度新闻人物了。也是，你高高在上，哪知道这些民间消息？”

“怎么说？”

“被甩了，新郎跟女学生跑了，我彻底成弃妇了。”

“你也有今天。”梁启东难得勾了勾嘴角。

“你嘴巴很毒哦。”林溪挑眉，“说到这里，我想起来，我结婚那天，那雏菊是你送的吧？”

对方没说话。

“你说你是不是缺心眼，谁结婚送菊花？我觉得我之所以那么倒霉，都是你那花害的。”

梁启东觉得很冤枉：“你以前说你喜欢的。”

“我是为了装纯才那么说的，你包个大红包多实在。电视上那种前男友送个什么曾经有纪念意义的小物件，都是骗人的，现实中，但凡正常点、有理智的直接就扔脸上。”

“行。”他木着脸转过头，“既然婚没结成，把花钱给我。”对于不识好歹的人，就要用更加残酷的方式回击，说着他真伸出左手。

“好，算你狠。”林溪大腿一拍，“大不了，你结婚的时候，我送你个花圈，有几个品种的花，放着还有气势，比你大气。”她狡黠一笑，“不过，你都快要到不惑的年纪了，为什么不结婚？

也不谈对象，不是有什么隐疾吧？”

“关你什么事？”梁启东不爽地转转头，弹掉手里的烟。

“你这脸部括约肌好像越来越僵硬了。”林溪看他连皱眉的幅度都极小，伸出右手捏着他左面的嘴角扯了一下。

“你干什么？”

“我帮你活动活动，你再板着脸，我怕你以后成面瘫。”

“梁总。”旁边突然传来一个熟悉的声音，林溪奓毛似的跳起来，陈秘书！再低头看看自己的右手正捏着总裁的嘴角，她唰地一下站起来，松手，朝他呈九十度鞠躬，这些动作几乎是在同一时刻完成的。

“对不起梁总，虽然我早上晕倒了，但是我已经深刻认识到自己的错误，并且从骨子里开始反省，谢谢你再给我们宁开店所有员工一个机会。”

“我什么时候说给了？”梁启东眼珠转了转，说。

林溪跟聋了一样，完全忽略掉他的抗议，转身跑了。

“梁总，那边徐副总找你。”陈秘书转头往外看看，“刚刚那个是晴川宁开店的经理吗？”

“嗯。”

梁启东起身跟陈秘书去了商务舱候机室，徐副总正在拿笔记本电脑办公，看到梁启东进来，放下手里的东西，身体坐得笔直，昂起头，像只高傲的孔雀。

“你找我？”

“这里的咖啡很不错，我帮你点了一杯。”她两腿夹住，声音憋住，很是嗲。

“谢谢。”梁启东在旁边的椅子上坐下，拿了英文报纸看，刚拿起杯子，徐副总就凑近跟他说话，手一抖，咖啡洒他手上了。

“不……不好意思。”徐副总惊得花容失色，拉了他的手要帮他擦。

梁启东抽回手，离了稍微远一点：“我不太喜欢别人碰我。”

这下女人的脸彻底烧红了，鞋底厚的粉也像透了光的油纸，印出不自然的色泽来，她讪讪地收回了手。

陈秘书在旁边简直想笑，这个徐副总一直对梁总有好感，就说来晴川的这一路上，两人没少对招。

一行人坐了五个多小时的飞机，到达海岛的时候已经过了六点。临近饭点，晚上这一餐来得尤为即时，总共订了三桌，各城市的督导还有梁总、徐副总他们一桌，林溪等六人必然坐在一起，本来想叫李奇来这儿，但是这家伙从下午起就不知道闹什么别扭，连晚饭也不吃，自己待在酒店里。

林溪已经快饿扁了，看着满桌的菜，眼露精光。

# Chapter 17 敬酒礼

林溪这一桌上几乎集齐了所有不得志的壮士，另外一桌就是天之骄子了，林溪奇怪了，吃个饭为什么还要搞这种形式，一开始很不满意，硬挤过一次，意欲结交点有志之士、有能之师，结果除了收到一片不屑的目光，和憋了一肚子的火气，就再也剩不下别的了。千万别觉得，脱离了学校就不会被分为好学生和差生，到了社会你就会发现，天下就是一个大染缸，都是一样一样的。

不喝酒的时候，大家都人模狗样的，喝了酒就乌七八糟什么都往外倒，一开始林溪觉得很有意思，因为大到公司来年发展，小到晚上夫妻生活是否和谐，一直听到最后的细节。但是这群借酒浇愁的酒鬼偏偏没一个人酒量好的，结果就变成了众人皆醉她独醒，这种滋味可不好受。

她准备今天填饱了肚子，趁还没进行到最后一步，早点开溜。旁边的吴胖拿出一个啤酒瓶放桌上圆转盘上，中间的零碎菜先撤了，这个酒瓶子就像是古时候选人上刑的玩意儿，看到这个物件，一桌子的男男女女都肃然起敬，这个简称为，敬酒礼。

凡是和领导或者家里长辈吃过饭的应该都知道，不管大宴小宴，但凡在年龄上或者地位上高出你的，都要敬酒，哪怕你们隔着几张桌子，甚至像他们这样还隔着两个房间的都要过去敬酒，否则就叫作不懂礼节。

这事压根跟他们这些有了今年，不知道还会不会有明年的人没什么关系，但是，谁叫隔壁那些“天之骄子”这么喜欢和上司打交道，不光敬酒，还要来回好几拨，他们如果不去敬酒，就显得他们很不识时务。这种时候，林溪就觉得这特别像上学的时候，好学生都喜欢跟老师待一起，坏学生避之不及。

为了避免被当作不识时务的人，所以他们想出了由瓶子决定谁去敬酒的办法。林溪已经侥幸避过两年，可这一次瓶子停止旋转时，她正对那漆黑的瓶口。

她很无奈，周围的人明显地松了一口气，她拿起杯子站起来，打开门出去，在关上门的一刹那，听见里面热闹了起来。

她怕去敬酒的理由和他们有些不一样，他们是不想因为自己业绩太差去领导那边现眼，但她早就练得一身刀枪不入的本领，她怕敬酒主要是因为，在这种场合，马娘娘、梁启东还有她三人都在，并且谁都跑不了。

这个因缘际会，源自于她当年年少轻狂，不知道有一句话叫作来日方长，还有一句叫作自掘坟墓。女人憎恨另外一个女人，并且能够看不惯长达好几年之久，除了杀死对方全家外，只有一个原因就是男人。

当年梁启东蹲的是马娘娘的坑，马娘娘蹲的是林溪现在的坑——宁开店的店面经理，林溪当时顺利与设计师的职位失之交臂，去了业务部门。

下派的时候，梁启东因为大公无私也没给她说一句好话，结果她就去了宁开店面。一开始，她们还是点头之交，但自从她看出马娘娘对梁启东有贼心之后就心里不爽了。

那时候这男人还是她的，她怎么能够容忍这种事？所以，有一次梁启东来接她的时候，又看到马娘娘穿得花枝招展，她当时就在车上搂着梁启东亲嘴。

马娘娘那脸色，她到现在回想起来还有一种看了鬼片后毛骨悚然的感觉。所以秦咪咪说她这么多年受到的欺压，完全是当年的不厚道造的孽，是她自己找的，她也没话可说。

自此以后她就知道要对情敌好一点，风水轮流转，谁知道哪天人家会不会变成自己上司。

她要做的只有一件事，那就是敬酒时绝对不能和梁启东有任何接触，哪怕一个眼神对上，都会让马娘娘重提旧事。

她敲了两下门进去，看到一屋子的大佬，梁启东坐在中间，她的满脸堆笑模式就开启了。看到不是什么重要，甚至都小到不需要搭理的人进来，里面还是吃饭的吃饭，讲话的讲话，林溪就这么被晾在了一旁。

她也不介意，反正她随便和每个人碰下杯就算任务完成。她绕了一圈好像都没人看她，梁启东看了她一眼，示意她过去。

林溪瞥了眼马娘娘，吓得心里一颤，转头就先敬马娘娘。

“这个次序不对吧，应该先敬梁总。”人家不接她的茬。

她哪会这么傻，要真傻乎乎地敬梁启东还不是找死。于是她转向一边去敬徐副总，反正梁启东和徐副总坐在一起，两人一起敬就不算特殊了，她不禁感慨自己的机智。

她快走几步过去。徐副总在低头看手机，没注意到她，她手刚伸过去，徐副总脑袋恰巧抬起来撞她手上，半杯酒直接洒徐副总身上了。徐副总惊叫一声，一下站了起来。林溪被她肩膀撞到鼻子，往后倒去，一下摔在地上。

“怎么搞的？真是。”徐副总都没回头看她一眼，就忙着低头擦裙子上的酒。

林溪趴在地上，像只乌龟，鼻子里有热乎乎的东西流出来，旁边有几个还存善心的想过来扶她，但是又怕得罪徐副总，只相互看了看。

徐副总擦擦自己，转头看到梁启东身上也有，伸手就帮他擦。

“拿开。”

她不确定梁启东是不是在对自己说，抬头看到他紧紧闭着嘴巴，脸色已经冷了下来。“什么？”她怯怯地问了一句。

他直接伸手抓住女人的胳膊，推离自己半尺，松开手：“我说过，我不喜欢别人碰我。”

她从来没见过梁启东发这么大的脾气，一时忘了反应，其他坐着人的都尴尬了。

林溪抹抹鼻子，手上一道红，手臂上忽然传来一股力道，把她拽起来，她刚回神就看到马娘娘面无表情的脸。

马娘娘塞了几张纸到林溪手上：“我先带她去处理一下。”说着牵狗似的把她往外面带。

有人转移了话题，其余人自然赶忙跳过，继续热闹起来。

到了卫生间，林溪捧着水清洗，马娘娘让她举着手，又给她塞了几张纸。她从来没想到，马娘娘居然是这么好的一个女人。

“谢谢督导。”她尽量使自己的笑容看起来憨态可掬，鼻子里塞的纸也很应景地增了傻气。

“我可不是在帮你，那种情况下，如果是梁总来扶你，那谁都下不来台。”马娘娘伸手洗洗沾了血的手。

“怎么可能？”林溪笑笑，转头却看到马娘娘变了色的脸。

马娘娘抽出手纸用力擦手上的水，声音几乎是从牙缝里挤出来的：“你知道，他会的。”说完扔了手纸，头也不回地走了，只留下林溪一个人在原地发愣。

林溪带着伤回去的时候，众人关心地跑上来，其实主要是关心她有没有惹什么乱子。她把前因后果挑挑拣拣地说了，让大家放了心。他们重新说起之前的话题：“刚刚说到哪儿了？”

“说到梁总在晴川当督导的时候曾经和公司的一个女员工谈过恋爱。”

林溪刚在喝果汁，差点一口喷出来，见旁人投来不解的眼光，解释道：“没事，没事，你们继续。”

“真的假的，就梁总那种大冰块，生人勿近的，谁那么大本事能把他拿下？我可听说，当时公司里对他有意思的姑娘能装一卡车，就没听说谁得手。”

“我说你别不信，我可是听公司里老人说的，那个时候梁总总往宁开店跑，被人看到过好几次。”八卦男转头意味深长地看着林溪，“你猜是谁？”

“我怎么知道？”林溪尴尬地笑了：这货不会真知道是我吧，当时保密工作做得挺好的，马娘娘那么骄傲的人，更加不可能告诉别人，她想要的男人跟别的女人好上了。

“就是……”

“快说啊，别故弄玄虚。”天哪，林溪都想逃走了。

“就是当时宁开店的店面经理，马丽莲。”林溪一口气吐出来，对不住了马娘娘，又让你背了一次锅。

“不会吧，我都没见过他们有什么互动，怎么也不像曾经好过的。”

“你也说了是曾经，说不定就是闹翻了才分的手，没互动有什么奇怪的。”

“这马丽莲还有这手段，没看出来啊，平时看起来挺傲气的一个人，背后隐藏得这么深。”

“像梁总那种男人，但凡有点追求的女人都不会放过，有钱，长得也好，单身，最主要的是以他今时今日这地位，这些年连个绯闻都没有，简直是个绝了种的现代版柳下惠，我要是女人我都想嫁给他。”

“你是想嫁给他还是想吓死他？”

“我以前以为，梁总那样有事业心的男人，都不喜欢在公司里找，选的肯定是海归女博士、豪门千金什么的，原来也这么接地气，看来我也可能有机会了。”

“他的标准就算降到地上，也不会选你的，你还是省省吧。”

“你们说马丽莲到底是怎么追到梁总的？要不是她那人不好说话，我还真想去讨教几招，就算追不到梁总，追个孙总、王总什么的也行啊！”

林溪窝在最里面，吃着刚刚上来的小点心，看到围在一起讨论追男秘籍的一群人，他们哪里知道，她其实压根没追过梁启东，而是梁启东跟她表的白。

回忆又开始往前推……

“这么多。”林溪看到那个不知道小王还是小李的家伙抱了一堆资料放在她桌上，任务：归档整理资料。老娘是实习设计师，不是给你做杂活的隔壁二傻好吗？

这货就是上次让她拿 U 盘资料、弄出一大堆事的祸首，还玩起看你不爽，玩死你的戏码来了。

“干吗？不想做，可以走人啊！”对方态度很是嚣张。

我去！林溪吸了口气，这家伙就是想激怒她：“怎么可能，不就是加班吗？”你给老娘等着，以后不要走夜路，等我离开公司之后，第一个打梁启东，第二个就打你。

她心里已经默默用小本本记上了，到最后还是没弄明白这人叫啥，所以备注：不知道叫小王还是小李的丑家伙。

到了六点，同事开始陆续下班走人，林溪心慌慌的，越加心烦意乱起来，旁边坐着的小红看她键盘上的按键正在一个接一个地起飞，为了防止按键飞自己脑袋上，迅速收起了东西：“你上班这么久，就加过这么一次班，你这心态也太崩了。”

“本来这个点，我应该在慢慢悠悠地收拾东西，戴上两只耳机听一首周杰伦的《简单爱》，一路晃到楼下，骑上我的小黄去迎接夕阳，吃个晚饭，洗个澡，然后上床看一集《婆婆回来了》，在十点半准时睡觉。现在就因为这个莫名其妙，没有意义，最重要的是没有薪水的加班，我有序的生活全给毁了。”

“说得这么严重,你一个晚上压根什么有意义的事都没做。”

“任何对我生命健康有益，还有让我心情愉悦的事情，对我来说都是有意义的。”

小红摇摇头，一副孺子不可教的样子，转头看看里间的办公室：“你看看梁督导，我从来没见他准时下过班，之前那个徐督导走的时候还留下一大堆烂摊子，还有不到三个月就要年终大算了，所有的压力都落在他一个人头上，他都已经熬了两个通宵了，你这才哪到哪。”

林溪没有她的感慨，心里嘀咕：难怪老婆跟别人跑了呢。

看着灯一盏接着一盏地灭掉，到最后连窗户外面的灯光都星星点点了。

“啊，终于结束了！”林溪从那一大堆纸里抬出脸来，伸着懒腰。

本来能提前两个小时结束的，结果因为太困，后面打字直接串行了，她只能重新录入。她感觉这一晚上，就像是站在河边被人推下去，又捞起来，总结一句，求生不得，求死不能。她感觉肚子越来越空，脑子也混混沌沌的。

她拿起表一看：“我去，两点多了。”起身去厕所洗把脸，转身折到一边的茶水间倒杯茶水。一个晚上，她感觉身上的水分都被电脑辐射吸干净了，等热水的时候，瞥到里间还有灯光的办公室，梁启东还在吗？她打了打哈欠，两只眼睛就像抹了胶水，合上了。

旁边突然打开柜门的咔嗒声赶走了她的睡虫，梁启东穿着白色衬衫，袖扣解开，伸手就拿柜子最上面的咖啡罐。

林溪本能地往旁边挪了挪，她现在可不敢惹他，夜深人静，公司人全走光了，要是在这儿被他害了，都没处喊冤去。

她拿余光瞅他的动向，他高她很多，撇开个性的话，从这个视角看他的侧脸，鼻子挺，嘴巴薄，轮廓立体，长得还是挺人模狗样的。

咦！我想什么呢，太猥琐了。林溪马上质疑自己，难道在夜晚，人真的会变得思想复杂，变成禽兽？她还是早点下班，骑小黄回家吧。

“喀喀。”梁启东没看她一眼或者说一句话，咳出来的声音带着浓重的鼻音。林溪倒水的时候转头看到，他抓着杯子的手在轻微颤抖。

“你生病了？”

他瞥了她一眼，喉结滚动：“不关你的事。”

“我去，我只是随便问问，真以为我关心啊，嘁！”林溪倒了水转身就走，一肚子火：什么人啊，病死你最好，那样就没人开除我了。

她的小九九还没打完，后面扑通一声，像几床叠好了的被子掉在地上，她转头一看，梁启东呈虾形躺在地上。

“什么情况？”她又回去，把杯子放在桌上，蹲下身子去看他，只见他脸色发红，她伸手一碰他额头，烫得她差点叫起来，没反应过来，又被一爪子给拍开。

“别碰我。”他闭着眼睛喊。

“你是什么黄花大闺女？我就碰你怎么了？”她最烦别人挑衅她，伸出几个手指，就像挑猪崽似的随便戳，对方又是一阵咳嗽声。

“装什么呀，你跟你女人一起的时候，有本事也让她别碰你，装什么纯情。”

“你闭嘴！”他突然吼了一声，林溪还从来没听过他用这么高的音量表达情绪。

“吓我一跳，平时不是挺冷静一个人吗，一生病卸铠甲了？”林溪知道他现在没能耐反抗，就逮着病人欺负，“我看你平日的镇定都是装大尾巴狼。其实，你女朋友这事对你打击挺大的，只要是人，都会有心情不好的时候，很正常，你把自己绷这么紧，活得累不累？”

“这是我自己的事，不用你管。”

“你平时不是专教我做人吗？别以为你比我多吃十年饭就了不起，现在也轮到我教育教育你了，中国人讲究有来有往，何况，你现在没能力反抗。”她伸手就去扛他。

“你干什么？”

“梁大叔，现在已经两点多了，整个公司除了我这个活物以外，已经没有别人能帮你了。当然，你也可以在这里一直躺到早上八点，不过，就您这年纪加上这个身体温度，到时就算能救活，应该也变成白痴了。”

虽然她自负女壮士，但是驮起一个成年的男人还是相当吃力的。

“重死了，你没事长这么高、练这么多肌肉干什么？”

林溪顶到他的胸膛，感觉像块板砖一样硬。

梁启东也撑起自己的脚，努力想走两步，减轻负担，两人就这么一步步往外去了。

“你看起来瘦，劲儿还挺大。”

“那得感谢领导您平常教导，让我把椅子从楼下搬到楼上，再搬去楼下，练出了一身好体力。”

出了公司，马路上在跑着的车几乎没有，偶有一辆都是倏忽而去，林溪扶梁启东在马路牙子上坐下，自己跑去拦车。

几辆车都从她身边飞奔而过，装作没看见。也是，半夜三更一个妙龄女子拦车，一般人都会心存疑虑，冒出被迫害的幻想来。她最后在打了车，坐在路边等。

梁启东垂头坐着，脸烧得更红了，一阵风过，身子哆嗦起来。

“你是不是冷啊？”见他还是垂着头不说话，林溪把身上的外套脱下来直接给他裹上。好在她今天穿了个斗篷，否则就梁启东这个体形，根本遮不住。

“你自己捏着两个角，免得等会儿掉了。”

他手都没抬，迷迷糊糊直接往另外一边倒去。

“喂。”林溪拉着他的胳膊，绕了一圈把他硬生生给拽了回来，吐了口气，“算了，救人一命胜造七级浮屠。”她伸手把外套反过来罩在他前面，“先说好啊，我不是要占你便宜，也不是要碰你。”

梁启东脑袋昏沉，忽然就撞进一个温暖的怀抱。林溪伸出双手环抱大树一样抱住他，让他两边胳膊压着衣服不让它掉下去。过了会儿，她终于感觉到他冷得发抖的身子渐渐缓和了。

“林溪……”

“嗯？你不用太感谢我。”

“你头发跑到我嘴里了。”

“嗯……你自己不会弄一下啊？”

“我胳膊被你夹着。”

“好吧。”她甩甩脑袋。

“还有，你为什么不叫救护车？”

“我去！”林溪大叫，“怎么忘了还有这种操作，你不早说。”

“算了。”他闭上眼睛，嘴角微微一勾，“反正你做事从来不动脑子。”

把梁启东送到医院又是检查，又是输液，林溪跟在后面折腾得直接在椅子上睡着了。

“家属可以进去了。”一个护士大姐过来喊了两遍，第一遍的时候，林溪迷迷糊糊地答应一声就又睡着了，然后人家已经做完了一遍事情，回来的时候发现她还躺在那里……

她揉着眼睛进去，梁启东穿着病号服的样子让他看起来善良多了，他睁开眼睛便看到她一脸迷茫、头顶鸡窝的样子。

“你怎么还在这里？”

“嗯？这不是要等你确定没事吗？”

“现在是你有事了。”他抬抬左手上的表。

“啊！”她掏出手机一看，“完了，我迟到了，我的考勤、我的奖金。”这突然的打击几乎让她直立不了，她一头栽到旁边的病床上，然后就不动了。

这下梁启东蒙了：“你迟到了。”

“反正已经没了全勤，今天上不上班都一样了，我好困。”说完这句话，她立马就去会了周公。

梁启东动动嘴巴，光线从窗户外面射进来，在他的脸上映出好看的光影：“林溪，你是我见过的最公私不分的人。”

这件事情的收尾，是林溪最终还是如愿拿到了全勤。理由当然是因为主管要拍梁启东的马屁，又因为林溪是助人为乐才迟到的，所以从宽处理，轻轻抹去了。

其实，这也就一句话的事，梁启东这个白眼狼不帮自己说话也就算了，还要求秉公处理，当时林溪就恨不得将一只鞋扔过去，直接拍他脸上。

这件事情也给她带来点好处，就是她顺利转正了。当然，凭她的实力自然在设计师考核中被轻松淘汰了，公司干脆安排她去下面的店面当销售。其实也挺好的，林溪觉得自己的天赋一直没有被挖掘，就是没做对正确的职业。

唯一遗憾的就是她要离开总部去宁开店工作，一起来的小伙伴也各有安排，大家吃了一顿散火饭，就各自奔前程去了。而在她最后收拾东西的那一天，也没能在公司再见梁启东一面，只看着里间办公室的玻璃，遥遥说了一声再见。她当时想的是再也不会见了。

日子慢慢地过了两个月，她去的宁开店面，那真是一言难尽，左边是鸡鸭鱼肉叫卖声，右边是夫妻吵架声。

这才两个月，她已经觉得自己老了，生意很少不说，只能坐在门口嗑瓜子，上司又整天板着一张脸。

有的时候，她都怀疑自己是不是命不好，为什么遇到的领导总是更年期那一类的，就不能派个和蔼可亲、和颜悦色的老头或者老奶奶吗？这样一起过过这种生活，还挺有共同语言的。

忽然有个人在门口东张西望，林溪以为他是隔壁卖菜的，或者是隔壁遛弯的阿伯，冲着他笑笑，算是招呼了，然后继续嗑手里的瓜子。

“姑娘，我是看着广告来的，你们这是卖家具的不？”

这下可把林溪乐坏了。

“客户，终于有客户了。”她连忙站起来掸掸身上的瓜子壳，收起小板凳，打电话叫马娘娘回来。马娘娘也不容易，平时除了让林溪看门，自己还要开车去附近小区找客户，而且得自己出油费，不能报销。

虽然马娘娘平时是一个挺压抑自己的人，但是林溪还是能够听出来，电话里的马娘娘明显有些激动，跑进门的姿势和《红楼梦》里的凤姐差不多。

询问的是阿伯，正式谈起产品的时候，居然来了一大家子，有老伴、儿子、儿媳、孙子、孙女，还有一条中华田园犬，林溪都不知道他刚刚把这些人给藏哪儿了，突然变出来这么多人。

不大的店面，瞬间变得跟开庙会一样热闹，两个老人都挺好，媳妇抱着小孙女坐在一边看，也不多话，儿子在他们说话的时候，到处走走看看店里的东西，小孙子就追着那条狗满店跑。

马娘娘和林溪使出了浑身解数，把最新的产品、三套常规方案，还有各种风格搭配的样板照片，都拿出来给他们看。

“都挺好的。”老太太点点头，两人是看这个也好、那个也好，林溪知道这个年纪的老人节俭，肯定也关心价钱，介绍的都是性价比很高的产品，老人的卧室，还有小夫妻的卧室，包括儿童房，她都挑选了几款家具，让他们试坐。

整个气氛其乐融融，林溪以为这单肯定成了，对方至少也会交个定金，有后续发展，谁知道马娘娘一提定金，就像是丢到了水里的闷弹，什么水花都没溅起来，然后不了了之，只是约好说下一次再碰头。

这让林溪着实郁闷，连瓜子都吃不下去了，跑到旁边卖煎饼的摊，打算弄个煎饼凑合，然后在外面转转，现在回去，马娘娘的脸色肯定会让她连煎饼都吃不下去。

两个月，她一单都没开，拿着底薪过的日子几乎和当实习生没什么区别，都是要饿死。什么时候才能出人头地啊？！她坐在空地上的长条椅上，将脑袋靠在椅背上，这样想着。

旁边忽然坐下一个人，她心里不耐烦起来：“老伯，这里有的是凳子，你就别跟我这个失意人抢了。”她看都没看一眼，反正这附近也不会有什么年轻人。

“失意人吃煎饼，装可怜？”

林溪忽然一愣，转头看到旁边西装笔挺的男人，完全跟这个空间格格不入。

“梁启东，你怎么在这儿？”

他抬起手表：“现在是上班时间，你应该叫我梁督导。”

“哇，几天不见，架子都变大了。”林溪破罐破摔，索性不理他。

“你就打算一直坐在这里？”

“领导，现在是午饭时间，你管得也太多了吧。”林溪晃晃手里的煎饼，说得有理有据。

“既然某人不想拿提成，也不想听教育，那就算我多管闲事了。”他站起来就要走。

“等等。”林溪喊他，笑道，“你是不是想偷偷给我点好单子？”

“好的单子属于有能力的人，你想要，得凭本事。”

“嘁，就讨厌你们这种画大饼的人，我怕我还没学到本事，就先饿死在前进的路上了。”

“那我帮不了你了。”他转身又要走。

“停。”林溪急躁地喊他，“你这人怎么回事啊，你来不就是想要帮我解决麻烦的吗，怎么老是走？”

“你怎么知道我是来帮你忙的？”他转过头，手插在口袋里。

“当然了，以你的个性还有对时间的珍重态度，你会就为了跟我讲几句刺激我的废话，过来找我吗？”

梁启东嘴角动了动：“对了。”

“什么对了？”

“你通过我的性格还有做事态度，能够在此时此刻揣测我的心思，这就是判断力。如果你能够像分析我一样，吃透刚刚那一家人的性格身份，揣测他们的所思所想，刚刚那一单你不会拿不下来。”

“你看到了？你什么时候进来的？”刚刚店里面闹哄哄的，林溪完全没注意。

“身为督导，我有义务对每个店面的情况进行考察。老实说，刚刚你们的表现我很不满意，那个老伯跟你说话，你就冲着他介绍，一会儿他儿子过来问几句，你又转移注意力，从头到尾都在被客户带着走。”

“他们家里虽然人口多，但是一定有一个能拿定主意的，还有一个是关系到这件事情是否能达成的关键人物。”

“你是说，买这个房子的儿子，还有她老婆，夫妻矛盾？”

“不对。”梁启东摇头，“这对年轻夫妻目测三十岁左右，儿子不怎么说话，甚至有些木讷，很可能从事的是技术工种，而且他从头到尾连凳子都没有坐一下，就证明这个家不完全是他说了算，他也不怎么管事。”

“他们的新房子是独栋，大约有三百平方米，以他的年纪还有工种，很难一下子在晴川这个高物价的地方买这么贵的房子。很有可能的情况为，两个老人付了首款，年轻人还贷款，这样的话，这个房子他们两代人一代一半。”他断断续续地说，“知道为什么他们一直都表现出满意，但是没有一个人松口说要定吗？”

“不知道。”

“你们的方案都很好，不过好不过他们心里的计较。”

“什么意思？”

“大家庭，每个人心里都有自己的算盘，简单来说，你们以为这是夫妻新房，所以小夫妻卧室的配置价格高于老两口。这里你算漏了两个人的关系，就是婆婆和儿媳，婆婆因为自己房里的家具比媳妇的便宜，心里不舒服，儿媳虽然同意，但是明面上也不能这么做，至于两个男人，你也看出来他们都是中立派，所以，主张的人还有关键人物你们统统搞得一团糟。”

“我明白了，只要把两个人的预算放到差不多就行了。”

“我只是指出你们今天的问题，至于以后能不能接下这单就要靠你自己了。”

“梁启东，为什么你这么厉害，能一眼就看出人家的心理？”

他指指路上：“我再免费教你一招，从今天起，你走在路上或者坐车，只要迎面过来的人，你都要在第一时间，从他的穿着打扮、谈吐气质来判断他的职业、性格和脾气。”

“你就是这么练出来的？”

“当然了，这也要一定的天赋，你不一定有。”

“那你看出来，我现在心里想干什么吗？”她挤眉弄眼。

他看了她一眼，嘴角一翘：“我看出你想找死。”

“我是想让你死。”林溪伸手就要掐他脖子。

“现在是上班时间。”

“去你的，你的命还是老娘救的，不就是活得比我久、经验多点吗，你嘚瑟什么？”

“侮辱上司，你这个月的奖金没有了。”

“……”

接下来的日子，林溪真的照着梁启东的话认认真真实行了，还不时通过信息求助，终于顺利拿下了老伯家那一单。签单的那一刻，林溪觉得，人在天堂也不过如此了。一想到下个月自己的户头里不再是零了，她就高兴到飞起。

“喂喂，梁启东，我签单了。”林溪签单后第一时刻，就拿电话给他报喜，“这下你再也不能小瞧我了。”

“是吗？那恭喜你了。”

“你怎么这么冷淡？就不能兴高采烈地恭喜我一下。”

“我兴高采烈地恭喜你。好了，我挂了。”

“什么人哪，真是。”林溪甩了甩辫子。

梁启东站在玻璃窗外面，看她愤怒地捶了两拳旁边的抱枕，微微勾了勾嘴角，转身朝自己车的方向走去。

他知道林溪今天要签单，结束了早上的事情就立马开车过来了，怕她搞不定，想要给她点帮助，毕竟要是签单失败了，她还不知道要怎么闹呢，没想到这家伙还真有两把刷子。

# Chapter 18
# 是那种可以亲吻的喜欢

最近梁启东养成了一个坏习惯，只要去到宁开店面方圆一千米以内，就会自动跑到那儿去，也不进去，就坐在车里看一眼再回公司，他知道自己是犯花痴了。

就像是季节性流行感冒，再怎么身强体壮，也可能感冒。与此同时，还衍生了一些其他病，比如忽然有如牛大的心眼变得如豆一样小，还有一种患得患失之感。这种病和感冒的区别就在于，前者你能寻求医生帮助，后者你就只能自我消化了。

林溪最近进步很大，他要暂时收回那句说她没有天赋的话，虽然她的业绩仍然一塌糊涂，但一个人的心理状态还有生理状态，完全可以从气色上窥之一二，他们两个的气色就像气象表上的红蓝，呈现两极分化，并且还有越跑越远的趋势。

林溪高兴是因为之前的老伯给她介绍了笔生意，并且对方还是个单身的富二代，现在回国置房，正是春风得意。梁启东不高兴的原因也是这样，这种雄性地盘发出的警报信息，有的时候，男人比女人还要敏感。

林溪把孙先生送到门口，两人握手告别。孙先生比林溪大不了两岁，但是为人十分有教养，钱堆出来的气质就是不一样。

“谢谢您选择我们公司，我们不会辜负您的信任的。”

“我相信你的专业。”他笑笑，“不知道什么时候林小姐才能有空一起吃顿饭？毕竟你也帮了我的忙。”

“这个……”林溪理理头发，她哪里不知道对方的心思，但是也不好得罪，所以一推再推。

“那就我来定，明天晚上六点，下班后我来接你。”

林溪想说两句，脚下没注意台阶，多跨了一步，直接往下扑去。孙先生拉住她胳膊，左手握住拳头圈着她的腰。林溪觉着这男人还算有风度，没有趁机揩油，有的时候流氓和绅士只有一线之隔，取决于对方的长相。

他们自以为身心纯正，但是这一幕让别人看到，就很有打情骂俏的意思。

林溪目送孙先生上了车，其实她看的不是他这个人，而是他线条流畅的保时捷。

“这家伙，怎么这么好看呢，要是我也能有一辆，啧啧，我要整天睡在车里，抱着它简直就像拥抱了全世界，人生完美。”

“口水流下来了。”

“啊？是吗？”林溪擦擦，一转头被吓了一跳，只见梁启东面无表情地站在面前，“你怎么在这儿？”

“路过。”他看了她一眼，“你对我们公司是不是有什么误解？”

“啊？”

“我们是正经公司，上班时间在店门口做出有伤风化的行为，我不管你个人私下利用什么手段，但是工作就是工作，你的行为已经严重损害了公司形象。”

“我怎么有伤风化了？我跟他在门口亲嘴了吗？还说我出卖色相，你有证据吗？小心我告你诽谤。”

“有。”他掏出手机打开，屏幕上就是孙先生刚刚扶她的那一幕，“你觉得但凡有点判断力和想象力的普通人看到这张照片，会觉得这是什么情况？”

“你还学会拍照了。”

“跟你学的。”他手机一收，“我去拿给马经理看，她应该会有话说。”

“你！”林溪指指他，“好，算你狠。我不理你。”

“认识到自己的错误了吗？”

“我有什么错？”

“马经理。”他头一偏，喊了一声。

“好好，我错了，我错了。”她伸手摆了摆，“梁督导，您大人有大量，嘘。”

忽略掉她乱飞的白眼，梁启东觉得她的态度还算诚恳，低头看她身上一眼：“丑。”

林溪看看自己的衣服：“大叔，这是公司发的制服，你说公司的衣服丑？”

“我说你丑，明晚不要这么丑。”

“我去，明晚什么日子？”

“公司聚餐，分店和总部业务部都会参加。”

林溪忽然说道：“我有事。”

“不准。”他头也不回地回了一句。

第二天，梁启东坐在主桌上，盯着来来往往的人就是没看到林溪，眼睛都快看瞎了，他没想到这厮如此大胆，竟然真的不来。

他躲过一拨拨敬酒的人，到了外面，拨给那个找死的家伙，那边过了好一会儿才接。

“你在干什么？”

“吃饭。”那边说话很小声，像是在很安静的地方。

“我知道，我是问你在哪儿吃饭，身为员工，公司聚会都不参加，这是离心离德，不尊重公司也不尊重个人的举动。”

林溪觉得他再说下去，自己都有卖国求荣的嫌疑了：“你太夸张了吧，现在是私人时间，我爱干啥干啥。”

“你在哪儿吃饭？”

“不告诉你。”

“行，你明天不用来了。”梁启东说完就挂了电话。

几乎是立刻，林溪的电话就回过来了：“大叔，你不是玩真的吧？”语气真诚又急切。

“我不开玩笑。”

“哎哎，我告诉你行了吧。”林溪说了店名，飞快地挂了电话，以防他再变卦。这男人最近更年期变严重了，简直神经兮兮的，老男人是不是都这样？

“是急事吗？”孙先生坐在对面问，他正在熟练地切着盘子里的牛排，动作像弹钢琴一样，切好了还排列整齐，虽然此举有摆酷的嫌疑，但是看在是切完给她的分上，她就心满意足地接受了。

“没事，我上司，最近神经搭错了。”

“我听说你们上班都很辛苦，尤其在这种大企业，各种领导一定很不好对付。”

他安慰的部分她完全没听到，注意点全落到了前半句：“听说过？”这货不会从来没上过班吧？

像是看出她的疑惑，他说得轻松：“我没当过员工，我是老板。”

林溪想哭，感慨自己命途多舛，同样是人，命怎么差这么大。

梁启东看见两个人一起出来，而且女的还面带微笑的时候，几乎要爆炸。他自己一大桌子菜都没吃，就跑到这么远的地方来，这家伙看起来吃得倒挺开心的，好像还胖了一圈，他气冲冲地就要开车走。

林溪的大脸突然贴上车窗，吓他一跳，他慢慢打开车窗。

“你这大路虎，我老远就看见了，你在这儿干吗？”

“路过。”

“路过？这距离聚餐的地方可有十几公里。”

“上车。”眼看被拆穿，他甩给她一个冷眼。

“干吗，要送我，这么好？”

“不上来，我就直接开车撞死你。”

“来了，来了。”林溪觉得他脸色不好，不能惹。

“这不是回去的路吧。”车子行驶了十几分钟，她起了戒心，双手护胸，“你去哪儿，要干什么？”

梁启东瞥了她一眼：“消食。”

梁启东以为大晚上去海边看星星、看月亮还挺浪漫的，但电视上就是骗人的，除了他们俩，连只鬼都没有，星星也没有，四周乌漆抹黑，狂风大作。林溪刚做的头发瞬间被吹乱，她变得像是一个疯子。

林溪抱着手臂：“你要是对我不满意，直接打就行了，不用跑这么远，带我来这么个鬼地方吧。”

梁启东也知道找错了地方，但是男人的自尊心让他不能承认自己有错：“还行，坐一会儿吧。”

林溪几乎要朝他咆哮，抱着手臂搓了搓：“你从哪儿看出来还行的？我站你对面，你看得到我的脸吗？”

“坐近点就可以。”

看出他还是死鸭子嘴硬，林溪知道不待一会儿是不行了，干脆一屁股坐下去，沙滩又黏又湿，两个人面对黑海、狂风，眼睛里都饱含热泪。

“说话。”

“说什么？”

“再不说话分散注意力，我快要冻死了。”林溪心疼地抱住瘦瘦的自己，“梁启东，为什么你这么喜欢上班？”她也不知道自己在胡说八道什么，随便瞎扯呗。

“干一行就要爱一行，不然上班就像上刑，每天都想死。”他闭了闭眼睛，“那现在轮到我问问题了。”

“你问。”

“你忘记你那个初恋男友了吗？”

“大活人，只要没失忆，怎么会忘记？”她挑了一个石子儿，“你看，就像这个石头，握在我手里的时候，我能把握它，看见它的形状，也能记住它的样子。”

她伸手一丢，那个石子直接飞走了。

“但是，当它离开我的一瞬间，我就彻底没办法了，它落到哪儿都不受我掌控。你呢？被劈腿后，走出来了吗？”

“嗯，但是估计以后会有点阴影。”他看了她一眼，漆黑之中，只有模模糊糊的侧脸轮廓，“那你还会喜欢别人吗”

“比如？”

“今天那个和你吃饭的客户。”

“他啊……”林溪想想，“现在不会，不过不代表将来不会，毕竟人家的水准在那儿摆着。”

“林溪。”一阵浪潮打过来，夹杂着他低沉磁性的声音，“我喜欢你。”

林溪转头看他，虽然明知道什么都看不到，想想他最近确实行为诡异，但是她没和这一类人交往过，而且他跟学校里那些学生相比，就像一个爱马仕和一个路边小杂牌，区别大了去了。

她也不知道是不是自己会错了意，误把这种职场精英的交际手断当作真感情："你是指上司对下属的喜欢，还是长辈对晚辈的喜欢？"

她感觉自己的脖子被一双冰凉的大手掐住，这么黑，他是怎么准确地做到嘴和嘴对上的？她耳边落下了温暖的气息："是那种可以牵手、拥抱、接吻的喜欢。"

林溪的脑子里都是一波一波混着潮浪声的情话，嗡嗡嗡的。

"林溪，林溪。"旁边突然有人推她，把她摇醒了。

"啊？"

"你想什么呢？"

"没什么。"她回过神来，饭局已经结束很久，他们都已经回到各自房间里了。

"听说这个酒店的 SPA 特别棒，我们一起去吧。"

"我来'大姨妈'了，去不了。"

"你不下池子不就行了，那里有捏脚师傅，你不是肚子疼吗，捏完后经络畅通就没那么疼了。"

"真的？"林溪来劲了。她们两个进去的时候，正好马娘娘等几个督导也在，几个裹着泳衣的半老徐娘，又泡红了，特别像皱了的饺子。

林溪看到她们，掉头就跑到里间去了，她可不想和马娘娘大眼瞪小眼。

"那个就是刚刚在饭局上丢脸的小经理吧。"一个扎着冲天揪、拉住自己眼睛两边皱纹的女人说。

"没看到梁总今天发脾气了吗？我看她离被辞不远了。"旁边有人插嘴。

"你被开了，她都不会被开。"马娘娘翻着白眼，小声说了一句。

"你说什么？"

“没什么，我是说梁总是在对徐副总发脾气，你们看错人了。”

“这徐副总也是搞笑，本身三流学校毕业，能力也很一般，这副总也就是个空架子，压根没权力。她要不是总部大老板的表侄女，还做什么副总，当个店面经理都费劲，那梁总是个什么行事作风的人，能看上她就有鬼了。”

“你小点声，我看你不满意的不是她走后门，你在意的是她看上你心上人了。”

“胡说什么，梁总可不是我的菜，再说就他那个样子，一般女人根本拿不下，谈了也跟放养似的，没意思，不如找个听我话，受我管的。”

“你呀，就适合找小白脸，没那享清福的命。”

林溪她们出来挑选食物的时候，几句闲话正好落进耳朵里，一回里间，同屋小同事就立马打开了话夹子：“我看她们是吃不到葡萄说葡萄酸。”她说着就想笑，“你说，要是跟梁总谈恋爱是什么感觉啊？肯定像小说里的霸道总裁，说‘你这个磨人的小妖精’，然后分分钟把你扑倒。”

林溪看她一个人又演男又演女，自己就演上了。

“你想太多了，分分钟扑倒，他都多大人了，有那体力吗？”

“小说里都是这么写的，穿衣显瘦，脱衣全是肌肉。你是我的女人，别的男人通通不准靠近。”她手一挥，说得声情并茂。

“这点你说对了，确实很神经而且小心眼。”

“你怎么知道？”

“嗯，我猜的。”

“梁总平时骂人又凶又严肃，我猜他私下里肯定是一个很温柔的男人，而且只对自己的女人温柔，这太浪漫了。”

“你有什么证据说他很温柔？！”林溪简直不想吐槽，“说不定他就是始终如一，只不过是把办公室的教育放到家里，然后放到床上。”

“不会吧，这不就跟随身带了个复读机在你耳边不停地说‘你要上进，你不能出错’一样吗？”

“没错。”

“不可能，这太让我幻灭了，你这就是悲观主义，一点都不积极向上。”她噘了噘嘴巴，“性格不好，说不定人家技术弥补呢，也很不错啊！”她说得双颊绯红，声音越来越小，原来是个闷骚啊！

“这个……”林溪眉毛一跳，“见仁见智，你可以去试试，每个人感受不同，也许适合你。”

“他要是愿意，我也不介意啊！”她说着揪起毛巾，很是害羞的样子。

旁边的推拿师傅拿了精油：“梁总，您久等了。”

“What？”两个呆货看着帘子拉开，梁启东正穿着浴袍坐在床上，冷着脸，一言不发。

“梁总。”刚刚还娇羞的姑娘差点都要哭了。

师傅过来给他推拿，他伸手一推：“不用了，听都听饱了。”

梁启东前脚出去，林溪耳朵差点就被炸聋了，同事放声大哭，止都止不住：“我要失业了，啊，啊！”

“别哭了，你不会失业的。”

“被上司听到我要睡他，我死定了！啊啊，不活了。”她说着两条腿都哆嗦了起来。

看她没救了，林溪索性不管了：“我出去跟他解释，你哭够了先回去。”梁启东不知道跑哪儿去了，她跑了两圈，又拐到后面的温泉池，看到他正坐在小亭里喝茶。

她立马跑过去跟他谈判，像流氓一样抖着两条腿，准备气势上压倒他：“人家被你吓死了，以为你要开除她，怎么劝都哭个不停。”

梁启东看了她一眼：“背后说上司坏话，乱嚼舌根，是应该开除，她没哭错。”

“不至于吧，你平时不说人坏话吗？说闲话是人的天性，你这种压抑别人天性的行为很不人道。”

“我没说过。”他一副“我很清白”的样子。

林溪思索一下，他好像确实没嚼过舌根：“那……那你心里肯定也骂过人，阴险的人都憋在肚子里。”

“这位大义凛然的壮士，你刚刚不是说我神经、小心眼吗？不惩罚一下，怎么对得起你给我的称号？”他站起身来，“她要是个主谋，你也是帮凶，帮别人说好话前，你看清自己的处境了吗？林经理，你手下那一大票废柴我还没收拾呢。”

“喂，梁启东，你太狠了吧，你早上答应我的。”

“我没答应，要是他们继续保持本色，年底之前我就大换血。”他走得快，知道她肯定要废话。

“你给我站住。”林溪追上去，脚下一滑，她死命拉住梁启东的袍子，手都抠青了，两个人呈现自由落体一起摔到旁边水里去了。

把林溪推上岸之后，梁启东感觉自己腰都快断了，像是原地举了个杠铃：“你这几年是不是吃钢筋了，重了这么多？”

“哪有那么重？你肯定是错觉。”

“我手都快断了。”

“那肯定是你年纪大了，体力大不如前。”

“林溪你这是诽谤！”梁启东最气她这句。

“老梁你认清点现实，你个半条腿已经入土的人，还想翻什么浪？”

“你再说，我就再把你推下去。”

林溪准备过去跟他拼了，突然觉得自己身上一阵凉快，她里面只穿了一条小白裙，一湿全都贴在身上，原形毕露，而且还来了“大姨妈”……她羞涩地抱住胖胖的自己：“你别乱看。”

梁启东露出一个玩味的表情：“很久没看过了，好像有点忘记了。”

“哼，我要拍下来当作证据，看你怎么开除我的店员。”她也不遮挡了，赶忙去掏手机，才发现自己压根没带。

“你都这样了，还忧国忧民，心系天下，真不错。”

“哎，好不容易有时间来泡泡，放松放松……”有个男性声音传来，突然就断了，“嗯？梁总……”

林溪心凉了半截，这副样子被他们看到，她还不如直接跳到水里淹死算了。

“过来。”梁启东过去一把把她搂在怀里，后面几个雄性顿时吸了一口凉气，他高大的身材正好可以挡住她大半个身体。前面投来炽热的目光，她透过梁启东都能感受到灼灼的热气，这下总裁在酒店找小姐的新闻要上头条了。

他们好奇的就是，这个小姐……素质怎么样？他们一致偏着头，透过缝隙仔仔细细地从下往上看，腿挺白的。

“谁让你们的看的？把眼睛闭上。”梁启东沉声说了一句。

“是。”几个人吓得一下捂住脸，老梁发火非同小可。

林溪脑袋就这么顶着梁启东，迅速后退，两人像是在玩以前老款手机里的推箱子游戏，一直到住宿的地方，周围来来往往的人都在看这奇异光景。

“去我那儿，离这儿近。”

“我要回房间。”

“那你就这么裸跑吧。”

“啊！”

梁启东把她推进房间之后，她迅速跑进厕所，身上已经一片狼藉，她偷偷把门打开一条缝：“梁启东，再去帮我买一包。”

“我叫客房服务。”他觉得这脸不能再丢第二次了。

林溪整理好出来的时候，老梁上身没穿，虽然年近不惑，但是身材还是不减当年的好，他转过来的一刹那，她差点喷鼻血，难怪公司那么多女人想睡他了。

梁启东看她脸上都快演出一部年代戏了，慢慢走近她。

“你想干什么？”林溪眼睛瞪着，裹紧浴巾，“告诉你，虽然咱们曾经有过那么一腿，但是现在井水不犯河水。”

“我给你一百万。”他的气息几乎喷到她脸上。

“这个……”太可耻了，居然用金钱诱惑她，“我考虑一下。”

梁启东嘴角一弯：“你做梦吧。”他转身就从她旁边绕过去，打开厕所门，“我要洗澡，麻烦让一下。”

“嘁。”林溪转头就给他一脚，两个人正在玩谁先踩到对方脚的游戏，门铃突然响了。

他们同时一怔，谁啊？

# Chapter 19 身在福中不知福

两个人同时动作,梁启东套上浴袍,林溪麻溜地往厕所里跑,迅速关上门,这要被看到了,她就没法做人了,不仅会失业,而且还会把她之前婚礼上被甩的事情衍生出一个新的版本。

“杨记录有什么事?”梁启东看到杨记录脸色发红,像是喝了酒。

“梁总,这是早上的记录,我拿来给你看看,要是有什么问题我们再讨论一下。”

嘀,讨论工作,林溪贴在门上偷听,摇摇头,抬手抠掉自己手上的倒刺,腹诽道:梁启东你这个妖精。

“现在太晚了,你先回去,有什么事明天再说。”

“梁总,我……”她急得脸上都是汗,“其……其实,我……我喜喜……喜……”

我的妈呀,总共就这么几个字,继续说下去要到明天了,就这胆子还敢半夜献身呢,妹妹练几年再来吧,林溪都替她着急。

果不其然，她没说完就因为太害羞自己跑掉了。

“哟，老梁风采不减当年啊！”听到关门声，林溪出来吐槽他，“这杨记录不挺好的吗，名校毕业，虽说长得一般，但是年轻啊，你还挑肥拣瘦的，等老了爬都爬不起来，后悔去吧。”

“你这个嫁不出去的大龄剩女，有什么资格说我？”

“我大龄剩女，那你什么，黄金圣斗士？”

梁启东刚要伸手教训她，门铃又响起来，她一笑，意思是：你老梁一晚上还真是不得安生。

“徐副总，你有什么事？”

徐副总里面穿了泳衣，外面裹着条浴巾，故意没裹好，露着肉。

“我睡不着，想找你聊聊天。”她低头看了自己一眼，确定状态还不错，“今天的事情是我不对，明知道你不喜欢别人碰你……”

这手段比杨记录高多了，这就对了，先示软，再惹起男人的恻隐之心，只要梁启东一松口，马上就趁势而上，扑倒完事。林溪以为这事准成，等到他俩干柴烈火，她就趁机逃走。

“我知道了，没别的事，我关门了。”梁启东竖起铜墙铁壁。

“等等。”徐副总也是个富家千金，蜜罐里长大的孩子，梁启东今天那么不给她脸，她都没计较，想着先低头给他个台阶下，没想到他这么不识好歹。

“梁启东，你什么意思，你看不出来我喜欢你吗？！”她也急起来。

“可是，我不喜欢你。”

“为什么，你试都不试怎么就知道不喜欢？”

“我没时间继续跟你讨论这个话题。”说着他直接关门。

她伸手就卡住：“你屋里是不是有别人？”

林溪吓了一跳，连忙从马桶上跳下来，贴着门听。

“有没有都不关你的事。”

“刚刚有同事讨论说你找小姐，我还不相信，我一个堂堂千金还不如一个小姐吗？梁启东，你要她都不要我？”

梁启东转过头，有些不耐烦：“听好了，我只说一次，我梁启东只会睡我喜欢的人，至于你，我真的很讨厌。”说着砰的一声关上门。

林溪被震得耳朵发聋，脑袋发蒙，这梁启东也太狠了吧。

梁启东刚关门，门铃又响起来，陈秘书高高兴兴地跟 Boss 打招呼：“梁……”话还没说完，门直接砰地关上了，“呜呜——梁总，我又做错什么了？”

老实说，他们只休息了一个晚上的时间，又是重新汇报工作，上次是各城市分店经理，这次是通过城市来进行划分，每个城市的总部督导汇报旗下店面业绩以及下半年的工作计划。

这下林溪的心理压力就小很多了，反正马娘娘是头儿，她跟在后面混混就行了，看他们这些年薪百万的斗来斗去，红鼻子绿眼睛的，也很过瘾。

马娘娘一大早就安排了晴川几个店面经理开小会，之前马娘娘可是过了一遍又一遍，再次开会就是要确定自己的策划案万无一失。

他们这些喽啰还能说什么，当然一致都是好好好、对对对、完美，简直就像一个厂里出来的机器人，陈淑芬那个死娘炮更是笑得假下巴都要掉下来了。

自从林溪抢了他的那个大客户夏先生设计院的单子，这货每次看到她都嘀嘀咕咕的。

她知道他在骂她，索性当没看见。

结束会议，林溪当然是最后留下来整理的人，等她去食堂，发现连根毛都没给她留下，清理得非常迅速，像是没吃过一样。

她嘴角抽了两下：“菜呢？”

人家服务员不愧是高级酒店的，很有素质：“刚刚的午餐时间已经过了，我们询问过是否还需要留备餐，刚刚过来用餐的人说不用留了。”

“谁说不用留的？”

“这个。”她看起来也很为难，大概是想不到什么合适的形容词来形容那个奇异物种，“是一位涂着绿色指甲的男士。”

“陈淑芬，你个死娘炮。”林溪气得哼哼。

“如果您不介意的话，我们这边还有一些员工餐，就是有些冷了，我给您去热热。”

“不介意不介意，你真是好人。”林溪看这个服务员长得挺漂亮，圆脸、白皮肤，心肠也好，同样是人，差别怎么这么大？

她跟着去了后厨，过了饭点，后厨没什么人，服务员都去休息室了，只有两个阿姨在洗碗。

林溪捧着一大碗热气腾腾的面，里面加了很多肉和菜，看起来很是爽口：“谢谢你啊！”

“这是我应该做的。”

她抬头看一眼对方的胸牌：“林思佳，名字也好听，我林溪交你这个朋友了。”

对方含蓄地笑笑。

“我不喜欢欠人情，这么着吧，我帮你解决一点小麻烦还你这碗面的恩情。”林溪注意了一下旁边洗碗的阿姨，看对方有没有朝她们这边看。

“可是我没有什么麻烦啊！”

“你有。”林溪坐在凳子上跷起脚，伸出筷子点了点，“从进门到现在的十几分钟，除了两只手必须忙活的时候，你一直在下意识地摸你放在右口袋的手机，而且刚刚我手机信息来，你直接就掏了出来，看得出来你在等一个很重要的人的消息。”

林思佳忽然有些窘迫地搓搓手：“只是工作上的事情，让我有点不安。”

“如果是工作上的事情，你不会连低下头都下意识地拽衣领挡住那个红印，你很中意那个人，但是那个人没给你回应。”

这下她的脸彻底烧红了。

林溪瞥了瞥那边：“放心，我不是个八婆，也没恶意。”

林思佳就像是被人从肩膀上拿走了枷锁，突然泄了气，似乎想要说，但是又不知道怎么措辞或者从哪里说起。林溪也不催，反正对方比她着急。

普通人也许很难理解，一个人怎么会把隐私透露给一个刚刚认识的陌生女人？如果你这么问，那就证明你真的很不懂女人，尤其是一个满腹牢骚的苦闷女人，要是年纪过了半百，你们哪怕是在澡堂偶遇也会互诉衷肠。

“我不知道要怎么说，我们是在朋友聚会上认识的，他是一家上市广告公司的总监，年轻英俊，幽默又不失风度，短短几个小时，就让我产生一种冲动，肯定这个男人就是我这么多年来一直在找的人，他的每一句话、每一个表情都印在我的心里。”

她看看林溪，有些不好意思：“我知道，你肯定觉得我是在夸张，这世上不可能有这么完美的人，但是这就是我心里最真实的想法。我以前也处过几个对象，但是没有一个人像他这样，就像鬼迷心窍，我觉得自己都不是自己了。”

林溪摇摇头。

“你果然不相信。”她看起来有些沮丧。

“我相信。”林溪停了一会儿，说，“五天以后让你们共同的朋友再聚一次，整个宴会你不要跟他说一句话，就当作什么事情都没发生过，然后故意去找另外一个男人，当然那个男人必须不能差他太多，否则激不起他的斗志，还会显示出你的品位很差。”

“要是他一直不过来跟我说话怎么办？”

“那就换一个。”林溪笑道，“开玩笑，你只要记住一点，绝对不要主动跟他说话，连个眼神都不要给，他会来找你的。”

“可是，为什么是五天以后？”

“因为一个星期内是危险期，一两天你没有联系可能证明你是在欲擒故纵。但时间也不能太长，否则他很可能就忘记你了。记住，如果你们开始约会，不论他说什么，哪怕给你戒指这种带有暗示意义的东西，你都要守住底线，不然就没下次了。”

林溪掏出纸和笔，在上面写了一会儿，然后把手里的纸递给她。

“这是什么？”

“这是我刚才跟你说过的计划，等到你们顺利约会两三次后，你就可以不经意地把这张纸上的计划让他看到。”

“可是这样，他就知道我是有目的，是计划好的，他会生气的。”

林溪肩膀一耸：“你本来就是有目的，因为你的目的就是他啊！”她一笑，“放心好了，如果他是一个高手，遇上另外一个高手，他会很有兴趣的，或者他真的像你所说是一个完美好男人，对于一个能为他花这么多心思的女人，也不会真的生气。”

“我不太明白。”

“我说得不清楚吗？”林溪看看，“要不我再说一遍？”

“我的意思是说，一般人听到这种事，第一反应肯定觉得他只是逢场作戏，让我早点死心，为什么你还要帮我？”

“嗯。”林溪回答，“好男人也可能基因变异突然出轨，渣男也有浪子回头的一天，我只是给了你一个重新和他建立平等关系的机会，之后要靠你自己，这个选择权在你，如果你没有冒险的勇气，那就早点忘记这件事，重新开始。”

“你觉得我会成功吗？”林思佳现在把林溪当成了唯一的救命稻草。

“这个我不能确定。”林溪安慰她，“你是个好姑娘，出于私心，我不想让你成功。不过，管他呢，开心比较重要。”

“我能问你一个问题吗？”

“我都知道你这么多私事了，怎么好意思不让你问。”

“为什么你会这么厉害？”

“这个……”她笑道，“久病成良医。”

林溪出去时，突然在走廊上碰见梁启东，他背对着她，像是刚转过头：“梁总？”

他身子一僵，转过头，板着脸说：“干什么？”

“我还想问你在这儿干什么呢。”

“路过。”

林溪眉毛一跳：“堂堂总裁喜欢把后厨当花园逛？”

“我乐意。”

“哦……”林溪眼睛一眯，“那您随意，我先走了。”

“等等。”梁启东拉住她的胳膊，也不知道是不是她看错了，他面无表情的脸上有些受伤的神色，“你，曾经有没有算计过我？”

林溪知道他是听到了刚刚那些话：“我说没有，你信吗？”

“你说我就相信。”

“我忽然不想说了。”林溪肩膀一收，收回手臂，“麻烦梁总下次有事直接问我，不要躲起来偷听。”她头一转，灵活得像个来回跳动的娃娃，走得比百米竞走还快。

梁启东手里刚刚的触感似乎还在，他握紧手，却只抓到一把空气。后面服务员推着一辆摇晃的餐车：“刚刚您叫我们准备的一人午餐已经准备好了。”

他望了一眼空荡荡的过道："不用了。"

下午开会，林溪他们在旁边的小会议室听培训课。

"林溪！"陈淑芬叫她，把她耳朵都快震聋了，她当时正趴在桌子上昏昏欲睡，差点就醒不过来了。

林溪匆匆跑出去的时候，马娘娘正站在门口，手里抱着电脑，差点直接扔到她身上："林溪，你到底做了什么？"

"怎么了？"她看到马娘娘的电脑屏幕上都是走动的小方块，显然是中了病毒的迹象。

"早上会议结束是你最后收拾资料，你也是最后一个进我办公室的人，你知道我电脑里有多少重要资料吗？！"

"我没动过你的电脑。"

"如果资料找不回来，我一定会追究到底。"

"马督导，U 盘。"陈淑芬小步跑过来，"幸亏早上的计划书有备份，不然今天就要被某些人害得丢人了。"

"等会儿跟你算账。"马娘娘转头就噔噔噔进了会议室。

旁边已经有人透过玻璃窗看热闹了，林溪掉头要走，陈淑芬一把拦住，故意吼得很大声："有些人心肠真是又黑又坏，督导平时对我们多照顾，有些人却想害她，真是良心给狗吃了。"

她不想理他，谁知道这戏精越演越烈："我看该不是想要自己做督导吧，那不仅是没良心，还很蠢。"

"我现在心情不是很好，死娘炮你最好少来惹我。"

"你敢骂我！你再骂一句试试看！"

"我说你死娘炮，你要是记不住，我再说两遍，实在不行，我拿本子给你写下来也行。"

"你！你！"他的绿指甲再伸长几寸就能直接戳瞎林溪的眼睛，"你这个丑八怪，没人要的老妖怪，难怪你老公结婚当天跟人跑了，你就是活该，活该，活该。"

“死娘炮，是你自己找死，老娘今天骂不死你。”林溪撸起袖子，“就你这长相，男不男，女不女，真是活着浪费空气，死了浪费土地。整天涂着的绿色指甲油，跟你的脸简直就是孪生，我怀疑你就是拿硅油提炼的，又没脸又没屁股，我要是你，早就不活了。”

“啊，林溪你这个三八，我挠死你！”陈淑芬上来就开打，林溪也不示弱，朝他下身踹了一脚，他嗷嗷叫了两嗓子，两人撕打起来。

在小会议室上课的孩子们都跑出来看戏了。

“住手！”一句话，空气瞬间冻结了。刚刚会议室里的大领导们都在外面站成一排，梁启东站在中间。

结果当然是两人被梁启东拎出去教育，林溪在陈淑芬转身的时候，在他那扁平的屁股上补踹了一脚。

“公共场所大打出手，影响恶劣，破坏公司形象，回去写两千字检讨书，除此之外，扣两个月的薪水。”

林溪本来在发呆，听到这话，犹如晴天霹雳。

“梁总，是她先动手打我的，你看我这手臂，还有脸给挠的。”陈淑芬委屈起来，哭哭唧唧地诉苦。

“陈淑芬，明明是你先动手的，你骂我是没人要的老妖怪。”

“你还骂我死人妖了，不仅如此，你还故意弄坏马督导的电脑，这是多么恶劣的行为，像我们MC这种大公司，怎么能有人品如此低劣的员工在？”他说得像林溪就是刚从臭水沟里捞起来的脏东西，必须除之而后快。

“我人品低劣？公司连你这种变异产品都海纳百川地包容了，但凡智商在线，没用屁股代替大脑思考问题的，都知道是你陷害我的，麻烦你下次高明点，把全公司电脑都黑了再栽赃给我，到时我一定第一个报警。”

“你你你！”他气得跺脚，“你是说马督导没有脑子？”

“我可没说，是你说的。”

“我要去告诉她。”

“赶紧的李莲英，你也就有打小报告的本事了，真不知道你怎么能活到这么大，按理说像你这种人，在初中或者小学应该就被人打死了。”

“你！”他就会指，委屈巴巴地看向一脸漠然的梁总。

“既然吵够了，扣三个月工资，外加年终奖金，给我出去。”好像他这里是收费吵架场所。

陈淑芬连忙退出去，怕再待一秒连呼吸都要收费。

“凭什么？！”林溪觉得已经到极限了，这么多年，也就那点年终奖金能给她安慰了。

“就凭你大吵大闹破坏公司形象，还有损坏上司资料，阻碍会议进程，随便哪一条，都足够了。”

“是他冤枉我的。”

“所以，导致的结果还是一样。”梁启东毫不动摇。

“有没有搞错，没有薪水，我还上班干什么，免费打三个月工，我吃饱了撑的？”

“你当然可以出门直接走人。”

“梁启东！”林溪叫，“你这个混账！”

对方连脸色都没变：“反正你也不是第一次恼羞成怒了，趁我还改变主意之前，你最好出去。”

“好，是你逼我的。”林溪把两只鞋踢掉，脱了外套，解开衣领两颗扣子，把头发揉成鸡窝，一下倒在桌上，“来人啊，非礼了，上司潜规则女下属啦，我不活了，没脸见人了。”她在桌上滚来滚去，像个锅里翻过来滚过去的鸡蛋。

梁启东看她演戏，站起来，解开外套，一把拦腰拉她过来，眉头轻轻动了一下：“不如来真的。”

林溪倒吸了一口气，差点晕过去，连忙后退几米，迅速贴在墙上："好，算你狠，我走了。"

重大经济损失，加上还在的"大姨妈"，林溪终于在这身体和精神的双重打击下倒下了，浑身软绵绵的，连晚饭都没心情去吃。

她躺在床上，思考她这快三十年的人生到底是造了多少孽，才会活成今天这个样子。屋子里一片漆黑，今晚他们几个店面经理私下聚会，到附近的酒吧找乐子去了，同屋的小姑娘早早就精心打扮后出去了，留她一人凄凄惨惨戚戚。

她以为自己肯定会睡不着，流泪到天明，但是很快就睡着了，电视上清晨一抹阳光，照在满是泪痕的脸上这种画面果然是摆拍，她醒来的时候，窗户外面一片漆黑。

门口传来声音，大概是同屋的同事回来了，她的肚子叫起来。

"有没有给我带点吃的？我肚子饿了。"

没人回答，不理人算怎么回事？她转过身，脸朝着门的方向坐起来："今天没有艳遇？"

话刚说完，她忽然就被扑倒了，一股雄性气息让她脑子里的神经乱跳，她张嘴就求饶："大哥，你饶了我吧，我不年轻了，也不是黄花大闺女，为了这事进去多不值当，你要心里有什么苦闷，咱们坐下来聊聊，我很能聊的。"

"是我。"她叽里呱啦不知道自己在说什么的时候，耳边突然传来一道熟悉的声音。

"梁启东？"林溪刚刚一直都没敢睁眼，一般情况下看到歹徒的真面目就会被灭口，所以她自觉地闭着眼睛，此时睁开眼，借着月光才看到一个直挺挺的身姿躺在身边。

"你吓死我了。"

"我看你挺镇定的，巧舌如簧。"

"你怎么进来的？"

"门没关，身为女人，危机意识太差。"

“肯定是那姑娘出门之前激动得忘了。”林溪看他躺着不动弹，“你半夜偷袭女下属房间，小心我告你非礼。”

他身体一翻，一只手搭在她腰上一把把她拉过来，脑袋抵在她的后脖颈：“这个才叫非礼。”

“干什么，大晚上发禽兽病。”

林溪想要挣扎着坐起来，梁启东又把她拉下去：“别动，让我抱一会儿。”

她想反手揍他，突然脑子一转：“那么不要扣我三个月薪水怎么样？”

“不可能。”

“哼。”她一个降龙掌推出去，对面的人闷哼一声，她拉着被子把自己裹得像只蝉，“就知道，反正你从来也没帮我说过话。”

两人没说话，林溪躺了一会儿，转头看向他：“你怎么还没走？等会儿同屋姑娘回来，看你躺我床上，我怕她心脏病发。”

“我无所谓。”他脸朝上闭眼躺着，“反正，一直都是你在介意，就算以前在一起的时候，也搞得像做贼。”

“还好我明智没有公开，否则这公司一人一口唾沫都能把我淹死。”

“林溪。”

“嗯？”

“那个时候，你真的喜欢过我吧。”语气像是询问，又像是陈述。

她知道，中午的事情他还没忘，她转过脑袋看他侧脸：“梁启东，如果我算计你，我就不会让你去 A 市做什么副总，三天两头找不到人。还有在家得阑尾炎差点死掉，自己跑到医院的时候，我就应该利用你的愧疚上位做梁太太了。”

她眼睛一闭：“知道我为什么不让公司里的人知道我们的

关系吗？因为从我们在一起的第一天开始，我心里就有一种感觉，我们很可能走不到最后。”

“就因为我比你大十岁，我是你的上司？还是你认为我只是玩玩你？”

“要真是耍我倒简单了，就怕两个人都太认真了。当时的我只是个刚毕业的小女生，很矫情也很做作，我想我的男朋友能够在我生病的时候待在我身边，我工作不开心，可以随时抱怨一句，开心了能够第一个告诉他，而那个时候你需要的是一个成熟、体贴、不会阻碍你事业的女朋友。梁启东，我们的距离太远了。”

不知道什么时候，她就迷迷糊糊了，恍惚间感觉到梁启东伸手过来抱住了她，她靠在他胸膛里就睡着了，她知道这是最后一次了。

# Chapter 20 嘴硬心软

旁边一阵窸窸窣窣，林溪醒过来的时候，天已经大亮。

“林溪，不好意思吵醒你了。”同屋妹子一身酒气，一看就是宿醉未归。

“昨晚过得很不错吧？”林溪坐在床上抱着腿，歪着嘴巴笑她，这姑娘就是一个闷骚。

“没有啦，一点意思都没有。”

“哦？我记得你说要带吃的给我的,结果我饿了一个晚上。”

“对不起,我忘了。”她抱歉地咧嘴,“你昨晚没去太遗憾了,李奇昨天表演了一出大秀。”

“李奇？”林溪差点忘记这货了，自从来到海岛就没私下碰见过。

“什么戏？”

“我这儿有视频。”

她刚把手机上递过来给林溪看，林溪就听到一声鬼叫——

“为什么，为什么都不喜欢我？”

“这什么情况？”林溪看他脱了上衣在台上狂魔乱舞，脑袋前后摇晃，活脱脱一个甩头哥，可惜肢体不协调，扭得像个生了锈的二手货。

“太惨了，平时李奇是个闷骚，还是个没有酒量的闷骚，就喝了一杯就把情史全爆出来了,交往过四个女朋友被甩十次，处的对象不是给他戴绿帽子，就是在劈腿的路上，最重要的是，至今为止……”她凑到林溪的耳边说了一句，“他还是处男。”

林溪立马皱了眉头：“这货是够悲哀的，不过，这账我怎么不会算，四个女朋友被甩十次？”

“六次都是告白，然后被拒绝。”

“可以，可以。”林溪点头，赶紧把她的视频拷到手机里，“这种大料以后说不定用得着。”

“你昨晚干什么了？”妹子收拾衣服准备进浴室洗澡。

“没干什么，就搂着个大肉枕头睡了一晚上。”只不过那个大肉枕头是梁启东而已，林溪反应过来，梁启东什么时候走的？自己居然在一头随时可能变异的雄性狼身边，无忧无虑地睡着了？她动了一下，腰部硌着个硬物，掏出一张卡，什么玩意儿？还是张金卡！

听浴室里响起水声，她拨出私人号码，对方关机了。她看看手里的卡，这难道是……她的薪水？梁启东这个嘴硬心软的家伙，她摸摸手里光滑质地的金卡，嘴角软了下来。

不过，睡了个觉，留了张卡，这个情节怎么好像经常在某些低俗言情里出现，咦……

结束公司的大会小会，终于可以休息半天，林溪在卧室里涂抹防晒霜，准备去享受一下她最后半天的假期。

“大溪！”秦咪咪一个视频发过来。

林溪看她身后背景很是妖艳，扯着破锣嗓子号起来：“秦大咪，你是不是疯了，大早上去泡吧，不上班吗？！”

“大小领导统统出走，我们还不能自娱自乐一下了？”

“告诉你，这次开会我被梁启东骂得狗血淋头，要是你们再不收敛，今年过年之前就他就要大换血。”

“你跟他不是有一腿吗？没新爱也有点旧情，这次海岛游是不是超美、超浪漫？没有什么是睡一觉解决不了的。”

“我的人生都被你耽误了。他是什么人你不知道，公私分明、六亲不认的主，就是我自身都难保，被他扣了三个月的薪水还有年终奖金。”

“这你也能忍！你是不是扒他衣服逼他就范，然后骂他祖宗十八代了？”秦咪咪连林溪肚子里的十二指肠都很了解。

“我有那么无赖吗？好吧，我承认做了一点。”

“卖身成功了？”

“没有，不过……最后他自己贴钱给我了。”

“啧啧，要我说呢，这上了年纪的男人就是稳重、大气、做事周到，对外很公正，对你也很私人嘛，这美色美景的，就没个干柴烈火什么的？”

“我们的柴已经烧完了。”林溪笑她，“限你半个小时到店里上班。告诉你，现在马娘娘状态可是奇差，你们出了任何小事，都有可能被立即处斩。”

“这我们还不明白吗，你和她还有梁启东每次三方会面，都会让马娘娘抓狂一阵，身为小市民的我们活得已经很心酸了。”旁边有个肌肉外国猛男过来，捧住秦咪咪的大脸亲了一口。

“秦大咪，你能不能节制点？”林溪简直看不过眼，“记得定期去检查身体，一把年纪了。”接下来的情节，考虑到秦咪咪很有可能现场直播，她立马关掉了视频。

她拿齐了东西，准备去外面沙滩，路过一个房间的时候，房间门半开着，她记着这个好像是李奇的房间，听说这家伙昨天醉得跟烂泥一样,她准备进去关心一下他是不是死在里边了，其实主要是去看他笑话。

她一推开门就闻到一股浓烈的酒精味，夹杂着雄性散发出的粗犷气息，真的很像是腐烂了的葡萄，还有过年腌坏的臭肉，床上躺着一个死猪一样的人物，还打呼噜，这货这种形象跟平时假正经的样子简直差了一个世纪。

他的胳膊里侧有个青色的字样，林溪蹲下去把他胳膊往外翻，扯了扯。

“文文？”还挺非主流，她抬头的时候，对方正好以婴儿形态迷茫睁眼……

“啊！”他一把护住前胸，后退，然后拉衣服，一气呵成。

“文文？”

“你怎么知道？！”他看起来像是受了极大的伤害，满脸都是“你知道多少，你为什么知道，是不是连我全身上下从小到大的故事都知道了”的表情。人总是有点被害妄想症，当出现一点苗头，立马就会全身紧戒，然后自动暴露。

“我还知道她是你初恋女友，你很喜欢她，一直忘不了，你们一直处得很好，应该是你单方面尤其好，突然某一天她说你们不合适，分手的时候你伤心欲绝，极力挽留，却还是找不回她的心。每逢听到《十年》或者看到初恋小事的电影，你就会自动联想，在车水马龙里或者某个高级场所感慨物是人非，对她说一声，好久不见。”

林溪只是照着烂大街的套路，做出常规猜想。

“你怎么知道？”他又问了一句，嘴巴张成“O”形，似乎不这样就表达不了他的惊讶。

“为八百年前陈谷子烂芝麻的事买醉，你这个反射弧长了点吧。”她试着猜测，“让我猜猜，是不是对方喝醉酒打电话给你说还想你，还是在这天涯海角他乡遇旧爱，旧爱还有了新欢，所以把你那点伤痛又勾起了？”

他看起来极度崩溃：“肯定是我昨天酒喝多了，告诉你的，酒精果然是个害人的东西。”他宁愿相信是他自己的过失导致的口误，也不想显得自己的心思被人一猜即中，像个白痴。

“具体发生什么了，跟我说说？”林溪要是知道接下来十分钟发生的事，她绝对不会问这句多余的闲话。

外面的门咚咚响起来：“李奇你在吗？”

林溪本来不知道是谁，但在李奇把她一把塞到厕所里的时候，她知道了，来的这个女人比她重要很多，并且他们肯定有一腿。

“文文，你怎么来了？”她本来蹲在马桶上思考为什么最近总是很频繁且很猥琐地躲在卫生间里，一听到这个名字，立马就被打开了开关，跳下马桶打开门偷看。

“李奇。”她满脸泪痕，看起来楚楚可怜。

“怎么了？”

“我男朋友他打我。”她捂着红红的脸。

“昨天我看到你们还挺好的。”李奇拨开她的手，怜香惜玉的小火苗噌噌往外冒。

“其实我早就不喜欢他了，他脾气一直都不好，我很怕他。”她说着说着，扑哧扑哧往下掉眼泪，身体像是突然中了化骨绵掌，一下栽在李奇的身上。

从林溪的角度，正好可以看到李奇这个尿货如何雄起的过程，他的手微微颤抖，握起拳头来，紧紧攥住：“我去帮你找他理论。”

“算了，我已经和他分手了，这辈子再也不想见他了。”她抬了抬湿润的眼睛，“自从在这里遇到你，我的脑子里就全都是你，这些年，其实我一直都没有忘记过你，来来往往没有一个人比你对我好。李奇，你能不能再给我一个机会？我还喜欢你。”

“可是，我们已经分手了，而且你也说过我们不合适。”

“那是因为我太年轻了，总以为还能够遇见更好的。我知道我现在的处境都是我自作自受，没有珍惜眼前人。”

“可……”

“我知道你对我还有情，从你的眼睛里我看得出来。”她的嘴巴凑上去的时候，林溪就合上了门，回身蹲在马桶上，不用看了，这李奇肯定沦陷了。

她把洗漱台上棉签的棉给摘下来，自制两个耳塞把耳朵堵起来。一阵类似于耳鸣的嗡嗡声突然让她脑子闪过一道灵光，怎么觉得这个文文好像在哪里见过？

她把手机掏出来，又把今天早上同屋小妹发给她的视频看了一遍，明白了。在李奇卖弄各种羞涩姿势之后，画面突然转到了不远处的一男一女身上，停了几秒，女人很是激动，抱着一个穿着时髦的小年轻，看起来说是热恋也不为过。

棉花好像又不是很隔音了，林溪此刻的心理阴影面积巨大，画面定格，她吐了口气，这个女人不就是外面的文文吗……

老实说，这个视频如果那时那刻拿出去，放在满心只有初恋的李奇面前，哪怕林溪的嘴巴说秃噜了皮，都会直接被打成渣，她打算等大家都冷静下来再从长计议。

海边某清吧内，屋子里坐着两三个男人，搂着半坐着的女人，在射飞镖，小盘子里面装着零钱，还有骰子。这是他们刚刚玩的，因为某人一直输，所以才换了项目，结果却一样。

眼看面前盘里只剩一点点了，坐在前面染红发的时髦小青年急了，一把扔出去，大概是因为电影里最后翻盘的戏码看多了，让他以为人人都能置之死地而后生。眼看着最后几个钢镚都被搜刮走，他心里顿时产生一股怨气：“再来。”

“阿俊，你这烂技术是赢不了我的。”小黄毛跟他看起来很像一家理发店出来的，因为一直以来的胜利，不免有些嚣张，“要不，你找人也行，别说我不够朋友。”

黄毛在这方面确实是高手，很少有人投飞镖能赢他。叫阿俊的又不甘心吃了这哑巴亏，冲着店里寥寥无几的人吼了一嗓子，招贤纳士，见没人回应，他几乎绝望。

“不如让我来试试。”

几个人一起回头，看到一个长发细腰的女人，穿着长裙，一副良家妇女的样子，光这一点，就让人感觉不行。

没等他们发出唏嘘声，女人已经从桌上拿了一支飞镖，像是插花一样，轻轻一甩，正中圆心，比刚刚黄毛勉强切到圆心边缘还要来得标准，周围的“嘁”声瞬间收了回去。

“这怎么可能……”黄毛归结于肯定是潮汐发生了变化，或者土星逆行，总之就是狗屎运导致的，“敢跟我比吗？”

“随你。”女人欣然接受，“不过，我要你盘子里的东西。”她伸手指了指。

接下来的事情，就让黄毛彻底怀疑世界了。

天哪，整整十盘，黄毛一把都没赢，这是从来没有过的。

“这女人什么来头？”看热闹的都吃了一惊，议论纷纷，跑来凑热闹。

阿俊看她是生面孔，可能是上岛的游客，结果就像是历史重演一样，从飞镖，又换回了骰子，黄毛盘子里的东西又回到了他盘子里。

女人把盘子里的东西递给阿俊，阿俊跟着了魔一样：“美女叫什么名字？”

她轻轻一笑：“林溪。”

“你这么仗义相助，要是在古代，我应该要以身相许了。”

这就开始撩妹了。

林溪看了他一眼，年轻时髦，很是放浪不羁：“不好意思，你不是我喜欢的类型。”

“不会吧，要是对我没意思，何必出手帮我？我这人直白，玩矜持没意思。”

“你还没问我有没有男朋友。”

“无所谓啊，只是交个朋友而已。”

“朋友？让我猜猜，接下来你会跟我要号码，为了表示感谢，你会邀请我参加晚上的酒吧活动。这里是你的地盘，到时你会请我喝酒，最好是喝得半晕半醒的状态。之后到了午夜场，大家都很激动，即便是我带了同伴来，你也会设法先把他们给灌醉，没人能够保持理智在旁边坏事。然后你就开始放大招，可能是一个海边烟花，或者是让全场喊我名字之类的浪漫桥段，再加上酒精的作用，一个晚上我应该就会被拿下了。”

他大概是不知道该怎么反应，太过惊讶又会显得自己就是这么想的，最后吐了口气：“算了，坐下，大家交个真朋友。”

“我不会和你做朋友的。”

“为什么？”

“其实我是为了文文来找你算账的，我知道你是这家酒吧的老板。”

“你认识文文？我没听说过她有你这个朋友。”他眉头微微皱了皱。

“刚认识的，我们一见如故，我听说了你很多过分的事情，所以来痛斥你这个渣男。”

“渣男算不上吧，我不过就是和女服务员说笑了几句，又没劈腿。”

“你没动手打她？”

“开什么玩笑，她打我还差不多。”他看了林溪一眼，“我明白了，是她跟你说的吧，她就喜欢这样，只要一有争执，就会发动身边所有喜欢没事找事的人，把我搞成全天下大逆不道的大罪人，每次都要逼得我低头认错，她才善罢甘休。”

“可这次不一样，她说要找她前男友复合。”林溪补充道。

“前男友？哪个前男友？”

“初恋男朋友，你应该知道，在女人心里，初恋都是神圣不可侵犯的。”

“常用招数，等会儿晚上她肯定要带着那男人到这儿来吃饭，目的就是要我看见，然后让我吃醋，你不信就在这儿等着。”

“这你都能忍？说不定他俩假戏真做，来真的。”

“我了解她，那个木头疙瘩满足不了她太久，她骨子里需要的是更有魅力和吸引力的男人，天性这种东西很难改变，跑不了。”

“你觉得你很有吸引力？”

他耸耸肩：“还好，只是没吸引到你。”

“你知道这些话对我没作用，我很难搞定。”

“我知道。”他一笑，“我还有事先走了，朋友，今天的事算我欠你人情，来这儿喝酒我给你打折。”

“你不是说文文要来吗，你不待在这儿？”

“实话实说，我对她的招数已经腻烦了，眼不见为净。”他从口袋里掏出一张发票，从吧台上拿支笔写了一串数字，伸手递给她。

“这是什么？”

“我的电话，要是你哪天想找男朋友了，可以留个号给我，先排着。”

“你想当备胎？”

“其实，你是个很招人喜欢的女人，我说的不只是外表。”

林溪看看手里的纸，揉成一团转身扔进了垃圾桶，嘴角一弯，暗道：想泡妞，得拿真心来换，弟弟。

林溪回了酒店，直接就奔李奇的房间去，这件事情就应该快刀斩乱麻，直接撕开伤口，撒上药，才能够好得快。

李奇正在房间里收拾东西，简单来说应该就是把东西拿出来，放在床上一件件挑选。因为早上让林溪听了现场，他脸上露出宝宝般的羞涩。自从两人有了小秘密之后，明显一下从普通同事跨越两级晋升成了知心朋友。

“你在挑衣服？”林溪看到床上铺得满满的。

“你是女人吧？”

“不然呢？”林溪胸一挺。

“晚上我要跟文文出去吃饭，但是不知道穿什么好。”他在床前走来走去，拿起衣服比了比，“你说我要不要再买束花，她很喜欢花的。”

“你们要去哪里吃饭？”

“就是昨晚那个酒吧，其实那边的东西也不怎么好吃，但她喜欢。”

果然跟那个染发小青年说的一样，林溪试探一句：“都过去这么久了，你还喜欢她吗？”

“其实我一直没忘记她，她是个很好的姑娘。人都会长大的，只要她想清楚了，我们就可以重新开始。”他拿起床上一件夹克，“还是这件吧，我记得她以前说过喜欢这件。”

林溪看他欢欢喜喜的样子，突然有些说不出口了。

“对了，你来找我干什么？”他转头问她一句。

“没什么，祝你玩得开心。”她转身出去，带上了门。这件事里李奇是最无辜的，冤有头债有主，谁造的孽必须自己还。

# Chapter 21 大神晚上教做人

文文应付了李奇之后，又跑到酒吧去找阿俊。

“大嫂来了？”站在吧台前的服务生打招呼。

文文四周看了看：“阿俊呢？”

“他有事先出去了。”

“哼，不是约我见面吗？难道又去找那个喜欢穿小短裙的狐狸精了？”她想想就来气。

“那个女服务生跟老板没关系，大嫂你别多想。”他精灵古怪地看了她一眼，“不过，有个事情不知道要不要跟你汇报一下……”

“什么，他是又搭上什么新人了吗？”

酒保顺手一指坐在窗边的女人，把早上事情的来龙去脉汇报了一遍：“他们两个还聊了很久，后来我还看到老板写了个什么东西给她。”

“你说什么？！”文文没想到她去找前男友的同时，自己的男朋友也在进行劈腿活动，顿时就不能忍了，冲过去就找那个正在安静喝酒的女人算账。

这整件事情当然不是巧合，林溪从酒店打听到文文所住的房间，又冒充酒店前台打到她房间，说是有一个男人刚刚找她，但是她不在，然后在她之前从酒店出来，直奔那个阿俊的酒吧，买通了店里的酒保让他无意中去透露早上发生的事情，让她自己主动找上门。

“你跟阿俊是什么关系？”她开门见山地问。

“这好像跟你没什么关系吧。”

“怎么没有？他是我男朋友。”

“不对吧，我之前好像见过跟你一起的男人，不是他。”林溪回答得面不改色。

她愣了一下，快速说道：“我跟他只是普通朋友而已。”

“朋友？我没见过勾肩搭背还十指紧扣的普通朋友。”

“这不关你的事，我警告你离阿俊远点，否则别怪我不客气。”她顿时像是卸了伪装的老妖怪，变了脸色。

“怎么不客气？打我一顿？还是直接把他咔嚓了？”林溪倒是很有兴趣想要听听她的计划。

“找死！”她伸手就把桌上的水往林溪的方向泼。

林溪侧了个身，往旁边一缩，正好完美避过，像是练了八百年的躲闪功夫。

“你这下手太轻，要是我怎么着也得……”她伸手就拿起桌上一个杯子给敲碎了，声音清脆，反手指着对方的脖子，“看看，这才叫威胁，不收你学费。”

文文咽了咽口水，死死盯住林溪：“你和阿俊到底干了什么？”

林溪把手里的东西放下，吐了口气：“一个男人和一个女人在一起能干什么？不过你放心，我是看不上他的，至于你，不中听的话想不想听两句？”

“去死吧。”她提了包就要走人。

“那么我就要去找你那个普通朋友或者你的男朋友聊一聊了。”林溪看一眼窗外，阳光明媚，“坐，还有的是时间。”

“你到底要干什么？！”她愤愤地喊了一句。

林溪掏出笔和纸在上面画了三个人，两男一女，极其抽象，基本按辫子和裤衩来区分，标上名字为普通朋友和男朋友。

“你的普通朋友简称为备胎，因为你和男友闹矛盾，暂时上升为临时男友，这个男友的身份一般，是长期暗恋你的对象或者贼心不死的前男友，食之无味，弃之可惜。”她在另外那个表示男朋友的人后面加上一个括弧号，里面填上“长期想要占有对象”，“这种人物一般很难控制，属于你着急上火又不想放弃的那种。你们三个基本就属于一种食物链的关系，大鱼吃小鱼，小鱼吃虾米。”

“这跟你有什么关系？”

“跟我没关系，可是我知道一句话叫作自作孽不可活，你欠的情债，总有人会让你加倍地吐出来，不要因为自己可以吃到虾米就扬扬得意，大鱼还在等着。而且你也不知道这个虾米周围会不会出现能帮助他的人，来捉你这只鱼。”

“说了这么多，原来是因为李奇，还装作不认识，装神弄鬼。”她扬扬得意的模样又出来了，这是女人独特的占有欲衍生出的虚荣心。尤其是当你喜欢一个男人，而那个男人喜欢她时，她就会化学反应一样生出爆炸般的骄傲。

“李奇喜欢我，我跟他可是初恋，就你这种还是算了吧，他是看都不会看你一眼的。”

“我是认识李奇，不过你这么对他，有点过分了吧。”

“我想跟谁在一起就跟谁在一起，谁叫他喜欢我。”

“既然如此，我只好当吃掉大鱼的猫了，虽然味道不怎么样，但是也算安慰一下自己。”

“你敢！”

“我有什么不敢的，你心心念念的不就是想让那个阿俊听你的？可惜你本事不到位，怪不了别人，自己吃不了还不让别人吃，作风够霸道的。我不是你爸也不是你妈，不会让你。”

“你以为就你能绑住阿俊吗？少做梦了。”

“你大可以试试看。”林溪眉头一跳，“就阿俊这样的也叫有吸引力？你只怕没见过好男人吧。对了，你知道我跟李奇什么关系吗？是我既不喜欢他、他也不喜欢我的纯同事关系，这种最纯粹的关系，恰恰你奈何不了。”她掏出手机把那段视频给她看，“一个整天被打的女人，还能笑得这么开心？”

“还有这个录音。”林溪又翻出录音，“你男人的声音不会听不出来吧，他说你最喜欢装可怜，玩手段。”

“你既然有证据，为什么不直接给李奇？”她的脸色有些难看。

“因为他会伤心，而你不会，我找你的原因是想让你不管用什么方法，骗他也好，总之以最轻松的方式离开，给他的初恋留下点好的回忆。”

“你这么为他着想，还说不喜欢。”

“以前虽然不是我的本意，不过稍微拖累过他，这次算是还他一个人情了。你男友有一句话是对的，人的本性不会变，不管你是不是真的愿意过平淡的生活，都不应该伤害李奇。因为这世上能真心对你好的人不多，伤害一个喜欢你、尊重你的人，这不是挑弱势群体欺负吗？新时代的姑娘不应该这么没志气。”

“如果我不这么做呢？”

“当然，我也不能拿刀逼着你，如果你曾经对他有过一点点真心，就看在那个分上吧。”

这件事的结尾，林溪没目击到，下午的时光她都花在了躺在沙滩的躺椅上。等她再醒过来的时候，天空已经被蒙上了一层黑布，海边餐厅开始营业，亮着星星点点的光，这小半天过得出奇的安静和祥和。

沙滩上人都走光了，这种突如其来的静谧和黑暗，就像被人从闹市猛地塞进黑箱子里，先是惊愕，随之是一阵突然结束的轻松，然后剩下的就是无穷无尽的恐惧了。

林溪收拾东西往岸上那一小片光亮的地方走，潮水拍在岸上，像是一鞭鞭在抽她的耳朵，让她心都惊得揪了起来。

突然飘过来呜呜的声音，像是哭声，简直像鬼叫，让人越听越心里发毛，一开始林溪不知道是谁，走到近处，打开手机照了过去，直接照在对方的脸上，脸上又是眼泪又是海水，在灯光下晶亮亮的，像是抹了一层猪油。

她惊疑地喊一声：“李奇？你鬼吼什么？！”

这话其实说得特别不人道，而且没有切合当时的伤心主题，但确实是她当时因为恐惧而耐心丧失的真实反应。

李奇见到她，撒丫子就跑。

沙滩上不管男女，你想逆天奔驰，就必须接受不自量力的惩罚。李奇没跑两下就屁股朝上，摔了个狗吃屎。

林溪就像是闻着臭味的苍蝇，迅速跟了上去，喋喋不休：“跑什么你？哭什么，还鬼叫？你解释一下，快快快。”

“林溪，你闭嘴！”他的耐心也被耗尽了。

她知道这副德行，一般除了家里某个人升天就是被甩失恋，注意是被甩失恋，少了被甩二字，效果差很多。她有兴趣的是，那个女人最后用了什么方法，导致他变成这副惨绝人寰的模样。

“我那么喜欢她，为什么她又一次放了手？”

“这是个辩证的哲学问题，很难回答。”

“为什么老天爷要这么对我们？为什么相爱的两个人不能

在一起？！”

“这怎么又怪上老天爷了？”

“她要出国念设计，说是去追求她的理想，可能再也不会回来了。”他又号了起来。

追求理想？！林溪想到千万种例如有隐疾、家里有事、父母干涉的理由，就是没想到那货会用这么清新脱俗的理由。

活这么大，现在想到要去追求理想，之前干吗去了，还是觉得自己能活到两百岁，有的是时间浪费？她现在奇怪的是李奇居然没有一点怀疑,两人真的处过对象吗,对方是个什么德行，他心里没点数吗？

以前李奇是个假正经,没想到还是个盛水的纸篓,一捅就破，大概是觉得乌漆墨黑，别人看不到自己哭的丑相，所以他哭得肆无忌惮。

行了，哭什么哭？她就想这么骂他，但是看他可怜，摸了摸干瘪的肚子：“咱们吃饭去吧，边吃边伤心，一边伤身一边补，不是正好一进一出弥补得很到位吗？”

林溪点了满满一桌子菜，没有带一丁点酒，她怕跟酒量不好的人喝酒，更怕喝了酒撒酒疯的家伙。比起早上的充气状态，现在的李奇就像一只被霜打了的茄子，整个就枯萎了。

“你应该想想好的事情，至少现在你又有一大片森林了。”

“树再多，不是自己喜欢的也没有用。”他酸溜溜地丢下一句，夹起小块牛肉丁往嘴巴里面送去。

“这话你就说错了，如果这世上每个人一辈子只能对一个人产生反应，那人类应该早就绝种了，因为两情相悦本来就少，要是再加上有没有房子、车子这种外在的物质条件，以及三姑六婆七嘴八舌的阻挠，这能走到最后的必须是末日战士啊！你充其量也就是个受伤的小肉丁，回去睡一觉，然后该上班上班，该开心开心，等复原了，再去寻找新恋爱的小苗苗。”

“你说得轻松，要是轮到你失恋，肯定哭得比我还难看。”李奇挤对她。

“是啊，不过如果我每一次失恋都这么伤身，那眼睛应该早就哭瞎了。”林溪夹菜给他，“我妈说的一句话就特别对，这婚姻也好、恋爱也好，得讲究一个缘分。你看看我，临了都上婚姻战场了，不还是被一脚给踹了吗？这就证明我的缘分还没到。”

他吐了口气：“是啊，你婚礼当天被人甩了，都还活得好好的，我应该振作。”

林溪听着这话，怎么感觉不对味啊！

“不过，你这酒量得练练了，听他们说你喝一杯就歇菜了，这要是谁想暗算你，不用迷魂药直接灌酒就行了。”

“不是一杯。”他晃晃手，“我从小吃个酒精巧克力都会醉，现在已经好多了。”

“要不，你交个学费，以后我帮你练练酒量？”林溪觉得这笔钱不赚白不赚。

“你很能喝吗？”李奇都没怎么看过林溪喝酒。

“一般般啦，教你绰绰有余，要不再附赠一个《恋爱成功手册》怎么样？”

“这是什么书？我怎么没听过。”

“我自己写的，包你马到成功哦，立马摆脱被甩失恋的阴影，迎来下一春。”

“我没被甩，她只是去追求理想。”他坚持道。

“好好。”林溪不想跟傻子计较。

李奇抬头看了她一眼：“这事你别告诉别人。”

“你是指，你早上恩恩爱爱的事，还是晚上被甩的事？”

他的脸瞬间黑了，这么多事情竟然都发生在同一天，他心里有一种说不出来的复杂感，他咬牙切齿道：“这一天的事情。”

刚刚上了甜点，他愤恨地咬了一口，立马脸就便秘似的扭曲了起来。

“怎么了，这有毒？”看他变了脸色，林溪把刚拿到手上的蛋糕迅速扔出老远，蛋糕从盘子里弹到了地上。

“这是……酒精蛋糕。”话没说完，他直接脑袋栽到盘子里，砰的一声响。

等等，他不是说现在酒量已经好多了吗？

看他死猪一样动都不动，林溪伸手去探他的鼻息，他忽然就睁了眼睛，在她手指上留下一排整齐的牙印，她号了起来，然后两人就在餐厅里打起来了。

林溪见过千万种撒酒疯的人，就是没见过酒后会变身的，之前只是风骚扭捏，喜欢絮絮叨叨的大妈，现在完全是一条可能有狂犬病的疯狗，两人打得衣服都扯坏了。以防对社会群众造成不能挽回的伤害，林溪直接连拖带拽地把他带回了酒店里。

一路上两人也没少打架，就在这一点上，林溪发现了自己的驯兽天赋，能够在不伤害自身的情况下，通过扭打胳膊、腿关节等姿势让他不能动弹。等顺利地把他扔到床上，林溪感觉自己半条命都没了，以后谁要让李奇喝酒，她就果断退避，装作路人。

房间一片狼藉，衣服、凳子摆得乱七八糟，包括台灯都倒了一个，林溪过去扶起那个台灯，强迫症发作，必须两边对称，她弯下腰整理的时候，发现一个黑色的公文包被扔到了地上，里面撒了一些纸出来。

没办法，她又去捡纸，翻过来看是一份个人资料，上面写的是英文名字，脸也是外国脸，一大堆的个人荣誉看得她眼花缭乱，结尾处的几个字突然让她心脏震了一下，职位：华东区总裁。

后背突然被拍了一爪子，林溪做错事一样被吓得抖了一下。

“你在看什么？”李奇摸摸头，“我怎么浑身疼？”暂时恢复了清醒。

林溪也不知道自己什么脸色，递给他手里的资料：“这个人是谁？华东区的总裁不是梁启东吗？”

李奇看起来也很惊慌，连忙把资料拿过去，装在包里：“我……我不能跟你解释。”

这是商业机密，林溪明白了：“公司要换人是不是？”

“我真的不能说，至少现在不能。”

“好，我去告诉梁启东。”

林溪站起来开门就要出去，李奇拉住她的胳膊：“董事会已经决定了，就算你去告诉他也什么都改变不了。”

林溪刚才是被这消息震惊了，此时突然回过神来：“如果这是公司机密的人事令，你只是一个店面经理，怎么会知道这么重要的事？难道你跟徐副总一样也是大老板的裙带关系，还是你是他们派下来的卧底？”

“以后你会知道的。”李奇不想再解释了。

“我不想知道也不需要知道，看你应该也是个能在那些达官贵人面前说上话的人吧，我就想知道，老梁在公司待了这么多年，为什么要突然换人？”

“公司要进军海外，拓展欧洲市场，需要一个更有经验、对外面市场更了解的人。”

“所以要换成那个资历深的老外？”林溪挣开他的手。

“你在生气？我以为你听到这个消息应该很开心，他上次还把你给骂晕了，何况像他那种不近人情的做事方式，很多人都很不满。”李奇这么没眼力见的人，都能明显感觉到林溪情绪不对。

“我只是觉得，你们不应该这么对待一个勤勤恳恳工作、三百六十五天几乎都没有休假的人。”林溪看了他一眼，“我不管你是什么人，哪怕你是大老板的儿子，梁启东有今天的一切都是凭他自己的本事得来的，就冲这一点，你就没资格质疑他。”

“是他吧。”李奇被骂得愣住了，抬起头，“他们口中说的，你实习时曾在公司交往的男朋友。”

“是。”林溪没打算隐瞒。

“难怪你会帮他说话，你刚刚还潇洒地劝我失恋没什么大不了的，你自己还不是过不去。”

“我帮他说话，不是因为我们曾经交往过，而是我了解他，他比任何人都要热爱他的事业。算了，我跟你说也是白搭。”

“就算你去告诉他也改变不了什么。”李奇看她跑得飞快。

“我知道，但我不想让他最后一个知道。”林溪用力地摔上门，她知道对李奇发脾气很莫名其妙，但她就是生气，为梁启东生气，也为她自己生气，他们分手就是因为梁启东的兢兢业业，现在别人却告诉她他的付出只是一个笑话，都结束了，这显得她特别傻。

她去敲了他房间的门，没得到回应，又打了好久的电话也没人接，他就像是突然消失了一样。她急急忙忙去外面看看能不能碰到陈秘书，半路和杨记录撞了个满怀，像是抓住了救命稻草：“梁启……不，梁总呢？”

“有一些急事需要处理，梁总今天早上直接飞去日本了。”

林溪回去就收拾东西，连夜买机票从海岛飞日本，同屋的姑娘看她那架势以为她要躲债。

# Chapter 22 你不能喜欢我

人在极度兴奋，还有高度紧张的时候，就会做出脑子发蒙、四肢不协调的事情来。比如说，林溪晕头晕脑地坐了九个多小时的飞机，到了所有人都说着叽里咕噜的语言的地方，才意识到自己完全不会日语，连机场都出不去。

她以一副要打劫的样子招到车，手舞足蹈地把杨记录给的酒店地址强行翻译给司机看。司机笑着点头，来了一句："OK，OK！"说的是英文，我去!

这年头不会几门语言，都不好出来跑江湖。

林溪在车上两个眼皮互相打架，车子一个急刹，她一个栽倒，差点撞到玻璃上。

"OK，OK！"那个司机又是同样一句，不知道为什么小眯眯眼的眼神里，带着些暧昧的气息。

林溪揉揉眼睛，拿包下车，眼前的事物让她愣了一秒，这是情趣酒店？！

一栋包裹着花花绿绿糖纸的建筑，上方不知道写的啥，但是光线扭曲得像蛇，从外到内、从内到外都看得出不是什么正经地方，在这周围三公里没有人烟和鬼的地方赫然矗立，有种说不出的诡异感。

梁启东住这里……他口味什么时候变这么重了？他一个洁身自好、爱惜身体如命的人，会来这种酒池肉林的地方？

虽然有着极大的疑惑，但林溪还是跃跃欲试，她很想看看梁启东那个冰块脸在这种地方会不会产生变异，流露出浪荡的表情来。

老实说，林溪第一次来这种地方，充满了心虚。

她走近了才看出被彩灯遮盖的老旧墙纸已经泛出黄色，吊灯射出的光也带着灰尘，好在天下前台一般美，前台的姑娘肤白貌美大长腿。日本果然不一般，对于客户都是一视同仁，两条长长的白兔大耳朵软软垂着："空你几哇（你好）。"

"几哇，几哇。"她虽然不会日语，但也看过日剧啊，所以对于这种交际还是略懂一点点的。

她给对方看看号码，好在阿拉伯数字是全世界通用的。

她按照指点一直到了三楼，一路上见到各式稀奇古怪的打扮，此刻电梯里，一头戴着牛头头套的男人，还有一条戴着铁链子、黑鼻子伪装成狗的人，一左一右把她夹在中间。

有些脏乱、破败的电梯，让她看起来像是闯入动物世界里无知的人类，瞪着两只眼动都不敢动。

走廊里光怪陆离，走道窄窄小小，门也窄窄小小，整个一紧凑浓缩型。

按着房号到了走廊尽头，她伸手敲了两下门，但是也不敢下重手，生怕惊扰了这走廊上的怪物，随后轻轻把门打开一条缝，轻轻地喊了一句："梁启东？"

里边很暗，没开灯，准确来说是没有开主要照明灯，只有昏昏暗暗的床头灯亮着,林溪觉得她是在演鬼片,床上的两个人,让她瞬间眼珠子都要掉出来了。

当她看清底下那个为雄性的时候，她终于绷不住了，鬼叫起来："梁启东，你怎么了啊？"她叫得声嘶力竭，没有什么比跟自己分手以后，前男友口味改变，喜欢同性，让人更怀疑人生了。

"Shut up！"两个人同时转过头来，冲着林溪咆哮，看起来也是受了不小的惊吓。

看清了上面那个人的脸，林溪差点哭出来，是喜极而泣。

她赶紧跑到外面，迅速关上门："你们继续，你们继续。"

梁启东要是真变性了，林溪得哭死，这简直是对她身为女性的极大侮辱。

等她空手而归，再也得不到什么更有价值的信息，蹲在走廊上的时候，她的两个眼皮又开始打架，她想着还是得先找个地方睡觉。

从大厅出去，望着四周荒山野地，她彻底没了要寻找一个清净地方的心思,算了,还是先睡觉,她脑袋里只有这一个想法。

她直接去前台找大白兔开了一间房，匆匆忙忙到了三楼，进房间后一股子霉味混合香水的气味，让她瞬间清醒过来了。

随处可见发黄的痕迹，她伸手拿了毛巾，毛巾架哐哐当当掉了，毛巾上面有一块看起来很像是沥青的黑色东西，闻着还有一股腥味，这是什么玩意儿？她捏着毛巾一角迅速扔了，这个厕所简直就是灾区，她打算闭着眼睛洗洗，催眠告诉自己是在一个鸟语花香的地方。

这地方不会没有热水吧！好在放了一会儿水之后，终于出来了一股细小的热流，她衣服都没敢放在厕所里，挂在了外面。

所以当这细小的水流慢慢加热超过正常温度的时候，林溪鬼叫着，光溜溜地跑到外面，皮都快被烫掉了。

“受不了了！我要投诉！”

她胡乱地裹着衣服，遮住身体就往外冲，想着老娘也是付了钱的！她刚打开门，气冲冲地冲出去两三米，和迎面的人撞了个满怀，窝了一肚子的火瞬间就要如火山般喷发了。

“空你几哇……”

一阵好听的男声传过来，外国人？林溪抬头看到一个浑身清爽、眉清目秀的年轻人，瞬间就花痴了，好帅啊！这一晚上终于有一件好事了，他乡有艳遇。

“没事，没事。”林溪站直了身体，瞬间找回状态。

“中国人？”他说出一句生硬的语言。

“你会说中文？”林溪瞬间兴奋了。

“会一些（切）。”他说得艰涩，最后一个音还发错了。

他从西裤口袋里掏出一张纸，上面是日文和一个号码，他翻译：“2104，郑花芬？”

“不，我不是。”林溪要去掏手机想要留个号码，才发现跑得太匆忙，压根没带。右边房间的门忽然开了，跑出来一个强壮的中年妇女，过来就把林溪看中的帅哥给拦住了。

林溪想着不能让小娇花落入敌手，正要行动，帅哥的动作比她更迅速：“2104，客人？”说着露出一排整齐的白牙齿，很有职业道德地直接横抱起女人，两人嘻嘻哈哈地进了房间。

林溪的“三观”随着惊掉的下巴一起掉到了地上，她扒着门框怒吼一声：“别走啊，价钱好商量啊！”

她失魂落魄地回到充满异味的房间，独自倒下，感觉身体被掏空，也顾不上恶心还是不恶心的问题了。

手机在床上振动，她没劲去接，过了一会儿手机又响了，她顿时无名火起，接通后，不管是谁，先臭骂一顿泄泄气：“干什么？！有事没事？！神经病！”

那边半天没声音，最后气若游丝地回了一句：“是我，李奇。”

“李奇？”听到对方不是特别待见的人，她的语气没缓和。

“你告诉梁启东了吗？”

“没呢，连根毛我都没见到。”林溪想到梁启东现在肯定在哪儿潇洒呢，再想想自己的处境，她心理又不平衡起来。

“亨大集团。”

“什么？”

“那个老外进公司的条件，是拿下亨大集团下半年的业务，如果梁启东能够在他之前拿到，也许还有机会。”

林溪愣了一下，没想到他送来的是及时雨：“你说过他没救了。”

那边的人吐了口气：“我不是帮他，我是讨厌欠人情。”停了一会儿，继续说道，“昨晚我碰见文文和她那个男朋友在一起。”

“你知道了？”估计他又哭了一个晚上。

“谁让你多管闲事的？”

我去！刚刚不还是温情篇吗，这么快就走完了？

“好吧，我错了，下次你被戴了原谅色，我一定装作聋子哑巴，反正你也没什么好骗的，顶多伤身伤心号几嗓子，死不了。”

“你！”他低吼一声，过了一会儿，慢悠悠地用几乎微不可闻的声音道，“你是不是对我有点那个？”

“哪个？”

“就是那个。”

“你是说，我喜欢你？”

“啊，不行。”那边的人像是突然被踩到了命根，大叫起来，“我们是朋友，不，只是同事。”

电话突然就挂断了。

“不是，谁喜欢你？你白痴啊你！”林溪骂了一番，又拨过去，听到的是中英文提示："对不起，您的电话已停机。Sorry……"

欠费了，刚刚她完全忘了他们已经隔了千山万水的距离，国际长途。

李奇，我顶你个肺！

林溪在纠结要不要充话费，还罗列了几种怎么在停机的情况下充话费的方法，可大概是身心俱疲，她还没思考完，直接就睡死过去了。

睁眼时天已经大亮，她继续想昨晚没有完成的事情，伸手左摸右摸，撑起身子来看房间里的场景，白天看起来比晚上更加破败，晚上可以隐藏的小角落都无所遁形。

她起床刷牙洗脸，迅速从灾区似的厕所跑出来，这个屋子怎么感觉有点空？从早上起床的时候开始，她就感觉到空气里一直飘荡着一种诡异感。

她去找包的时候，才发现包没了，手机也没了。她准备穿上外套去楼下算账的时候，竟发现外套也没了，除了她身上穿的睡衣，其他东西集体失踪。

这还是家黑店！进行一番语言不通、鸡同鸭讲的争吵后，她直接被两个壮汉架着扔了出去。

她就套了身 Hello Kitty 的睡衣，唯一可以储物的地方就是肚子正中间一个半圆形镶着花边的小口袋，里面放着一张写着梁启东酒店名字的纸。

她之前用手机把酒店名翻译成了日文，她现在怀疑到底是翻译软件是盗版，还是那个司机压根就是个装本地人的骗子，和那家黑店是一伙的。

她走了十几分钟，时间是她通过阳光在地上的变动，勉强估算出来的。等找到梁启东，必须让他给她加工资，对了，他现在是要被罢免的人，搞不好山穷水尽还要找她借钱！现在，她来国外时满腔的英雄志气全没了，只装了一肚子的丧气。

后面轰隆隆，有轮胎摩擦地面的声音，有车！林溪冲到路中央，想着对方要么把她碾死，要么必须带她走。

一辆锈迹斑斑的小面包车悠悠晃晃地开过来，她敲开玻璃窗，在这里说话无效，所以她直接从肚子前的小兜中掏出来一张纸，两眼炯炯有神地给司机看，两手不停比画，想要用手势来使他明白：这是一栋楼，还有酒店。

司机眯了眯眼睛，拇指勾着中指朝纸上一弹，大拇指向后一指。林溪欣喜若狂，这世上还是善良的人多啊，管他是不是真的看懂了她在描述什么，总之去哪儿都比这个地方美妙。

拉开后面的门，她就蒙圈了，后面坐着两个光头，还坐了两三个打扮得很妖娆的女性。

林溪后退两步，满脸堆笑：“我上错车了，你们继续。”

空气里几个眼神交流之后，她就被一个胳膊比她大腿还粗的光头单手给揪了上去，把她夹在中间。

眼前这几个人看上去都不是善男信女，她想过最坏的情况，先成为残花败柳，然后被扔到荒郊野外；最好的情况应该是被卖到犄角旮旯或者哪个鸟不生蛋的地方；或者是对方看上她身上某些小零件了？我去！不知道国外流不流行卖肾，最好他们都是山炮，没走上用专业手术技术赚钱的高端路子。

“你来干什么？”一个妆容吓人的红发女人问她，居然说的是中文，果然人不可貌相。

“找人，我找人。”林溪拿出善男信女的笑容。

“什么人？”

林溪仔细想象了一下梁启东：“一个又高又帅又有钱的男人。”

几个人又叽里咕噜说了几句，还是红发女人做代表：“场子里我们还需要一个女人。”

林溪瞅瞅身上的睡衣，加上刚刚自己说的话，敢情对方是把她当成同行了啊，原来只是拉人入伙。她松了口气，看来小命和器官都保住了，马上套近乎：“你们也是那个……”小眼神飘起来，“前面那个酒店你们知道不，我就在那儿工作。”这个临时起意，完全是昨晚那个清秀的人给了她灵感。

“逸好像昨晚去那里了。”红发女人说完，几人互相看了看，又用日语交流了一番。

林溪不禁想，那个逸不会就是昨晚她碰到的那个人吧，地球果然是个村啊！

“我认识他，长得特别清秀，帅哥。”

红发女人翻译了一下，本来绷着脸的几个人神色慢慢缓和了，其中一个光头露出金牙，肩膀一耸，笑了一声。

“女人都喜欢他那样的。”红发女人调侃一句。

林溪看到车内气氛还行，往她那边凑了凑：“今天不行，我要去找人，要不下次吧，有钱大家一起赚。”

对方晃晃手，往外指了指：“已经往那个方向去了，你现在走不了。”

“可是……”

“等一下再找人就可以了，老板脾气不好，你还是不要找事。”她回了一句。

林溪虽然着急，但是她现在被人三面像个夹心饼干一样包住，想要逃除非在车顶上开个洞，还要有飞天的技能。只能等到了目的地，她再想办法逃走了。

车子里的人放松下来，开始抽烟。

“给我一根。”林溪问那个红发女人要，同样的事物能够迅速拉近人与人之间的距离。

女人从包里掏出一根细细长长像是小棍子的烟给她，这种烟淡得很，没滋没味，她抽了两口就直接丢掉了。

他们大概觉得林溪很像自己人，红发女人开始主动和她搭话，就在不到一个小时的路程里，她已经完全融入了他们，聊到的话题包括这一行多少钱一个月、市场好不好做之类的。

越聊越投机，其他听不懂的，红发女人有兴致的时候也翻译给他们听，一车子不同种族的人相谈甚欢，甚至在后半段，其中一个女人还靠在她的肩上哭泣诉苦，打湿了她半个肩膀。

在林溪聊得欢的时候，车子已经开到了市中心，在十字路口的红绿灯等车。她不知道的是，旁边停了一辆黑色的大奔，大奔后座上坐着一个高大英俊正在闭目养神的男人，就是已经被她完全抛到了脑后的梁启东。

陈秘书开车，从后视镜看到梁启东有些疲惫地按了按鼻梁，又掏出裤子口袋里的手机拨电话，里面传出提示对方已关机的标准女声，声音不大，但是车里安静，陈秘书从早上到现在已经听到五次了，不知道老板一直在打谁的电话，他也不敢问，只能自己瞎琢磨。

梁启东到了国外，国内手机就一直关机，看到林溪打过，回过去却一直提示关机。越是找不到人就越想找到，就像犯了执着病，加上劳累，他莫名动了肝火，随手把手机扔在座位上。

"等会儿去哪儿？"

"灯下里。"

"那是什么地方？"

但陈秘书没听到答案，梁启东就又重新闭上了眼睛，只说："到了叫我。"他这几天加起来也没睡足六个小时。

陈秘书吐了口气，心里默默地回了一句：反正到了你就知道了。

梁启东微眯了一会儿，醒过来的时候，车已经停了，陈秘书没叫他。

他打开车窗，看见装扮得花红柳绿，大小跟普通小店差不多，典型的中国洗头房的地方，他眉头一皱："带我来这种地方，你是不是吃饭呛到脑子，发神经了？"

老板不顺心的时候果然很凶，陈秘书已经习惯了。

"这是李老板约的地方。"他也很委屈，谁叫他家老板有身体洁癖，还厌恶混乱的男女关系。曾经他还怀疑老板是不是对自己有意思，一度很惶恐，他可是直男啊，很直的那种。

梁启东也无奈，遇见的客户十个有九个好这口，到了这边就更加肆无忌惮。

"进去吧。"梁启东扣上西装扣子，站得身姿挺拔。

陈秘书觉得自己和梁启东在一起很吃亏，因为长得没他好看，即便是花了钱，姑娘也都往他那儿跑。这也能理解，这是她们的工作，要是碰上个长得不恶心的，就算运气不错了，何况梁启东这样的，她们简直惊为天人。

林溪是被小面包车带到后门，从一条脏兮兮的小巷进去的。这种看起来神神秘秘的操作让她很怀疑："你们这有营业执照吗？而且外面看起来也不像是缺人的样子。"她以为怎么着也得是个夜总会级别的地方。

"这里只是外面小，里面很多东西。"她说了一句很有内涵的话，"你等会儿进去把眼睛闭上，不要乱看，否则他们会打你的。"红发小姐姐现在已经完全把林溪当成知心朋友了。

打开铁门，几人从一条很窄的路进去，旁边有人看着，林溪听她的话，没敢睁眼睛看，只是微眯着眼偷看，一只手搭在前面人的肩膀上，跟着往前走，走着走着，眼前渐渐变得明亮。

"可以睁眼了。"红发姐姐在后面提醒他。

# Chapter 23 林溪，是你吧

这是一个完全没有装修的房间，各种五颜六色的暴露衣服放在唯一一张掉皮的沙发上，桌上看起来很廉价的化妆品乱七八糟地堆在那里。

林溪挑了一条布最多、看起来还能勉强穿到大街上的衣服，画了一个亲妈可能都不认识的妆，反正极丑，等被退货，她就可以溜之大吉了，她脑子里面已经把逃跑计划罗列完毕。

她终于知道为什么干这行都要化大浓妆了，就是要谁都认不出来。

女人们站了一排，有个红脸的老女人进来，把她们这些像流水线上生产的糟糕产品从房间里带出去，旁边的几个房间也同时出来几十人站在一条昏暗的走廊里，一直排到尽头，看起来很是壮观。

每个地方都看不到出口，往右拐了一个弯，出现一条长走廊，门上有门牌，按照顺序每打开一扇门就进去几个人，林溪她们因为一点小失误，一直走到最后一个房间，才被直接塞进去。

里面光线很暗，除了脚下的地盘能够看清楚，其余都是模糊的，空气里混杂着酒和烟的气味，有电视也有点歌机，看起来都很老旧。

以防被人占便宜，她身子贴在墙上，耳边充斥着男人女人英文日文混杂的声音，简直是乱了套的一锅杂烩，让人忍不住作呕。

她慢慢顺着墙走，想要摸到外面的时候，触到墙面上的开关，顿时一锅杂烩在黄光下显现了出来，他们也很配合地维持了相机曝光般的暂时静止。

坐在右边的高个子老外，看到一个漏网之鱼，过来抓她，其他人又像是打开了开关，继续嬉闹。

“停，listen to music？”林溪觉得她小命不保，使出毕生的英语水平尝试跟眼前的高个交流，“OK？ OK？”

高个子耸耸肩：“OK！”伸手就在她的臀大肌上打了一下，她硬是忍下了抽他一嘴巴的冲动，笑着跑到点歌机前，选来选去没有什么会唱的。

毕竟异国他乡，国情有别，她正准备随便点一首，调子就按自己想象的来，反正他们也听不懂，目光忽然落在一首《甜蜜蜜》上。

“我去！这不是我的拿手好歌吗？”她陶醉地唱起来，其他人都各忙各的，那个老外又跑来找她。

大概是兴致起来了，他跑到这边跟她抢歌，叽里咕噜说了几句，朝着中间坐着的男人指了指，表情很是讨好。

他侧着的脸在屏幕荧光下飘起绒毛，看起来像个猴。

“Jason，go ahead！”

中间人起哄，他越发来劲了，一下就把林溪挤开。

都到这儿了还跟我抢歌唱！林溪恨恨地看了他一眼，突然回了头，这个人很像简历上的老外，当时叫什么来着，林溪努力回忆，脑子里的画面逐渐清晰，好像就叫 Jason！

那个集团是日本公司，难道坐在中间的就是集团负责人？这都能碰上？！看来老天都看不过你们的所作所为。林溪把头发扎起来，拿起桌上两瓶酒，熟练地一撞，打开瓶盖，倒了满满一杯，露出笑容，直奔主题："空你几哇。"

梁启东忍受不了了，给徐老板死灌了几杯让他晕厥，然后给他司机打了电话，自己就直接出去了。那一屋子的女人都是妖精，看得他头痛，脸也痛，鼻子遭受劣质香水的感染，还要提防来自各方的咸猪手。

他全身的防御系统都在发出红色警报，比起这种，他宁愿去泡一个下饺子的男汤。

陈秘书看老板脸色不好，知道待不了太久，很明智地滴酒没沾，等着开车。

"开车。"梁启东闭上眼睛，刚刚那个乌烟瘴气的地方，让他就像在地狱里面走了一遭。突然车子里响起歌声，让他神经跟着跳了一下。

"不好意思，老板，突然开了音乐。"陈秘书立马关了广播，老板在车上从来不听音乐广播，自己也从来不能听，一个小空间里，两个男人有时候确实有点单调，一边开车，他一边想问题，这样才能分散点注意力。

梁启东的心突然咚咚蹦了起来："你刚刚放的是什么音乐？"

"啊？"陈秘书被问住了，"是广播里放的。"他又重新打开，一阵甜美的歌声飘出来："甜蜜蜜，你笑得多甜蜜……"

记忆忽然涌了上来。

"小东东，小启启，小启东，生什么气嘛……"林溪从沙发后面，用两只手臂搂住他脖子。

“谁让你今天在你同学面前说我只是你上司。”他还是板着脸，“我有这么见不得人吗？”

“那是公司楼下的小餐馆，周围全是眼线，我们尊卑有别，你现在正是事业上升期，不能破坏你公私分明的正面形象。”

“我根本不在乎别人怎么想。”

“我知道，等谁都管不了你的时候，到时我拿个喇叭到公司，大声地给你个名分！别气了，你这脸上本来就没什么表情，这么僵下去真要面瘫了。”她伸手拉他脸部的括约肌，搓面似的拉扯了一阵。

梁启东半转过身，往后面一抓，搂着林溪跟搂小孩似的，轻松地抱起来，让她坐在自己腿上。

林溪两手搭在他脖子上：“我给你唱个歌吧，开心一下。甜蜜蜜，你笑得多甜蜜，就像花儿开在春风里……”

“你唱的什么？”

“《甜蜜蜜》，你没听过？”

“怎么唱得这么难听？”

“我好心唱歌给你听，听不下去也要给我听完。”

“停车。”梁启动突然喊了一句。

“什么？”

“我要你停车！”梁启东提高了音量，喊了一句，“开回去。”

陈秘书吓得抖了一下：“回刚刚那个地方吗？”

“嗯。”他回想起刚刚出门从走廊离开的时候，路过一扇门，听到里面有人很难听的歌声，眉头微皱了皱，“林溪，是你吧。”

林溪的一只眼睛偷偷睁开，从桌子上站起来，屋子里躺着一地喝醉的男男女女，把他们都灌醉可花了她不少时间。她抬脚在地上躺着的那个老外屁股上用力踹了一脚，留下半个屁股的鞋印：“还打我屁股，踢死你这个老色鬼。”

林溪去沙发上翻包，掏出一个白色文件夹，一看果然是合同：“就你这个老色鬼还想跟根正苗红的老梁抢位置，姐姐我今天就替天行道，把它拿走，看你怎么签。”

林溪把合同卷起来握在手里，把门偷偷开了一条缝，一看到走廊上出来个人，就把头缩了回去。

这个小屋子简直就像个弯弯绕绕的老旧厂房，她像走迷宫一样噔噔噔走着的时候，后面突然响起一阵急促的皮鞋踩地的声音，她转头一看，大个子老外的影子映在地面像个庞然大物，每一个动作都加大了几倍的力道，满脸赤红，气势汹汹，像是要把她碾死。

“我去，这货怎么醒了？！”林溪跑得利索，但是架不住人家腿长，加上愤怒加持，没跑几步就把她胳膊拉住了，一下撂倒。

她也不敢吼叫，要是把里面的人都招来，她就玩完了。

老外打开旁边一个房间的门，林溪认出来，这是她们刚刚换衣服的地方，她几乎是被扔进去的，手里的合同一下飞了出去，她立马条件反射般地站起来，去抢合同。

他喷着满嘴的酒气，骂了她一句。

林溪抓过合同就要往外面冲，一个熊爪拍下来，她半边脸几乎麻痹，一下飞了出去，嘴巴里有腥味的东西流出来，她顾不及疼，在四周找家伙，准备跟这个醉酒的大个子拼一拼。

他走过来的时候，她被吓得四肢变成四脚，想要迅速撤退。

砰！门忽然被打开，逆着光看不清面容，又是一个大个子，然后那个老外就被揍得叫娘了，迅速地飞了出去。

“林溪。”

林溪听见了熟悉的声音，然后感觉到一阵温暖的气息。

“梁启东？”林溪的右脸肿了，她微微偏着脑袋，简直要激动得流下眼泪。

梁启动看她变成了猪头，突然火气就上来了，回身又去教训在地上哼哼唧唧叫疼的家伙，两脚跨在他身上，朝着脸又狠狠给了几拳。

听到呻吟声渐渐小了，林溪着急地喊："别打了，再打要出人命了。"她可不想梁启东一个大好中年变成杀人犯。

大个子直接晕厥了，梁启东是真生气了，因为他平时可不会把林溪揪着衣服狠狠地抓起来。

"你在这儿干什么？！"

林溪把手上快抓碎的合同递给他，她右边眼睛肿得几乎睁不开了，半眯着，像独眼龙："公司要把你换了，想要那个老外顶替你的位置，前提是他要谈成一笔生意，我把他合同偷来了，给你。"

梁启东没有伸手接，也没说话，脸色铁青："你就为了这个，从国内跑到这里来，还被人打成猪头？你是不是神经病？"

林溪被他骂蒙了，脸上堆起笑："你要是没工作了，以后在公司就没人罩着我了。"她还没说完，就被狠狠地拉进了一个温暖厚实的怀抱，她感觉到搂住自己的两条胳膊哆哆嗦嗦地抖着，她知道他是怕了，伸手轻轻拍他的背，"我没事啊！"

门外忽然响起了警笛声，一声高似一声，他们这边的房间里有一个方形的小窗户，林溪探着身子往外面瞅，有蓝色夹杂红色的光线出现在窗外，走廊上响起慌乱的脚步声，夹杂着女人的尖嗓子，咚咚咚跑得地动山摇。

"你看还有好心人报警，我命大着呢。"林溪拉拉他，"咱赶紧走，这小店肯定没营业执照。"

梁启东脱下外套给她包上："你穿的什么乱七八糟的。"他把她横抱起来，像是捧了个棒槌，动作不是太熟练，看起来不是经常做。

“我是脸伤了，又不是腿，你抱我干吗？”还是个不配合的棒槌。

“别废话。”梁启东一秒变霸道总裁，抱着她跑得飞快，她半天没找到大门的地方，梁启东竟然从后门把她带出来了。

陈秘书的表情，那完全是看到了一部精彩的电视剧，这是什么情况？！

林溪怕他晕头晕脑，直接开沟里去，提醒道：“陈秘书，你安心点开车，不用老往后视镜瞟，我跟梁总不会干什么的。”

正准备踩油门的陈秘书直接踩到了刹车，三人一起往前栽倒。

林溪心里想着：你这心理素质也太差了，要是我搂着梁启东亲个嘴，你不得晕过去？哎哟，现在不行，她半边脸都扭曲了，嘴巴疼。

“疼吗？”梁启东偏过头看她的脸。

“还行，就是麻麻的。”林溪去医院的时候，医生还以为她是被家暴了，从头到尾没给梁启东这个看起来人模狗样的衣冠禽兽好脸色看。

走的时候医生还塞给了林溪一个小字条，说的是日语，叽里咕噜，她一句没听懂，就记得医生眼睛里闪烁着爱护动物一般怜惜的目光，还微微泛着泪花。

而从头到尾林溪都是一副生活不能自理的状态，走哪儿都被梁启东抱着、扶着，对天发誓，她真的只是脸疼，其他地方都很强健，这也是她记忆里梁启东最矫情的一次。

破旧杂乱的街道对面，茶色的电话亭里，站着一个戴黑色帽子、穿黑色卫衣的男人，因为个子高，背微微弓着，他放下手里的茶色电话，打开电话亭的玻璃门，响起嘎吱一声。

过了一会儿，马路拐角处出现了两辆闪着红蓝灯光的警车，光线在地面和对面画满涂鸦的墙面上来回跑动，带来片刻彩色的光明。

那男人双手插在黑色卫衣的两侧口袋里，看街道对面“灯下里”的门牌前，人影憧憧，兵荒马乱，藏在帽子下的细长眼睛轻轻眯起来，嘴角挑了挑。马路上卷起一道细风，他转身压了压帽子，穿过空气里淡淡的沥青味，朝相反的方向走，拐进那条幽深的巷子……

林溪后来才知道，梁启东其实早就知道公司要换血的事情，在国外的时候，梁启东已经和那个大个子的外国男人进行过PK，本来是相持不下的情况，但因为林溪这个误入的恐怖分子，发生了转机，最后合同当然被梁启东拿下了，原因是对方因违法嫖娼给关进去了。

林溪这几天在酒店里，梁启东不是给她喂吃的，就是喂喝的，简直是想把她养成一头猪。她盘腿坐在沙发上嚼薯片，电视开着，就看个图像听个声，因为全是日语，她只能靠着表情和肢体动作玩猜测剧情的游戏，反正好吃好喝地供着，她请假的工资，梁启东补贴她，简直就是带薪休假。

梁启东最近因为和集团的合作工作很忙，林溪只有自娱自乐了，不知不觉中脂肪把身体各处填充完毕，不光伤好了，她还打了气一样胖了一圈。

梁启东看到她的时候，吃了一惊，怎么人都变了？

“你怎么圆了这么多？”

“谁让你给我买这么多好吃的，我又是易胖、弹性收缩体质。”

“给我看看脸。”他轻轻捏了林溪的脸一下，瞬间出来一对双下巴，“好像好了。”

“嗯。”林溪扔了手里的零食，身体一倒栽到床上，床垫陷下去一块，周围形成的褶子让她看起来像是一个蜘蛛老妖怪。

梁启东坐在她旁边，床垫又陷下去一块，两个人摇摇晃晃得像是在海上飘。

“你什么时候放我走？”林溪躺着，这话说得很是莫名其妙，而且把两人变成了囚犯和狱警的关系。

梁启东没有绑着她，还好吃好喝地招待，坐牢可没有这样的待遇。脚长在自己身上，她也可以随时跑路，却乖乖等了一个星期，她觉得自己有点问题，等着他发话，把她赶走她才心安，这是斯德哥尔摩综合征延伸出的另外一种病症，简称奴性。

“不如再试试吧。”梁启东看了半天的天花板，最后说了这么一句，既不浪漫，也不直接。林溪是当事人才能听明白，一日夫妻百日恩，她和梁启东也有好多好多恩了。

旧情复燃比开发新人还要来得困难，因为他们既有感情，也有过破裂，重新开始不仅需要面对未来的信心，还要有接受以前的勇气。

林溪翻了一个身，伸手搭在他的手背上，他把手反过来，张开五根手指，与她十指相扣。

“有感觉吗？”

“没有。”

“我就知道。”林溪松了手，又翻了一个身，重新滚回去，“你已经过了肾上腺激素飙升的年纪了，我也过了。”

他在她身侧躺下来，侧过身子伸手抱住她的腰，把头埋在她的颈窝里，鼻尖里飘来一股洗发水的味道：“不过，如果这辈子一定要找个女人过，是你的话，我愿意。”

“你发给我分手信息的那一天，其实我在晴川机场，那天我回来是要跟你求婚的。”他的语气低低沉沉，像是埋藏了很久的酒，散发出动人的怀旧气味。

林溪那股子消失很久的肾上腺素突然不知道从哪里冒出来了，心脏也被血压挤压得快速跳了几下，脑子里出现一个大胆的想法，也许他们真的可以再试试看。

身体永远比嘴巴反应快，她嘴巴里呜呜组织语言的时候，梁启东一个转身把她按倒，低头吻她，细碎的头发在她眼前飘。

“你别。”她勉勉强强才挤出几个字。

“我会负责的，一直到我死的那天。”他说得让人心惊肉跳。

手机响了起来，他终止了动作，头在她颈窝里埋了一会儿，她也不敢动。

最终他吐了口气，接了电话，挂断后说道：“我出去一会儿，很快回来。”走到半路，他忽然折过身，林溪还没反应过来，冰凉的嘴唇已经贴在她的脸上，很轻，“等你告诉我。”

林溪从床上坐起来，望着安静的屋子，神忽然飞了，脑子里面什么都没想，又好像想了很多。等到门铃响起来的时候，她才把失去的一魂一魄找回来。

“梁启东？”还没看到人，她就开始叫起来，“怎么这么快就回来了？”

打开门，外面站着一个高挑文静的女人，站得笔直，林溪觉得她瘦削的身体更像是一根棍子。

“你找谁？”

“我找梁启东。”她说话的时候眼睛带着笑意，亮晶晶的。

“你是？”

“我是他女朋友。”

林溪原本的兴奋突然消失得无影无踪。

梁启东回来的时候看到门没关，刚要教训林溪没有危险意识，突然感觉到屋子里有股不同寻常的气息，一个长头发的女人背着门直挺挺地坐在沙发上。

听到声响，那女人立马站起身来，像是标准定制，站得笔直，连笑容都是标准定制：“你回来了？”

“你怎么在这儿？”梁启东眉头皱起，转头扫了一眼屋子。

“她走了。”女人依旧保持平静的微笑。

“你跟她说什么了？”

“没什么，我只是说我是你女朋友，她就走了。”她耸了耸肩，“你放心，我不介意。”

他绕到她跟前，居高临下地看着她：“我不认为一个吃了两次饭的相亲对象能够称得上是女朋友。”

“这个看个人理解了。”她有些紧张，脸还是板刷子一样保持平静，“何况对于你这样的男人来说，能有第二次吃饭的机会，就证明你对我也是有好感的，我只不过是把以后的必然结果提前宣告。”

梁启东看了她一眼，突然冷哼一声：“我跟你吃第二次饭，完全是因为你父母和我父母的关系，你凭什么觉得你很特别？本来我觉得你至少不讨厌，现在你可以走了。”

“我不明白，我们两个人无论任何方面都是百分之百的相配，你以后找的女人不会比我更好。”她恢复笑容，“还是你喜欢刚刚那个？她看起来不像是你会来真的那种。”

“有一点你弄错了。”他又走近了两步，“我跟她会不会来真的，不是取决于我，决定权在她。”他低头一瞥，“在我看来，你跟她比差太多了，在和男人谈恋爱之前，你应该先学会做人。”

“我可是 US 工商双学位毕业的，你说我不会做人？”

“这么说吧，刚刚你赶跑的那个你觉得什么都比不上你的女人，她可以用不到半天的时间让我跟她来真的，却偏偏跟我讲义气。想要别人尊重你、喜欢你，你首先得是个值得别人尊重的人。”

女人的脸再也绷不住了，标准的笑容垮下来：“梁启东，你这个浑蛋，你迟早会有报应。”这两句，应该是这位有涵养的女子能想到的最恶毒的话了，这样看起来，她还真是一个文明人。

梁启东知道她的话不是诅咒，而是必然。他打开厕所门，镜子中间是用口红写的歪七扭八的三个字——王八蛋，很像是镜子上面的一条疤。

他合上马桶盖，弯腰坐在马桶上抽烟，一阵空虚感袭来，像是风在这个空间里刮，红色口红的甜腻味道舔着他的脸，他掏出手机打电话，如他预想的那般，对方关机了。

梁启东长长地吐出一口气，男人和女人同时兴奋的因子，能够在一瞬间产生巨大的火花，也就是旧情复燃，或者新爱开始的契机。他知道，他错过时机了，林溪不会回来了。